सामने देख

सामने देख

नागरिक सुरक्षा के प्रति जागरूकता

हेमंत जी. चांदेवार

Sarvatra
An imprint of Manjul Publishing House

Sarvatra
An imprint of Manjul Publishing House
◆द्वितीय तल, उषा प्रीत कॉम्प्लेक्स,
42 मालवीय नगर, भोपाल-462 003
◆सी-16, सेक्टर 3, नोएडा, उत्तर प्रदेश, 201301
वेबसाइट : www.manjulindia.com

यह संस्करण 2016 में पहली बार प्रकाशित
द्वितीय संस्करण : 2021

ISBN 978-81-931823-7-6

इस पुस्तक के लेखक होने की नैतिक ज़िम्मेदारी
हेमंत जी. चांदेवार की है

विषय-सूची

प्रस्तावना

जीवन दो पद्धतियों से जिया जा सकता है। पहली सुरक्षित जीवन पद्धति, दूसरी असुरक्षित जीवन पद्धति। हर देश अपने नागरिकों के जान तथा माल की सुरक्षा के लिए पुलिस एवं सेना तैनात करता है और साथ ही उनकी सुरक्षा हेतु उन्हें हथियार एवं ज़रूरी साधन उपलब्ध कराता है।

मानव जीवन की सुरक्षा में शरीर, संपत्ति, भावना, आर्थिक स्थिती आदि महत्त्वपूर्ण भूमिका निभाते हैं। इन सभी की सुरक्षा के इंतज़ाम करने से ही जीवन की सुरक्षा होती है। दूसरे व्यक्तियों या चीज़ों से ख़तरे का डर तो होता ही है, परंतु हम खुद भी अपने आप को ख़तरे में डालते रहते हैं। इसलिए सुरक्षा के विषय को ठीक से समझना ज़रूरी है। हमें स्वयं के एवं दूसरों के शरीर, मन और धन की सुरक्षा करने का प्रयत्न करना चाहिए।

व्यक्ति का स्वास्थ्य, कार्य, व्यवहार, सफलता और क़ानून की जानकारी मन, जान तथा धन की सुरक्षा से जुड़ी बातें हैं। तंदुरुस्त स्वास्थ्य में शक्ति होती है। उसी शक्ति से हमलावरों से अपने शरीर का बचाव किया जा सकता है। अच्छे स्वास्थ्य से बीमारी के कारणों से लड़ने की अंदरूनी शक्ति बढ़ती है। अच्छे स्वास्थ्य के कारण दिमाग़ में आगामी संभावित ख़तरे से लड़ने के लिए सुरक्षा के इंतज़ाम के नये-नये उपाय आते हैं। कार्य को सुरक्षित तरीक़े से करने या कार्य के दौरान सुरक्षा के उपाय एवं साधनों के इस्तेमाल से जान को नुक़सान होने का ख़तरा हमेशा कम होता है।

लोगों की आपराधिक सोच के कारण किये गये हिंसक कार्यों से अशांति फैलती है। ग़लत व्यवहार बढ़ने से दूसरों को और खुद को भी नुक़सान होने का ख़तरा बढ़ता है। हिंसा भरे दंगे-फ़साद के माहौल में हर व्यक्ति के

जान, मन तथा धन को नुक़सान होता है। इसलिए ऐसे माहौल में कई लोग डरकर वह क्षेत्र छोड़कर दूसरे क्षेत्र में रहने के लिए चले जाते हैं। कभी-कभी तो वे अपनी कमाई हुई संपत्ति को छोड़कर जान बचाने के लिए ऐसे क्षेत्र में भाग जाते हैं जहाँ उन्हें सुकून मिले। वे जानते हैं कि सिर सलामत तो पगड़ी पचास।

सुरक्षित रहने के लिए कार्य तथा व्यवहार में अँग्रेज़ी के नौ डब्ल्यू को याद रखना चाहिए। वॉन्ट, विल, वर्कआउट, वर्क से विन मिलती है और वैल्थ, वुमन, वाइन, रोथ पर नियंत्रण से मन, शरीर तथा धन के नुक़सान से बचा जा सकता है।

सफलता से हम रुपये या धन कमाकर आसानी से सुरक्षा के इंतज़ाम कर सकते हैं। सुरक्षागार्ड रख सकते हैं। सुरक्षा से संबंधित चीज़ों, मशीनों या तकनीकों का इस्तेमाल कर सकते हैं। समाज में हमें जो आदर मिलता है उससे हम सुरक्षित महसूस करते हैं। दूसरों के अपराध या ग़ैरक़ानूनी कार्य रोकने के लिए हमारे हित के क़ानूनों की जानकारी होना मददगार साबित होता है। वरना जिन्हें अपनी सुरक्षा से संबंधित संवैधानिक अधिकार का पता ही नहीं है वे अपने अधिकारों की रक्षा कैसे करेंगे?

जीवन में दिन-रात एक करके जमा की हुई पूँजी और अनमोल जान की सुरक्षा को अक्सर हम अचेत रहकर नज़रअंदाज़ कर देते हैं। क्योंकि रोज़मर्रा की ज़िंदगी में हमें सुरक्षा के बारे में सोचने का वक़्त नहीं मिलता या हम सचेत नहीं रहते।

असुरक्षित जीवन-पद्धति में लोग सोचते हैं कि उनके लिए सुरक्षा के इंतज़ाम करना ज़रूरी नहीं है। आ बैल मुझे मार, ऐसी उनकी मनःस्थिती होती है। सुरक्षा उपायों की अनदेखी से, ग़लत व्यवहार से, ग़ैरज़िम्मेदार कार्य से जब जीवन में कड़ी मेहनत से कमाई हुई ख़ून-पसीने की कमाई या चीज़ें कोई चोरी करता है या उनका नुक़सान होता है या किसी व्यक्ति की जीवन-लीला समाप्त हो जाती है या शरीर को गंभीर चोट पहुँचती है, तब उनकी आँख से नींद उड़ जाती है। फिर वे सुरक्षा के बारे में सोचते हैं। उस वक़्त पछतावे के सिवा हमारे हाथ में कुछ नहीं बचता।

आफ़त बताकर नहीं आती इसलिए हमें हानि पहुँचाने वाली संभावनाओं को पहचानकर उनसे सावधान रहना चाहिए।

कई बार ख़तरे सामने दिखते हैं लेकिन हम बिना सोच-विचार के जीवन जीते हैं। इसलिए अत्यंत सचेत रहकर जीना ज़रूरी है। कठिन समय में मुश्किलों का सामना करके उदासी पर जीत हासिल करनी चाहिए।

इस पुस्तक में जीवन और संपत्ति की सुरक्षा को ध्यान में रखकर मृत्यु या नुक़सान टालने के लिए सतर्कता बरतने संबंधी एक अनुभवी और जानकार कमांडर के सुझाव की विस्तृत जानकारी दी गयी है।

जीवन यानी आत्मा, मन, शरीर और संपत्ति की सुरक्षा - शरीर, स्वास्थ्य, कार्य में सफलता - दूसरों के साथ व्यवहार एवं क़ानून की जानकारी और सावधानी के उपायों पर अमल द्वारा प्राप्त की जा सकती है।

इस पुस्तक में आपको मेहनत से कमाये गये धन यानी रुपये, गहने, क़ीमती चीज़ों, घर, दुकान या यात्रा के दौरान सुरक्षा इंतज़ाम के उपायों से अवगत कराया गया है। बच्चों, महिलाओं और वरिष्ठ नागरिकों की जान की सुरक्षा के उपाय बताये गये हैं। नौकर रखते वक़्त बरतने वाली सावधानियों की जानकारी दी गयी है। वाहन चलाते वक़्त सावधानी, वाहन दुर्घटना रोकना, गाड़ी की चोरी होने से रोकना, पूँजी निवेश या बचत के बारे में सावधानी, ज़मीन या फ़्लैट ख़रीदना और बिक्री व्यवहार में धोखे से बचना, इंटरनेट तथा मोबाइल फ़ोन पर धोखे से बचना, जीवन में उदासी का सामना करना और आत्महत्या रोकना, धार्मिक पूजास्थल तथा त्यौहार या कार्यक्रम के दौरान सुरक्षा के बारे में जानकारी दी गयी है।

इस पुस्तक का उद्देश्य यही है कि हम सब ज़िंदगी में हर पल सचेत रहकर अपने तथा दूसरों की जान तथा धन, गहने, क़ीमती चीज़ों के महत्त्व को समझें और ख़तरे पहचानकर सुरक्षा के इंतज़ाम करके नुक़सान से बचें और बचायें। इससे हमारा जीवन चिंतामुक्त और ख़ुशहाल होगा।

यह पुस्तक बच्चों, युवाओं, बुज़ुर्गों, वरिष्ठ नागरिकों, लड़कियों, महिलाओं, छात्रों, नौकरों, व्यवसाइयों आदि सभी प्रकार के व्यक्तियों के जीवन में सहायक सिद्ध हो सकती है यह मेरी धारणा है।

मेरी प्रतियोगी परीक्षा की तैयारी, क़ानून और व्यवसाय प्रबंधन की पढ़ाई और पुलिस अधिकारी की नौकरी करते समय प्राप्त अनुभवों से हर दिन कुछ सीखने की आदत पड़ गयी। नौकरी के दौरान ग़रीब-अमीर, महिला-पुरुष, बच्चे-बूढ़े, अच्छे-बुरे इस तरह के समाज के लगभग सभी वर्ग के लोगों से मुलाक़ात हुयी। समाज की सहायता करना और उनकी सहायता से समाज में सुव्यवस्था व शांति के लिए हर स्थिती में एक साथ आगे बढ़ने का रास्ता मैंने चुना।

मैंने शिकायतकर्ताओं की परेशानियाँ सुनीं और उनका दर्द भी महसूस किया। क्योंकि कई बेबस, कमज़ोर और ग़रीब व्यक्तियों के लिए वकील, न्यायालय, भगवान सबकुछ पुलिस ही होती है। मैंने उनके जीवन जीने के अलग-अलग तरीक़े देखे और उन्हें उनमें सुधार के उपाय बताये। उन्हें सतर्कता के बारे में सलाह दी, जिनमें से ज़्यादातर असरदार साबित हुईं। सुरक्षा संबंधी योजनाएँ बनाईं, जिनसे लोगों के धन की सुरक्षा में सहायता हुई। कल या आगे आने वाली मुश्किलों का सामना करने की योजना बनाना हर दिन का कार्य बन गया। कल की तैयारी आज ही करने की आदत पड़ गयी। मैंने काफ़ी सोच-विचारकर कई छोटे लेख लिखे, लेकिन प्रकाशित नहीं कर पाया।

मैंने पुलिस तथा बुज़ुर्गों के दृष्टिकोण से सोचकर सुरक्षा संबंधी सलाह या सावधानी के उपाय लिखे हैं। सफलता, तरक़्क़ी और सुरक्षा संबंधी कई पुस्तकें, लेख, समाचारपत्र पढ़े हैं। इन सभी लोगों के कुछ विचारों से मैं प्रभावित हुआ हूँ। मैं उन सभी लेखकों का शुक्रगुज़ार हूँ। इन सभी से मुझे लिखने की प्रेरणा मिली है।

इस पुस्तक की ज़्यादातर जानकारी हर घर में माता-पिता, बुज़ुर्ग या शुभचिंतक व्यक्ति हमें हमेशा बताते हैं, लेकिन वक़्त के चलते हम शायद ध्यान देना भूल जाते हैं या उन्हें दरकिनार कर देते हैं। बस यही समझें कि इन्हीं बातों की दोबारा याद दिलाने का यह एक नेक प्रयास है।

अन्त में मेरा आप सभी से विनम्र अनुरोध एवं आशा है कि आपका जीवन सुरक्षित और खुशहाल बना पाने में आपके इस छोटे से मित्र की यह पुस्तक सहायक सिद्ध हो।

मेरी इस पहली पुस्तक के संकलन में अपनी पत्नी डॉ. राजकन्या तथा पुत्रों आल्हाद और मानस के सहयोग के लिए आभारी हूँ। इसके साथ ही संसद सदस्य श्री नानाभाऊ पडोले, विधायक श्री चरण वाघमारे, परम मित्र श्री विकास मदनकर के योगदान और परामर्श के लिए शुक्रगुज़ार हूँ। पुस्तक प्रकाशित करने की अनुमती देने के लिए पुलिस महासंचालक श्री प्रवीण दीक्षित का भी अत्यंत आभारी हूँ।

मैं मंजुल पब्लिशिंग हाउस के श्री कपिल सिंह और उनके सहयोगियों का भी शुक्रिया अदा करता हूँ।

धन्यवाद!

आपका मित्र
- हेमंत जी. चांदेवार
(लेखक तथा संकलनकर्ता)

1

सामने देख

परेड कमांडर का हौसला बुलंद था। आज उसकी आख़िरी परेड थी। कल वह नौकरी से रिटायर होने वाला था। वैसे तो कई वर्षों से ख़ुद परेड की सलामी लेता आया, किन्तु आज वह ख़ुद परेड मार्च करने वाला था और लोगों से मिले सहयोग एवं प्रेम को धन्यवाद देने सलामी देने वाला था। यह उसकी इच्छा थी। अन्त में लोगों के सवालों पर मार्गदर्शन करने वाला था।

सुबह का वक़्त था। ठंडी हवा बह रही थी। परेड में अलग-अलग प्लाटून थे। एक बच्चों का प्लाटून, एक छात्राओं का, एक युवाओं का, एक बुज़ुर्ग व्यक्तियों का, एक महिलाओं का, एक वरिष्ठ नागरिकों का, एक सफलता पाने के लिए प्रयत्न करने वालों का, एक व्यापारी लोगों का, एक धार्मिक स्थान के पदाधिकारियों का। बाक़ी बचे सभी लोग स्टेडियम में बैठे थे और उतने ही बाहर खड़े होकर यह दृश्य देख रहे थे। मानो पूरा शहर परेड कमांडर की बातें सुनने आया था।

परेड मार्च कर रही थी। परेड कमांडर की कमांड पर सारे जवान काम कर रहे थे। परेड मैदान के चारों तरफ़ हरियाली थी। पेड़ों पर पंछियों के चहचहाने की मधुर आवाज़ें सुनाई दे रही थीं। रंगबिरंगे सुगंधित फूलों से पूरा परिसर महक रहा था। कर्णमधुर देशभक्ति संगीत की धुन बज रही थी। झंडे लहरा रहे थे। इससे दर्शकों के मन आनंदित हो रहे थे। बच्चे झूम रहे थे। बच्चों को मिठाइयाँ बाँटी जा रही थीं।

परेड में शामिल सभी लोग जवानों के साथ क़दम मिलाकर आत्मविश्वास और अनुशासन से चल रहे थे। शांति से परेड आगे बढ़ रही थी। दर्शकों की भारी भीड़ थी। सभी दर्शक परेड का निरीक्षण कर रहे थे। देशभक्ति, शांति, उमंग और ख़ुशी का माहौल था। दर्शक मुस्कुरा रहे थे।

लोग सोच रहे थे कि यही परेड कमांडर ग़रीब स्थिती से उभरकर मेहनत और लगन से आज इस इतने बड़े पद पर आ पहुँचा था। लोगों के मन में उसके प्रति आदर था। वह सफल, सभी का प्यारा था। सभी उसका आदर करते थे। उसने ख़ूब सारी कठिनाइयों का सामना करके विजय प्राप्त की थी। वह युवाओं के लिए एक मिसाल बन चुका था।

परेड मैदान के एक मोड़ से गुज़र रही थी और मंच के क़रीब आ गयी थी। परेड के मंच के सामने आते ही अचानक परेड कमांडर ने गहरी श्वास अंदर ली और बड़े ज़ोर की आवाज़ में कमांड लगाई, "परेऽऽऽड थम"। कमांडर खुद रुक गया। परेड के जवान अपनी जगह पर रुक गये। कमांडर ने अपना दाहिना हाथ उठाकर माथे पर लगाकर दर्शकों को सल्यूट किया। उसकी आँखों से दो आँसू टपके। सभी दर्शक भावुक हो गये। दर्शकों ने खड़े होकर कमांडर का अभिवादन स्वीकार किया।

कमांडर ने खुद को तुरंत सँभाला। सभी जवान सामने देख रहे थे। कमांडर पूरी ताक़त लगाकर तुरंत ज़ोर से बोला, "परेऽऽऽड, सामनेऽऽऽ देख"। 'सामने देख' यह शब्द आसमान में भी गूँजे। 'सामने देख' यह शब्द सुनते ही सब जवान और सहयोगी चौंक गये। सामने देख यह शब्द हर किसी ने सुना। किसी को समझ में नहीं आया कि जब सभी जवान रुकने के बाद मंच की तरफ़ सामने देख रहे थे, तो भी कमांडर ने 'सामने देख' यह कमांड अचानक क्यों दी। लेकिन उस कमांड पर सभी ने कमांडर की तरफ़ देखा।

परेड थम होने के बाद परेड के जवान सीना तानकर खड़े थे। परेड कमांडर ने गहरी साँस ली। सभी को ग़ौर से देखा और मुस्कुराया। सभी को दोबारा अभिवादन किया। कमांडर बोला, "मेरे साथियो, आज का यह दिन हमारे बीच चर्चाओं का आख़िरी दिन है। वैसे तो हर कोई सामने देखता है, लेकिन क्या हम वाक़ई सही मायने में सामने देखते हैं? सभी सामने देखते तो हैं लेकिन क्या हम सामने के ख़तरों को पहचानते हैं?" कई लोगों ने जबाव दिया, "नहीं"। कमांडर ने पूछा, "क्यों नहीं? क्यों नहीं हम हर स्थिती के ख़तरों को पहचानते?" कमांडर ने कहा कि हर वक़्त हमें 'सामने देख' शब्दों को याद रखना चाहिए।

उसने 'सामने देख' इस नई कमांड का अर्थ विस्तार से समझाया कि 'सामने देख' यानी आगे आने वाली परिस्थिती को ध्यान से देखो, हर बात

का निरीक्षण करो, स्थिती का पूरा जायज़ा लो। उस स्थिती के साथ आने वाले ख़तरे और सुअवसर देखो, पहचानो। लाभ प्राप्ति के लिए आने वाली स्थिती में आपका व्यवहार, कार्य कैसा होना चाहिए? यह सोचो। ख़तरों को देखकर अभी, आज ही सावधानी के उपाय करो। सुअवसर का लाभ उठाकर विशेष योजना के साथ ख़तरों से अपनी जान, धन और देश को नुक़सान से हमें बचाना है। इसलिए सामने देखना अत्यंत आवश्यक है।

कमांडर के इस 'सामने देख' कमांड के इस अर्थघटन से सभी जवान, दर्शक सोच में पड़ गए। लोग आपस में चर्चा करने लगे। एक-दूसरे से कुछ सवाल पूछने लगे। सभी ने कमांडर की सोच को सही माना। किसी ने कमांडर से पूछा कि हम अपनी जान की सुरक्षा कैसे कर सकते हैं? किसी ने पूछा कि धन की सुरक्षा कैसे करें और धन से अपनी सुरक्षा कैसे करें? किसी ने पूछा कि सफल कैसे हों? सुरक्षा से सफलता का कैसे संबंध है? किसी ने पूछा शरीर की सुरक्षा कैसे करनी चाहिए। शरीर तंदुरुस्त रखने के लिए क्या करना चाहिए? बस इन सवालों से हर व्यक्ति में मन के सवाल पूछने की हिम्मत आ गयी। हर कोई कुछ न कुछ पूछ रहा था। किसी ने पूछा कि ख़तरों की स्थिती में अपने लक्ष्य को कैसे हासिल करें? एक महिला ने पूछा कि घर में रुपये या गहनों की चोरी कैसे रोकी जा सकती है? घर में या बाहर किस तरह की सतर्कता रहनी चाहिए? एक युवा ने पूछा कि दूसरों के साथ व्यवहार कैसे करना चाहिए? एक बुज़ुर्ग ने क़ानून की कार्यवाही और अपराधों के बारे में पूछा? एक व्यक्ति ने पूछा कि बचत और निवेश में नुक़सान न हो इसके लिए क्या सावधानी बरतनी चाहिए? किसी ने पूछा कि वाहन चलाते वक़्त कौन सी बातों पर ध्यान देना ज़रूरी है? किसी ने पूछा कि वाहन चोरी कैसे रोकी जा सकती है? एक वरिष्ठ नागरिक ने पूछा कि रिटायरमेंट के बाद सुरक्षित जीवन जीने के लिए क्या योजना बनानी चाहिए? घर में नौकर रखते वक़्त कौन सी सावधानियाँ बरतनी चाहिए? किसी ने पूछा कि मन की सुरक्षा कैसे होगी? किसी ने पूछा कि धार्मिक स्थान की सुरक्षा कैसे करनी चाहिए? ऐसे हज़ारों सवाल पूछे गये। कमांडर हर सवाल लिखता चला गया। सभी लोगों के पूछे सवाल उसने लिखे और उन्हें विषय के अनुसार जोड़कर सफलता, व्यवहार और सुरक्षा संबंधी विषय पर अपने अनुभव एवं ज्ञान के अनुसार उत्तर देकर मार्गदर्शन किया। कमांडर के उत्तर एवं मार्गदर्शन इस पुस्तक में विषय के अनुसार लिखे गए हैं।

2

जीवन व संपत्ति की अहमियत और सुरक्षा

जीवन व संपत्ति की अहमियत से संबंधित सवाल पर कमांडर ने बड़े विस्तार से समझाया। कमांडर ने कहा कि मनुष्य का जीवन ईश्वर की देन है और बहुमूल्य है इसलिए इसकी हरसंभव सुरक्षा करनी चाहिए। यही जीवन का उद्‌देश्य होना चाहिए।

सुरक्षित तरीक़े से जीवन जीने से ख़तरे कम होते हैं। सावधानी बरतकर ख़तरों को टाला जा सकता है। ज़िंदगी में सभी सुखी तथा तनावमुक्त रहना चाहते हैं। हर व्यक्ति अपनी ज़िंदगी में खुशहाली के लिए कुछ न कुछ कमाता है ताकि उसे वह मिले जो वह चाहता है। सुरक्षा के इंतज़ाम करके ही सही तरीक़े से व्यक्ति अपनी जान की सुरक्षा करते हुए कमाई हुई संपत्ति का उपभोग कर सकता है। इसलिए हर वक़्त जीवन तथा संपत्ति के महत्त्व को समझकर उसे हानि से बचाना हमारा कर्तव्य है।

जीवन का महत्त्व

मनुष्य इस संसार में किसी न किसी पर आश्रित है और कोई न कोई उस पर भी आश्रित है। बच्चे अपने माता-पिता, बड़े भाई-बहन या बड़े रिश्तेदारों पर निर्भर रहते हैं। वे कमाकर बच्चों की ज़रूरतें पूरी करते हैं और जब बच्चे बड़े हो जाने पर खुद कड़ी मेहनत करके कमाते हैं तब वे अपने माता-पिता, छोटे भाई-बहन की ज़रूरतें पूरी करने का प्रयास करते हैं। इस तरह जीवन में प्यार से एक-दूसरे के लिए काम आते हैं। मनुष्य अपने परिवार के भरण-पोषण की व्यवस्था करते हैं, इससे जीवन में आनन्द तथा शांति मिलती है।

मनुष्य की जान संसार में सबसे बहुमूल्य है। अगर स्वास्थ्य अच्छा है, परिवार में अच्छे संबंध हैं, तो कोई चिंता नहीं है और पर्याप्त धनराशि है, तो आसानी से ख़ुशहाल ज़िंदगी गुज़ारी जा सकती है। परिवार के सदस्यों के बीच रिश्ते भरोसेमंद एवं प्रेमपूर्ण हों, आपस में विश्वास हो, दूसरों का आदर हो और थोड़ा हँसी-मज़ाक़ भी होना चाहिए। परिवार की समस्याओं पर सबको एक साथ मिलकर विचार-विमर्श करना चाहिए। परिवार के सभी सदस्यों को मिल-जुलकर कुछ खेल खेलने चाहिए। अच्छे संबंध में सहयोग अच्छा मिलता है और जीवन आसान लगता है। वरना जब घर का भेदी लंका ढाये तब घर का आंगन सूना हो जाता है।

हमारा जीवन हमारे परिवार और देश के लिए महत्त्वपूर्ण है। जिस तरह हमारी तरक़्क़ी से और अच्छे कार्य से परिवार और देश की तरक़्क़ी होती है। ठीक उसी तरह हमारे नुक़सान से इन सभी को नुक़सान होता है। इसका मतलब यह है कि हम अकेले ख़ुद के लिए जीवन नहीं जी सकते।

अगर घर, घर के बाहर या किसी हादसे में हमारे या रिश्तेदार के शरीर को चोट पहुँचती है, उसकी मृत्यु हो जाती है या धन की हानि होती है, तो इसका बुरा अंजाम हमारे परिवार या अपनों पर होता है। ऐसी घटनाएँ ना हों इसलिए सुरक्षा को पहली प्राथमिक़ता देनी चाहिए। अपनी जान सबको प्यारी होती है। हर वक़्त जीवन तथा संपत्ति को हानि से बचाना चाहिए और इसके लिए कुछ बातों की जानकारी होना महत्त्वपूर्ण है।

मानव मृत्यु के कारण

जब हम समाचारपत्र पढ़ते हैं, तब उसमें लोगों की अचानक मृत्यु के बारे में पढ़ते हैं। कभी आस-पास से अचानक मृत्यु की ख़बर मिलती है। जिस लापरवाही से बच्चे, युवा, बुज़ुर्ग व्यक्ति मरते हैं यह पढ़कर मन दुखी हो जाता है। अगर समझ से काम लें तो उससे बहुत सारी जानें बच सकती हैं। पालतू जानवर भी मर जाए तो उसके मालिक को कितना दुख होता है। जब अचानक अपनों की मृत्यू हो तब दुख का अंदाज़ा लगाना मुश्किल हो जाता है। हमें जीवन को अचानक आई मृत्यु के ख़तरों से बचाना है। अपने साथ ही दूसरों की जान भी बचानी है। यही प्रयास होना चाहिए।

किसी दूसरे व्यक्ति द्वारा हत्या करना, रास्ते पर पैदल चलते वक़्त किसी वाहन का टकरा जाना, गाड़ी चलाते वक़्त दुर्घटना होना, आत्महत्या करना,

इमारत की छत, पहाड़ी या ऊँचाई से नीचे गिरना, बीमारी, चलती बस या ट्रेन से कूदना या गिरना, रेल्वे पटरी या फ़ाटक पर ट्रेन के नीचे आना, नाले, कुएँ, नदी या समंदर के गहरे पानी में डूबना, ज़हर पीना, आग, बॉम्ब ब्लास्ट, खाना पकाते वक़्त केरोसिन या गैस से शरीर को आग लगना, रास्ते में ड्रेनेज लाइन या गड्ढे में गिर जाना, कार्य के दौरान हादसे, भीड़ में भगदड़ मचने से कुचल जाना, आसमान से शरीर पर बिजली गिरना, भूकंप की वजह से मकान गिरना, नशीली चीज़ों, ड्रग आदि का सेवन करना, ग़लत दवाइयाँ खाना, घर में विद्युत करंट लगना आदि ख़तरों के कारण अचानक मृत्यु हो सकती है। अगर हर किसी ने जीवन में सावधानी बरती, सूझबूझ से काम लिया तो इन ख़तरों से कई जानें बचाई जा सकती हैं।

आत्मसुरक्षा के उपाय

हरेक व्यक्ति को आत्मसुरक्षा के उपाय सीखने चाहिए। मार्शल आर्ट, कराटे, ताय क्वांडो आदि से भी आत्मसुरक्षा के उपाय सीखे जा सकते हैं। ख़तरे की गंभीरता में आप सरकार की लायसन्स वाली बंदूक साथ रख सकते हैं। यह सभी उम्र की महिलाओं एवं पुरुषों के लिए जान या धन बचाने के लिए कठिन समय में काम आ सकती है। हर महीने में एक बार अवश्य वक़्त निकालकर आत्मसुरक्षा के उपायों का अभ्यास करते रहना चाहिए।

अगर आपको ख़तरा महसूस होता है तब ऐसे वक़्त प्रेज़ंस ऑफ़ माइंड से काम लें। जितना जल्दी हो सके उतनी जल्दी आप पुलिस स्टेशन, पुलिस कंट्रोल रूम, पुलिस अधिकरी, वकील या रिश्तेदार को फ़ोन करके जानकारी दें।

अगर किसी ने आप पर हमला किया और उसका उद्देश्य गहने या रुपये लूटना है तो आप थोड़ा विरोध करें या उसे डरायें या यदि आप वहाँ से भाग सकते हैं, तो तुरंत भाग जायें। अगर आपके चिल्लाने से हमलावर भागने वाला है तो आप ज़ोर से पुलिस-पुलिस या सहायता के लिए चिल्लाइये।

अगर हमलावर भागने वाला नहीं है या वे ज़्यादा संख्या में हैं और आपको लगता है कि आपकी जान को ख़तरा हो सकता है तब आप उसकी पहचान याद रखकर अपने रुपये, गहने या पर्स उसके पास फेंक दीजिये। पेपर स्प्रे का इस्तेमाल करें और वहाँ से आप भाग जाएँ, क्योंकि सिर सलामत तो पगड़ी पचास। आपकी जान रुपये या गहनों से कहीं ज़्यादा क़ीमती है, उसे बचाना चाहिए।

हमेशा हमलावर का चेहरा, कपड़ों की पहचान या उसके वाहन का नंबर याद रखें। पुलिस के पास शिकायत दर्ज करते वक़्त यह जानकारी दिए जाने पर हमलावर पकड़े जा सकते हैं।

अगर हमलावर आपके शरीर को चोट पहुँचा सकता है और आप भाग नहीं सकते या उसे भगा नहीं सकते तब अपने शरीर की सुरक्षा के लिए उसका डटकर सामना करें। चिल्लाकर उसे डराने की कोशिश करें। उससे दूर रहकर उसका सामना करने के लिए मन से तैयार हो जायें। हवा में हाथ घुमायें, अपनी पोज़िशन लें। आपके पास लायसंस वाली बंदूक है तो वह हमलावर को दूर से दिखायें।

हमलावर के घुटने से टखने तक के पैर, दोनों जाँघों के बीच का हिस्सा यानी प्राइवेट पार्ट, सोलर प्लेक्सस यानी पेट की नाभि और सीने के नीचे का हिस्सा, नाक, आँख, कान ऐसी जगहों पर ज़ोर से मारें। हमलावर के इन हिस्सों पर आघात होने से हमलावर डर सकता है या उसे पीड़ा होगी और वह आपसे डर जाएगा। इससे आपको भागने का समय मिल सकता है। हमलावर को मारने के लिए अपने मज़बूत हिस्से यानी हाथ का पंच, हाथ की कुहनि यानी ऐल्बो, पैर का घुटना या सिर का उपयोग करें। उंगलियों के नाख़ूनों से उसकी आँखों व चेहरे को नोंच लें। दाँत से उसके शरीर को काटा भी जा सकता है।

अगर उसने आपको पीछे से पकड़ा हो तो आप अपने पीछे वाले शरीर के हिस्से से उसे ज़ोर से धक्का मारकर उसे धकेल दें। आगे से पकड़ा हो तो घुटने से गुप्तांग पर आघात करें। शरीर को पकड़ा हो तो कुहनी या सिर से मारें। उसे गिराने के लिए अपने पूरे वज़न के साथ अपना शरीर उस पर धकेल दें। जान बचाने के लिए आस-पास पड़े पत्थर, लकड़ी या किसी भी चीज़ का इस्तेमाल करके उसे मारें। उसके हाथों में शस्त्र है तो अपने शरीर को बचाकर वह शस्त्र छीनने का प्रयत्न करें। आपकी जान बचाने का दूसरा कोई रास्ता नहीं है तब अपने पास के शस्त्र का इस्तेमाल कर सकते हैं। समय मिलते ही तुरंत भाग जाएँ। आस-पास कोई है तो चिल्लाकर बुलाएँ या उन लोगों की तरफ़ भागें। किसी का घर या सुरक्षित जगह है तो उस घर में घुस जाएँ और उन्हें हक़ीक़त बताएँ।

जान बचाने के बाद तुरंत नज़दीकी पुलिस स्टेशन में जाकर या पहले घर जाकर फिर किसी रिश्तेदार के साथ पुलिस स्टेशन जाकर घटना की

जानकारी दें। और हमलावर ने आपके रुपये या गहने चोरी किये हों या आपको चोट पहुँचायी हो या अत्याचार किया हो तो इस प्रकार की शिकायत दर्ज करें।

अच्छे स्वास्थ्य के लिए

सुरक्षित जीवन के लिए अच्छे स्वास्थ्य का होना आवश्यक है। तंदुरुस्त स्वास्थ्य में शक्ति होती है। उसी शक्ति से हमलावरों से अपने शरीर का बचाव किया जा सकता है। अच्छे स्वास्थ से बीमारी के कारणों से लड़ने की अंदरूनी शक्ति बढ़ती है। अच्छे स्वास्थ्य वाले व्यक्ति के दिमाग़ में आगामी संभावित ख़तरे से सुरक्षा के इंतज़ाम के नये-नये उपाय आते हैं।

अच्छे स्वास्थ्य के लिए हर दिन सुबह जल्दी उठकर ताज़ी हवा में क़रीब आधा या एक घंटा दौड़ना, चलना, जॉगिंग करना, योग या व्यायाम का अभ्यास करना चाहिए। तंदुरुस्त सेहत के लिए पौष्टिक भोजन करना साथ ही शुध्द पानी पीना और साफ़-सुथरा रहना ज़रूरी है। सशक्त तथा स्वस्थ शरीर डॉक्टर और दवा पर होने वाला ख़र्च बचाता है।

धन का महत्त्व

भारत में संपत्ति का अधिकार मूलभूत अधिकार नहीं है, वह वैधानिक अधिकार है। भारत के संविधान की धारा 300 ए के अनुसार सही क़ानूनी कार्यवाही के बगैर धन प्राप्त करने या रखने का नागरिक का अधिकार कोई नहीं छीन सकता।

संपत्ति से हमारी सुरक्षा संबंधी आवश्यकतायें पूरी होती हैं। रुपयों से सुरक्षा संबंधी चीज़ें, मशीनें या तकनीक ख़रीदकर उनका इस्तेमाल किया जा सकता है। सुरक्षा के लिए नौकर या सुरक्षागार्ड रखे जा सकते हैं। रुपये से दूसरों को सहायता प्रदान कर सकते हैं। हमारी सुरक्षा के लिए कल यही लोग काम आ सकते हैं। धन से समाज में प्रतिष्ठा प्राप्त होती है। लोगों का देखने और समझने का नज़रिया बदल जाता है और संभावित अत्याचार कम होता है। संपत्ति लाचार होने से बचाती है। मानसिक समाधान मिलता है। देश की अर्थव्यवस्था को बढ़ावा मिलता है। पर्याप्त संपत्ति से एक ख़ुशहाल ज़िंदगी जी जा सकती है। धन सोच-समझकर ख़र्च करना चाहिए वरना आवश्यकता पड़ने पर उसका अभाव हो सकता है।

जीवन में पैसे हाथ में होने चाहिए जिससे घर चलाना, बच्चों की पढ़ाई पूरी करना, हीरे, सोने या चाँदी के आभूषण ख़रीदना, घर, फ़्लैट, खेती, प्लॉट ऐसी स्थायी संपत्ति ख़रीदना, कारोबार शुरू करना, कार या मोटर साइकिल ख़रीदना आदि कार्य पूरे किये जा सकते हैं। रुपये जमा करके कुछ बचत की जा सकती है।

संपत्ति को नुक़सान ना हो इसके लिए हमेशा चौकन्ना रहना चाहिए। सावधानी न बरती जाए तो अपने पैर पर आप कुल्हाड़ी मारने जैसा हो सकता है।

धन के नुक़सान के प्रकार

बंद घर में सेंधमारी करके रुपये या गहने या क़ीमती चीज़ों की चोरी होना, घर में आकर गहने माँगकर छल करना, यात्रा में रुपये या गहनों का पर्स चोरी होना या छिन जाना, धार्मिक जगह या भीड़ की जगह पर गले की सोने की चैन या पर्स चोरी होना, दुकान से माल की चोरी होना, नौकर द्वारा चोरी करना, कार में से रुपये चोरी होना, कार या गाड़ी की चोरी होना, वाहन हादसे में वाहन का नुक़सान होना, बैंक में रक़म जमा करने जाते वक़्त या रक़म निकालकर वापस आते वक़्त रक़म लूट लेना, पॉकिट मारना, आग से घर या कार्यालय का नुक़सान होना, मोबाइल फ़ोन की चोरी होना, झूठे वादे या प्रलोभन पर विश्वास करके रुपये या माल देना, ज़मीन की ख़रीदी या बिक्री के व्यवहार में धोखा होना, ग़लत या फ़र्ज़ी संस्था में रुपये बचत या निवेश करना आदि कई प्रकार से आपके धन का नुक़सान हो सकता है।

जीवन को नुक़सान से परिणाम

जब कोई ख़तरा महसूस होता है तब हम सुरक्षा के इन्तज़ाम करते हैं लेकिन ख़तरों को पहले से ही हरसंभव नज़रिये से देखना चाहिए। आफ़त बताकर नहीं आती। दुर्घटना की वजह से परिवार के सदस्यों की आँख से नींद उड़ जाती है।

हानि पहुँचाने वाले ख़तरों को पहचानकर उनसे सावधान रहना चाहिए। कई बार ख़तरे सामने दिखते हैं, लेकिन हम बिना सोचे जीवन जीते हैं। जब हानि होती है तब समझ में आता है और उस वक़्त पछतावे के सिवा हमारे हाथ में कुछ नहीं बचता। इसलिए अत्यंत सचेत रहकर जीना ज़रूरी है।

यदि दुघर्टना में किसी का अंत हो जाता है तो उस परिवार के सामने आगामी जीवन जीने के लिए दिक़्क़तें पैदा हो जाती हैं। कमाता हुआ व्यक्ति चला गया तो कहर टूट पड़ता है। ऐसे में पूरे परिवार को सँभालना आसान नहीं होता। दुर्घटना में कोई अपाहिज हो जाता है तो सारी ज़िंदगी वह आम आदमी की तरह नहीं जी सकता। इलाज के लिए बहुत सारे रुपये ख़र्च करने पड़ते हैं और समय नष्ट होता है। परिवार दुख में डूब जाता है और आगे की ज़िंदगी मुश्किल हो जाती है। कुछ समय जाने के बाद सब सामान्य हो जाता है, लेकिन कुछ तो ख़ामियाँ रहती ही हैं।

ख़ून-पसीने की कमाई जब कोई चोरी करता है या लूट लेता है तब नुक़सान उठाने वाले व्यक्ति को बहुत दुख होता है। लुटा हुआ धन वापस मिलेगा इसकी उम्मीद भी नहीं की जा सकती।

सावधानी बरतकर शरीर तथा संपत्ति को होने वाले नुक़सान को निश्चित तौर पर हम कम कर सकते हैं। किन्तु कुछ बातें हमारे नियंत्रण में नहीं होती हैं जैसे भूकंप से नुक़सान, तेज़ बारिश से नुक़सान, वाहन चालक की ग़लती या लापरवाही से दुर्घटना में हानि, ट्रेन हादसे में नुक़सान आदि। यदि ऐसे हादसे हो जाते हैं तो हार नहीं माननी चाहिए। निराश न होकर उन्नति के बाक़ी रास्ते या उपाय ढूँढ़ने चाहिए। आशाओं को क़ायम रखकर पूरी कोशिश करके स्थिती को सँभालना चाहिए। ज़रूर इसके अच्छे परिणाम दिखेंगे और जीवन में ख़ुशियाँ वापस लौटेंगी।

शरीर के नुक़सान से बचने के लिए

हमारे और हमारे परिवार के सदस्यों के शरीर को हानि न हो इसके उपाय सीखें। शरीर को हानि पहुँचाने वाले ख़तरों से सावधान रहें। जोखिमपूर्ण कार्य करते वक़्त या वाहन चलाते वक़्त सावधानी बरतना ज़रूरी है। शारीरिक स्वास्थ्य बनाए रखकर बीमार होने से बचें। आग या पानी के साथ ख़तरा मोल लेना अच्छा नहीं है। वातावरण की गर्मी या ठंड से शरीर का बचाव करना चाहिए। हमारी जान या बीमारी एवं क़ीमती चीज़ों की हानि या नुक़सान होने पर राहत के तौर पर मुआवज़े की राशि प्राप्त करने के लिए किसी अच्छी कंपनी की बीमा पॉलिसी लेकर प्रावधान करना आवश्यक है।

अचानक हुई दुर्घटना या बीमारी के वक़्त मदद के लिए दौड़कर आने वाले, रुपये या दूसरी मदद करने वाले रिश्तेदार, दोस्त, डॉक्टर से अच्छी

पहचान बनाकर रखें। यह जानकारी परिवार में सभी को हो ताकि वक़्त पर उनकी मदद ली जा सके।

उदासी से आत्महत्या नहीं करनी चाहिए, बल्कि सकारात्मक सोच के साथ जीवन जीना चाहिए।

हम सब जीवन में शरीर तथा संपत्ति के महत्त्व को समझें और ज़िंदगी के हर पल सचेत रहकर नुक़सान से बचें ताकि हमारी जान की हानि न हो या किसी क़रीबी व्यक्ति का नुक़सान न हो। साथ ही बड़ी मेहनत से कमाया हुआ हमारा धन कोई लूट न ले या हमारे साथ छल न हो। हर ख़तरे से हमें अपनी जान और संपत्ति को बचाने के प्रयास करने चाहिए ताकि हमारे जीवन में संकट कम और ख़ुशहाली ज़्यादा हो।

सुरक्षा के साधन

ख़तरों से सुरक्षा के लिए आप अपनी हैसियत के मुताबिक़ जान तथा धन की सुरक्षा के उद्देश्य से सुरक्षा साधनों का इस्तेमाल कर सकते हैं। सभी साधन अच्छी गुणवत्ता के होना ज़रूरी हैं। बाज़ार में उपलब्ध साधन ख़रीदे जा सकते हैं।

अपने शरीर की सुरक्षा के लिए मोबाइल फ़ोन, पेपर स्प्रे, ब्लैक गॉगल, स्कार्फ़ या बुर्क़ा, सीटी, लाठी या स्टिक, डिजिटल कैमरा, वीडियो कैमरा, ख़ुफ़िया प्रकार की रिस्टवॉच या बटन या पैन कैमरा, लायसन्स की बंदूक, कार आदि साधन उपयोग में आते हैं।

घर पर मज़बूत दरवाज़े तथा खिड़कियाँ, मज़बूत ताले, अलार्म, ऐंटी थेफ़्ट सिक्युरिटी अलार्म, डोर अलार्म, इलेक्ट्रॉनिक लॉक, डोर स्पाय आय, डोर फ़ोन, डिजिटल डोर व्यूअर, टॉर्च, मज़बूत सेफ़, इलेक्ट्रॉनिक डिपॉज़िट मनी सेफ़, बैंक लॉकर आदि का इस्तेमाल करके सुरक्षा के इंतज़ाम किए जा सकते हैं।

दुकान, कंपनी या व्यापार की जगह पर व्यक्तिगत या घर पर सुरक्षा के साधनों के लिए व्यक्तिगत पहचानपत्र या पास, वाहन स्टिकर, विज़िटर बुक और पेन, सायरन, इलेक्ट्रॉनिक बर्गलर, टेलिफ़ोन पर कॉलर आईडी सुविधा, फ़ायर अलार्म, सीसीटीवी यंत्र सज्जा, सेल्फ़ बैटरी कैमरे, एक्स रे मशीन, उंगली के निशान या आँखों की पुतलियों द्वारा व्यक्ति की पहचान

करने वाली बायोमेट्रिक मशीन, इलेक्ट्रॉनिक टैग, कैश ट्रंक, कैश ले जाने के लिए आर्म्ड वैन, वाहन, हैंड मेटल डिटेक्टर, डोर फ्रेम मेटल डिटेक्टर, साइन बोर्ड, असेस कंट्रोल डोर, बैरिकेट्स, दूरबीन, रस्सी, सेफ़ सॉफ़्टवेयर प्रोग्राम, ख़ास संपर्क साधन या वॉकीटॉकी, पब्लिक अनाउन्स सिस्टम, लाउडस्पीकर, एक्सप्लोसिव डिटेक्टर मशीन, फ़्लैश लाइट, फ़र्स्ट एड किट, रेत, फ़ायर एक्सटिंगुशर सिलिंडर, फ़ायर ब्रिगेड गाड़ी, एम्बुलैंस, दवाइयाँ, आदि मशीनों तथा साधनों का इस्तेमाल करना चाहिए।

साथ ही चुस्त चौकीदार, खुफ़िया कर्मचारी, सिक्युरिटी कंपनी, डॉक्टर और अस्पताल, सुरक्षा संबंधी सलाहकार की सलाह, पुलिस या सिविल व सरकारी डिटेक्टिव ऐजंसी की मदद लेनी चाहिए।

3

आपका स्वास्थ्य

अनुभवी और ज्ञानी कमांडर ने लोगों के स्वास्थ्य से जुड़े सवालों के जवाब में बड़ी उपयुक्त जानकारी दी। उन्होंने कहा कि अच्छा स्वास्थ्य सुरक्षा मुहैया कराता है। हमला करने वालों से लड़ने की शक्ति होती है। शक्ति से शरीर की सुरक्षा की जा सकती है। इसी वजह से बदमाश लोग स्वस्थ व्यक्तियों की राह में आना पसंद नहीं करते। गुनहगार लूटपाट के लिए शारीरिक रूप से कमज़ोर व्यक्तियों को ही चुनते हैं।

अच्छे स्वास्थ्य का महत्त्व

ख़ुशहाल जीवन के लिए अच्छा स्वास्थ्य होना ज़रूरी है। इसलिए हर व्यक्ति के लिए अपने शरीर और मन का ख़याल रखना आवश्यक है। तंदुरुस्त स्वास्थ्य से बीमारी के कारणों से लड़ने की अंदरूनी शक्ति बढ़ती है। ज़ख़्म जल्दी ठीक होते हैं और इससे जान बचती है। अच्छी सोच से अच्छे विचार मन में आते हैं। अच्छी सोच के कारण आपराधिक विचार मन में नहीं आते। ख़राब स्वास्थ्य के कारण कई लोग निराश होकर आत्महत्या कर लेते हैं। इसलिए जीवन की सुरक्षा में अच्छे स्वास्थ्य की हिस्सेदारी होती है। इतना निश्चित है कि अच्छे स्वास्थ्य वाले व्यक्ति दूसरों के मुक़ाबले अधिक सुरक्षित रहते हैं।

अच्छे स्वास्थ्य से कार्य करने का उत्साह बढ़ता है। दिमाग़ में अच्छी सोच आती है। इससे कार्य समय पर पूरे करके आत्मविश्वास के साथ अपने लक्ष्य को प्राप्त किया जा सकता है और सफलता प्राप्त होती है। जीवन में आनंद और शांति प्राप्त होती है। ऐसे व्यक्ति बीमार कम पड़ते हैं जिससे डॉक्टर और दवा पर होने वाला ख़र्च बचता है। अच्छे स्वास्थ्य वाले लोगों की आयु लंबी होती है। उनका वज़न नियंत्रण में रहता है और व्यक्तित्व

आकर्षक दिखता है।

अच्छे स्वास्थ्य के लिए पौष्टिक भोजन लेना चाहिए। स्वच्छ पानी पीना और साफ़-सुथरा रहना चाहिए। नियमित तौर पर व्यायाम करना चाहिए। ईमानदारी से जीवन गुज़ारना चाहिए। सही सोच रखनी चाहिए।

अच्छे स्वास्थ्य के लिए नियमित तौर पर डॉक्टर से शरीर की जाँच करानी चाहिए। तबीयत ख़राब हो गयी है तो तुरंत दवा लेनी चाहिए। सिर दुखना, पेट ख़राब होना, बुखार आना, दर्द होना, चोट लगने से सूजन आना आदि अचानक होने वाली आम बीमारियों से थोड़ी राहत पाने के लिए डॉक्टर की सलाह से आवश्यक दवाइयाँ घर पर रखनी चाहिए जो रात के वक़्त काम आ सकती हैं।

ख़राब स्वास्थ्य के परिणाम

ख़राब स्वास्थ्य वाले व्यक्ति शारीरिक व्याधियों से ग्रस्त रहते हैं। ख़तरे के वक़्त अपने शरीर को बचा नहीं सकते। हमलावर का सामना करने की असमर्थता की वजह से इनसे धन लूट लिया जाता है। इनकी सोच साफ़ नहीं होती या इनका आत्मविश्वास कम होता है। यह कार्य करने से मना करते हैं या जल्दी निराश होते हैं। ऐसे व्यक्ति मानसिक बीमारी की चपेट में आकर उदास रहते हैं। कुछ दिन बाद वे ज़िंदगी से तंग आकर आत्महत्या के बारे में सोचते हैं। मोटापे से ग्रसित व्यक्ति अक्सर लोगों की निंदा के शिकार होते हैं।

बीमारी से दूर रहने के लिए सावधानियाँ

बीमारी से शरीर और कार्यों पर बुरा असर पड़ता है। तंदुरुस्त रहने के लिए घर और दफ़्तर आदि के अंदर से धूल और गंदगी साफ़ करें। हमेशा स्वच्छ जगह पर ही जाएँ। घर की खिड़की में कमरे के अंदर से मच्छरदानी जैसी जाली लगायें ताकि हवा आने के लिए खिड़की खुली रख सकें और इससे मच्छर या कीड़े अंदर नहीं आयेंगे।

बीमारी से दूर रहने के लिए कुछ अच्छी आदतें अपनानी होंगी इससे कीटाणु या रोग फैलाने वाले कारणों से शरीर की सुरक्षा होती है। जैसे खाना खाने से पहले हाथ सफ़ाई से धोना, सोकर उठने के बाद प्रातःकाल ब्रश करना, गंदी चीज़ों को न छूना, फ़िल्टर या उबाला हुआ शुद्ध पानी पीना, रहने या कार्य की जगह साफ़-सुथरी रखना। बासी, ढँकी न हो ऐसी चीज़ें न खाना।

साथ ही शरीर की सुरक्षा के लिए शरीर की सफ़ाई पर बहुत ध्यान देना ज़रूरी है। हर दिन सुबह साबुन से नहाना एवं दिन में दो बार दाँतों को ब्रश करना चाहिए। हाथों में सबसे पहले गंदगी लगती है और हाथों का संपर्क शरीर के सभी हिस्सों से होता है इसलिए हाथों को हमेशा साफ़ होना ज़रूरी है। दिन में चार-पाँच बार चेहरा स्वच्छ पानी से धोना चाहिए। सप्ताह में एक बार मुलतानी मिट्टी, चंदन पावडर, नीम की पत्तियों का पावडर, बेसन, दूध, नींबू का रस, हल्दी, स्क्रब या योग्य चीज़ों जिनसे चेहरा साफ़ और सतेज हो ऐसी चीज़ों का इस्तेमाल करना चाहिए। हर दिन आधा या एक घंटा व्यायाम करना चाहिए। स्वच्छ और साफ़-सुथरे कपड़े पहनने चाहिए। रात को रूम में अँधेरा रखकर सात से आठ घंटे तक पूरी नींद लेनी चाहिए। ज़िंदगी में तनाव में नहीं रहना चाहिए, बल्कि हमेशा खुश रहना चाहिए, क्योंकि तनाव का शरीर पर बुरा असर पड़ता है।

अचानक हुई दुर्घटना का सामना

स्वास्थ्य के इलाज के लिए क़रीब पचास हज़ार से एक लाख रुपये अलग जमा करके रखने चाहिए। जो वक़्त पर काम आयेंगे। अचानक हुई दुर्घटना में चोट या बीमारी के इलाज के लिए रुपयों की समस्या आती है तब दो-चार दोस्त या रिश्तेदार ऐसे हों जो दहलीज़ पर खड़े रहें। अच्छे फ़ैमिली डॉक्टर एवं अस्पताल में पहले ही पहचान करके रखें और अच्छे भरोसेमंद संबंध बनाकर रखें ताकि आपकी या परिवार के किसी सदस्य की तबीयत आकस्मिक रूप से बिगड़ती है और रुपये की कमी होती है तो वे रुपये के बारे में सोचे बिना इलाज करें। उन्हें इस बात का यक़ीन रहेगा कि आप कुछ दिनों में रुपये अदा कर देंगे।

व्यायाम का महत्त्व

व्यायाम का महत्त्व कौन नहीं जानता? सभी जानते हैं लेकिन हम इसे उतनी अहमियत नहीं देते जितनी कि देनी चाहिए। क्योंकि व्यायाम करने से शरीर को जो लाभ होता है वह आमतौर पर दिखता नहीं है। व्यायाम से शरीर मज़बूत बनता है और साथ ही शक्ति बढ़ती है। इससे हमलावरों से शरीर को बचाने में अपनी शक्ति काम आती है। रोगों के कारणों से लड़ने की शरीर की क्षमता बढ़ती है।

आमतौर पर हम व्यायाम से बचने के बहाने बनाते हैं लेकिन मन में इच्छा हो तो हर व्यक्ति को हर दिन या सप्ताह में कम से कम पाँच या छह दिन व्यायाम के लिए आधा या एक घंटे का वक़्त निकालना बड़ी बात नहीं है। धीरे-धीरे हर दिन व्यायाम करना आपकी अच्छी आदत बन जायेगी।

व्यायाम से न केवल तन स्वस्थ रहता है बल्कि मन भी स्वस्थ रहता है। सारा दिन तरोताज़ा महसूस होता है। कसरत करने से हमारा दिल, फेफड़े, पेशियाँ एवं अन्य शरीर के अंगों की कार्य क्षमता बढ़ती है और मांसपेशियाँ एवं जोड़ भी मज़बूत होते हैं। जिससे हृदयाघात, मधुमेह, रक्तचाप, कैंसर, पीठदर्द आदि जैसी बीमारी होने के आसार कम होते हैं। आयु बढ़ने में मदद मिलती है। रात को नींद अच्छी आती है। मोटापा या अधिक वज़न घटकर आवश्यक वज़न ही रहता है।

व्यायाम से चिंता या तनाव कम होता है। उत्साह बढ़ता है। काम में मन लगता है।

कौन से व्यायाम करें

मन और तन की सुरक्षा हेतु आवश्यक व्यायाम करने चाहिए। शारीरिक रूप से स्वस्थ रहने के लिए हर व्यक्ति को अपनी दिनचर्या में दिन चढ़ने के पहले उठकर दो से तीन गिलास पानी पीना चाहिए। हर दिन सुबह कम से कम बीस मिनट या आधा घंटा व्यायाम करना चाहिए। ध्यान रखें जहाँ व्यायाम करें वहाँ शांति हो, जगह साफ़-सुथरी हो, प्राकृतिक हवा हो और पर्याप्त पाकृतिक रोशनी हो। यह ध्यान रखें कि व्यायाम को मौज-मस्ती में करें यानी उसे बोझ समझकर न करें। क्योंकि इसका पूरा लाभ आपको ही होने वाला है।

हमला होने पर अपने शरीर का बचाव करने के लिए आत्मसुरक्षा के उपायों का समय-समय पर अभ्यास करें। इससे अच्छा-ख़ासा व्यायाम भी होगा। कराटे, कंग फू के बारे में जानकारी होनी चाहिए। ख़ासकर लड़कियों के लिए यह सीखना ज़रूरी है।

बाक़ी व्यायाम में पाँच मिनट वॉर्मअप, दस मिनट दौड़ना या चलना या कूदना, तैरना, साइकिलिंग, पचास बार रस्सी कूदना, दस से पंद्रह मिनट एरोबिक्स, दस मिनट के तीन सेट बेंड, उत्तानपादासन यानी ज़मीन पर पीठ के बल पैर सीधे करके लेटना और दोनों पैरों को नब्बे डिग्री के कोण में

आसमान की तरफ़ ऊपर उठाना (लेग राइज़)। ऐसे दस आवृत्ति के सेट दो बार, पाँच बार सूर्य नमस्कार, पुशअप, योग, वज़न उठाना, गर्दन और आँखों के व्यायाम। व्यायाम के बाद नाक के दोनों छिद्रों से गहरी श्वास अंदर लेकर उसे फेफड़ों में भर लें और उसे दस सेकंड तक रोककर रखें और बाद में मुँह से छोड़ें। ऐसा चार-पाँच बार करें। फुटबॉल, हॉकी, बैडमिंटन जैसे शरीर को व्यायाम देने वाले खेल खेलें। चार-पाँच सौ कैलरीज़ एक बार में कम होनी चाहिए। वक़्त के हिसाब से आप पाँच-छह प्रकार के व्यायाम चुन सकते हैं। हो सके तो सप्ताह के बाद इनके एक-दो नये प्रकार सीखते एवं करते रहें।

व्यायाम के लिए ज़रूरी चीज़ें जैसे हाथ से उठाने के छह से दस किलो वज़न के डम्बल की जोड़ी, कूदने की रस्सी, ज़मीन पर बिछाने के लिए एक सूती चटाई या दरी आदि हर दिन सुबह उठने के बाद दिखाई दें ऐसी जगह पर अपने शयन कक्ष या व्यायाम करने की जगह पर रखें।

जिन्हें सुबह वक़्त नहीं मिलता वे शाम को व्यायाम कर सकते हैं।

व्यायाम कहाँ करें?

घर के बाहर किसी मैदान, खुली जगह, क्लब, जिम, घर के कम्पाउंड, मकान के कमरे, मकान की छत, दफ़्तर आदि जगह पर व्यायाम कर सकते हैं। दफ़्तर में जब अकेले हों तब दस मिनट व्यायाम कर सकते हैं। बाहर व्यायाम करना संभव न हो तो घर के कमरे में या छत पर पसंदीदा गाने या संगीत की धुन पर दस मिनट एक ही जगह पर रनिंग करें, एरोबिक्स या डान्स करें। इससे मनोरंजन भी होता है। इमारत या दफ़्तर की सीढ़ियाँ चढ़ना-उतरना तथा पार्किंग स्थल से दफ़्तर तक पैदल चलना भी तरोताज़ा रखने वाला व्यायाम है। पहाड़ी पर चलना, बगीचे में घूमना, खेल खेलना, घर के काम करना आदि में भी शरीर का व्यायाम होता है।

स्वस्थ रहने के लिए भोजन पर नियंत्रण

अच्छी सेहत के लिए पौष्टिक भोजन और शुध्द जल का सेवन आवश्यक है। रसोईघर साफ़-सुथरा होना चाहिए। खाना तैयार करने से पहले हाथ साबुन से साफ़ तरह से धोने चाहिए। रसोई में आवश्यक चीज़ें ख़रीदकर उपलब्ध रखें।

ताज़े फल तथा हरी सब्ज़ियाँ खाना, नारियल पानी, गाय का दूध पीना सेहत के लिए अच्छा है। सुबह का नाश्ता अवश्य करें क्योंकि इसका संबंध

संपूर्ण स्वास्थ्य से है। आवश्यकतानुसार कम कैलरी वाला भोजन करना चाहिए। दिन में तीन बार अधिक खाना खाने से अच्छा है कि दिन में 5-6 बार थोड़ा-थोड़ा भोजन करें। खाना चबा-चबाकर खाना चाहिए। सलाद खाने के पाँच मिनट बाद भोजन करना चाहिए। रात का खाना हल्का होना चाहिए। सब्ज़ी ज़रूरत से ज़्यादा न पकाएँ, इससे पोषण नष्ट हो जाता है।

खाना खाते वक़्त ज़्यादा पानी नहीं पीना चाहिए। खाना खाने के बाद क़रीब दो सौ क़दम पैदल चलना चाहिए। खाना खाने के पंद्रह मिनट या आधे घंटे बाद तक पानी नहीं पीना चाहिए। हफ़्ते में एक बार अपने पसंदीदा पदार्थ खाने चाहिए।

हर दिन आठ से दस गिलास पानी पीना चाहिए। शरीर को हानिकारक पदार्थों के सेवन से बचाना चाहिए। अच्छे खाने-पीने का परिणाम त्वचा पर भी दिखाई देता है।

योग्य आहार

सेब, मौसंबी, अनार या अन्य ताज़े फलों का सेवन करें। सलाद में गाजर, ककड़ी, टमाटर, नींबू, हरी सब्ज़ी लें। लौकी, मटर, बीन, पत्ता गोभी, कॉर्न, सोयाबीन का तेल, सीरियल्स, गाय का दूध, सेमी स्किम मिल्क, फल का जूस, वेज सूप का सेवर करें। हल्दी, हरी मिर्च, कढ़ी पत्ता, लहसुन, मस्टर्ड ऑइल, मूँग दाल, सूखा अदरक, काली मिर्च, दालचीनी, शहद खाने में इस्तेमाल करना सेहत के लिए अच्छा माना जाता है।

सेवन कम करें

ज़्यादा फ़ैट वाली डाइट, शकर, चावल, नमक, आलू, ऑइल, क्रीम, मक्खन, चीज़, आइसक्रीम, पीज़ा, मसांले, मिठाईयाँ, आम और केले का सेवन कम करें। आप मांसाहारी हैं तो मटन, चिकन या फ़िश हफ़्ते में दो या तीन बार और अंडे हफ़्ते में तीन से अधिक ना खायें।

सेवन बंद या कम करें

दूध व शकर की चाय, बिस्किट, चॉकलेट, घी, पीज़ा, पास्ता, डोसा, भैंस का दूध, बेकरी फूड, गन्ने का रस, जलेबी, केक, फ्राइड फूड, कोल्ड ड्रिंक, मिठाई, जंक फूड, अंडे का पीला हिस्सा, समोसे, सफ़ेद ब्रेड, आलू आदि का

सेवन कम करें। स्मोकिंग, बीयर, शराब एवं अन्य नशीली चीज़ों से दूर रहें।

एक दिनचर्या

- सुबह 6 से 7:30 बजे : उठने के बाद दो से तीन गिलास पानी पीना, ब्रश करना, प्राणायाम - नाड़ीशुद्धि, कपालभाति, भ्रामरी (श्वास अंदर लेना, रोकना और बाहर छोड़ना), व्यायाम - वॉकिंग, रनिंग, जॉगिंग, स्किपिंग, जम्पिंग, स्विमिंग, सायकिलिंग, बैन्ड, पुशअप, उत्तानपादासन, योगासन, सूर्यनमस्कार, गर्दन और आँखों के व्यायाम, एरोबिक्स आदि। पाँच सौ से छह सौ कैलरीज़ एक बार में कम होनी चाहिए।
- ब्रेकफ़ास्ट 8 से 9 बजे : दूध (क्रीम निकालकर) 250 ग्राम स्प्राउटेड मोठ, सेब, मोसंबी या संतरा, अंडे का ऑमलेट, बॉइल अंडा (पीला हिस्सा निकालकर), एक कप चाय या कॉफ़ी एक चम्मच शकर के साथ।
- सुबह 11 से 1 बजे : कार्य।
- लंच (दिन का खाना) 1 बजे : ककड़ी, गाजर, चुकंदर, टमाटर वाला सलाद क़रीब 250 ग्राम, सलाद के पाँच मिनट बाद मुख्य भोजन जिसमें दो से चार रोटी/पराठे/इडली, दाल, कम मसाले और तेल वाली सब्ज़ी, थोड़ा चावल, वेज सूप, बटरमिल्क या छाछ।
- दोपहर 1:30 से शाम 5 बजे : कार्य।
- शाम का नाश्ता 5 बजे : 1 कप चाय या कॉफ़ी एक चम्मच शकर के साथ, या हल्का नाश्ता जैसे वेज सैन्डविच, उबली सब्ज़ियाँ, फल आदि।
- शाम 6:30 से 7 बजे : अगर सुबह व्यायाम नहीं किया या इच्छा है तो व्यायाम करें। वॉकिंग, रनिंग, जॉगिंग, व्यायाम, सूर्य नमस्कार आदि क़रीब आधा घंटा करें।
- डिनर (रात का खाना) शाम 8 से 9 बजे : एक प्लेट ककड़ी, गाजर, चुकंदर, टमाटर वाला सलाद, सलाद के पाँच मिनट बाद मुख्य भोजन जिसमें दो रोटी/पराठे/इडली, दाल, कम मसाले और कम तेल वाली सब्ज़ी, थोड़ा चावल, वेज सूप, बटरमिल्क या छाछ।
- खाना खाने के बाद पाँच से दस मिनट के लिए वज्रासन कर सकते हैं।

4

सफल कैसे हों?

सफलता कैसे प्राप्त करें इस विषय पर कमांडर ने बख़ूबी विस्तारपूर्वक जवाब दिये। सफलता से कार्य के बदले में रुपये मिलते हैं। इन रुपयों से आपके लिए अपनी सुरक्षा के इंतज़ाम करना आसान हो जाता है। वरना रुपयों की कमी से जीवन तथा सुरक्षा पर प्रभाव पड़ता है। सफल व्यक्ति का मन प्रसन्न रहता है और चिंता कम होती है। साथ ही मन भी सुरक्षित रहता है। ऐसे व्यक्ति रुपयों के कारण अच्छे सुरक्षित क्षेत्र में रह सकते हैं। वे सुरक्षा के क़ीमती साधन इस्तेमाल करते हैं। मोटर साइकिल, कार ख़रीदकर उससे सफ़र करते हैं। पौष्टिक भोजन खाने से, व्यायाम करने से शरीर तंदुरुस्त रहता है। बीमारी का इलाज अच्छे अस्पताल में कराने में सक्षम होते हैं। इन बातों से वे अपनी जान और धन को नुक़सान पहुँचाने वाले ख़तरों से बचा सकते हैं।

जिन्हें सफलता नहीं मिलती उनके पास निश्चित तौर पर रुपयों की कमी होती है। ऐसे लोग सफल लोगों के मुक़ाबले असुरक्षित माहौल में रहते हैं और वे खुद की सुरक्षा नहीं कर पाते। कई बार लाचार होकर जीते हैं। अपराधी लोग उनके अधिकारों को छीन लेते हैं। असफल लोग निराश रहते हैं।

हर व्यक्ति के जीवन में कार्य, नौकरी, कारोबार एवं परिवार के सदस्यों के प्रति अलग-अलग लक्ष्य होते हैं। महत्त्वपूर्ण लक्ष्यों को नज़रअंदाज़ नहीं किया जा सकता। लेकिन सफल व्यक्ति प्राथमिकता के तौर पर कुछ लक्ष्यों को पहले पूरा करते हैं और उसके बाद बाक़ी बचे हुये लक्ष्यों पर ध्यान केंद्रित करते हैं। हर आवश्यकता को लक्ष्य के नज़रिये से देखेंगे तो उसे पूरा करने में आसानी हो सकती है।

सफल व्यक्ति चुनौतियाँ स्वीकार करके जीतकर अपने आप को श्रेष्ठ साबित करके दिखाते हैं। सफल व्यक्ति जीवन प्रबंधन में कुशल होते हैं। लक्ष्य पूरा करने की कोशिश करना उनके लिए एक मुहिम जैसा ही है जो लक्ष्य पूरा होने तक जारी रहनी चाहिए। लक्ष्य को पाने की कोशिश करने वाले कभी ख़ाली हाथ नहीं रहते। उन्हें कार्य की मात्रा के अनुसार कुछ न कुछ तो मिल ही जाता है। किन्तु जो लक्ष्य पाने की कोशिश ही नहीं करते उन्हें कुछ मिलने के आसार नहीं रहते।

पाँच डब्ल्यू अपनाएँ

कार्य में सफलता पाने के लिए अँग्रेज़ी के पाँच डब्ल्यू याद रखें। वॉन्ट, विल, वर्कआउट, वर्क से विन मिलती है। अर्थात तीव्र इच्छाशक्ति से योजना के तहत कार्य किया जाए तो आवश्यक वस्तु या ध्येय प्राप्त होता है यानी जीत मिलती है।

लक्ष्य (वॉन्ट)

परिस्थिती और कार्य के अनुसार हर इन्सान की प्राथमिकताएँ और आवश्यकताएँ अलग-अलग होती हैं। वही उसके लक्ष्य माने जाते हैं। जिन लक्ष्यों से व्यक्ति सुरक्षित महसूस करे ऐसे ही लक्ष्य चुने जाते हैं। ज़्यादातर लोग उन्हें पाने की तैयारी करते हैं। आगे के पाँच या दस वर्ष के लक्ष्य की सूची और योजना बनायें। समयसीमा निश्चित करें।

विद्यार्थियों के लिए परीक्षा में अच्छे अंक लाना, डिग्री हासिल करना, नौकरी पाने की परीक्षा में चुने जाना, नौकरी पाना। नौकरी करने वाले व्यक्ति के लिए किसी तकनीक का विकास करना, सौंपा गया कार्य पूरा करना। व्यापारी के लिए नया कारोबार शुरू करना, आंकड़ों को पाना, माल बेचना, नई चीज़ का निर्माण करना, नये कार्यालय शुरू करना। किसान के लिए ज़्यादा उत्पादन लेना। परिवार वाले व्यक्ति के लिए बच्चों की पढ़ाई, ऊँची शिक्षा देना, बच्चों की शादी अच्छी जगह करना, परिवार के लिए सुख-सुविधा उपलब्ध कराना, कार या क़ीमती चीज़ें ख़रीदना, घर ख़रीदना, बचत की रक़म बढ़ाना आदि बातें भी एक प्रकार का लक्ष्य ही होता है।

ऊँचा मंसूबा

सफल होने का हौसला रखने वाले लोग हमेशा ऊँचा मंसूबा रखते हैं और ऊँचे सपने देखते हैं। ऊँचे मंसूबे से मिलने वाले लाभ भी बड़े होते हैं। ऊँचे पदों पर बैठै व्यक्ति सुरक्षित होते हैं। ऐसे सफल लोग दूसरों के लिए एक मिसाल बन जाते हैं। ऐसे व्यक्ति की हर तरफ़ प्रशंसा की जाती है। इससे समाज में आदर और सम्मान बढ़ता है। इच्छाशक्ति से लक्ष्य के प्रति चाहत बढ़ जाती है। उन ख़्वाबों से मन और शरीर की सभी इंद्रियाँ लक्ष्य पूरा करने के लिए तैयार होकर एक साथ कार्य करते हैं। इससे पूरा ध्यान लक्ष्य पर केंद्रित रहता है।

उद्देश्य तथा लक्ष्य तय करना

व्यक्ति को क्या पाना है यानी उसका लक्ष्य क्या है? यह पहले विचार करें। उद्देश्य तथा लक्ष्य से आपको मिलने वाले लाभ, आपकी सुरक्षा, सम्मान के बारे में सकारात्मक नज़रिये से सोचें। उसे पाने के बाद आपके जीवन में कौन सी अच्छी बातें होने वाली हैं। रिश्तेदार, दोस्त इज़्ज़त करेंगे। आपके पास घर और गाड़ी होगी, बैंक बेलेंस होगा। समाज में तारीफ़ होगी, सम्मान मिलेगा आदि इन सभी घटनाओं की एक तस्वीर मन में बनायें। अगर आपको समाधान मिलता है तो समझें कि आपका लक्ष्य सही है। सफल व्यक्ति के स्थान पर खुद को देखें। फिर से सोचें। गहरी छानबीन, चर्चा विमर्श करने के बाद ही विवेकपूर्ण अंतिम निर्णय लें।

आपने जो उद्देश्य तथा लक्ष्य तय किया है उसे लिखें। वह हमेशा आपके मन में और नज़र के सामने होना चाहिए। उसे छोड़ें नहीं, बस थामे रखें।

लक्ष्य संबंधी सरकारी कार्यालय में जाकर मुख्य अधिकारी से मुलाक़ात करें और अपने लक्ष्य के बारे में उन्हें बतायें। हो सकता है किसी सरकारी योजना के तहत आपको सहायता या अन्य सुविधा मुहैया कराई जाए। क्योंकि समाज की उन्नति करना हर सरकार का ध्येय होता है।

लक्ष्य पूरा करने की प्रबल इच्छाशक्ति (विल)

हर व्यक्ति अपने कार्य में सफल होना चाहता है लेकिन कुछ होते हैं और कुछ नहीं होते। जो सफल या कामयाब होते हैं उनमें कुछ ख़ास बातें होती हैं जो असफल व्यक्ति के पास नहीं होतीं। वह है प्रबल इच्छाशक्ति, सकारात्मक

नज़रिया और लगन। यह बातें बाज़ार में नहीं मिलतीं और ना ही आप इन्हें ख़रीद सकते हैं। यह हर इन्सान के अंदर होती हैं। ज़रूरत है उन्हें जानकर सही इस्तेमाल करने की। याद रखें कि जहाँ चाह है वहाँ राह है। वे असंभव मानी जाने वाली बात को संभव बनाने के कार्य करने में लगे रहते हैं। सफलता पाने की प्रबल इच्छा होना सफलता पाने की शुरुआत है। क्योंकि प्रबल इच्छाशक्ति मनुष्य को कार्य करने के लिए प्रोत्साहित करके उसकी क्षमता बढ़ाती है। जिससे व्यक्ति बिना थकावट के अपने लक्ष्य को पा सकता है। ऐसे व्यक्ति सफलता मिलने तक बेचैन रहते हैं।

ऐसे कई सफल लोगों ने इन गुणों के कारण किसी कठिन मानी जाने वाली परीक्षा, खेल या कार्य में सफलता हासिल की है। शुरू में जिनके पास कुछ नहीं था उन्होंने सफल होकर करोड़ों रुपये और उतने ही रुपयों की जायदाद जमा की है। याद रखें कि गहरे पानी में उतरने से ही मोती मिलता है।

क्या आप लक्ष्य को पा सकेंगे? लगन से लक्ष्य प्राप्त करने की जी-तोड़ मेहनत करेंगे? क्या आप उसे पाने के लिए शारीरिक, मानसिक तथा आर्थिक तौर पर तैयार हैं? अगर शुरू में असफल हो गये तो क्या फिर भी बार-बार ज़्यादा मेहनत और कोशिश करके उस लक्ष्य को हासिल करेंगे? अगर इन सभी सवालों का आपका जवाब हाँ है तो आपकी इच्छाशक्ति प्रबल है और समझो आपने आधा लक्ष्य प्राप्त कर लिया।

सकारात्मक सोच

व्यक्ति जैसा सोचता है वैसा बन जाता है। सकारात्मक सोच से मन की सुरक्षा बढ़ती है। इससे शरीर के अंग मन की इच्छा का साथ देते हैं। अगर आप यक़ीन कर लें कि आप सफल हो सकते हैं, तो इससे दूसरे भी आप पर विश्वास करने लगते हैं। जीत और हार आपकी सोच पर ही निर्भर करते हैं। मान लें तो हार होगी और ठान लें तो जीत होगी। कामयाब लोगों में जीतने का प्रचंड आत्मविश्वास होता है। नकारात्मक सोच को वे अपने आस-पास भटकने भी नहीं देते। वे हर बात को सकारात्मक सोच से देखते हैं और उम्मीद के साथ आगे बढ़ते रहते हैं। इसी सोच से अपनी पूरी क्षमता का उपयोग करते हैं। जीतने वाले व्यक्ति एक सकारात्मक सोच से ख़ास तरह से कार्य करते हैं और लक्ष्य हासिल करते हैं।

उद्देश्य तथा लक्ष्य पूरा करने के लिए योजना तैयार करना (वर्कआउट)

लक्ष्य के विषय के बारे में खोज, लक्ष्य प्राप्त करने के तरीक़े, अनुभव और ज्ञान का अध्ययन करना अनिवार्य है। केस स्टडी पढ़ें। अनुभवी और कामयाब व्यक्ति का मार्गदर्शन लें।

निर्धारित किये गये उद्देश्य तथा लक्ष्य को पूरा करने के लिए निश्चित लिखित योजना या प्लान तैयार करना चाहिए। प्लान में कार्य पूरा करने वाले सुयोग्य व्यक्ति, ज़रूरी संसाधन, रुपये, आपका तरीक़ा और तकनीक के बारे में निर्णय लेना चाहिए। उन्हें प्राप्त और इस्तेमाल करने के तरीक़े लिखें। कौन सा कार्य किस तरह से, कब और कौन करने वाला है यह निश्चित करें। आज और भविष्य में रुकावट डालने वाले ख़तरे, कठिन स्थिती के बारे में सोचें। उन पर जीत हासिल करने के लिए विकल्प की योजना बनायें।

प्लान में मुख्य लक्ष्य के छोटे-छोटे लक्ष्य बनायें। छोटे लक्ष्य में कार्य की प्राथमिकता और समयसीमा तय करनी चाहिए।

ज़रूरी संसाधन की सूची बनाकर प्राप्त करना

योजना के तहत कार्य करने के लिए ज़रूरी रुपये, सही व्यक्ति की नियुक्ति, आवश्यक साधन, सामग्री, उपकरण, मशीनों, साहित्य, सलाहकार, संसाधन, तकनीक, सुरक्षा के साधन प्राप्त करने चाहिए। कार्य में सुरक्षित तरीक़े से ध्येय प्राप्ति के लिए समर्पित लोगों का संगठन बनाना चाहिए।

लक्ष्य को हासिल करने के लिए कार्य करना (वर्क)

हर व्यक्ति की पहचान उसके कार्य से की जाती है। कार्य आपको अमीर और सुखी बनाते हैं। लक्ष्य को पाने के लिए हर व्यक्ति को अनुशासनप्रिय होना चाहिए। दिन-रात कड़ी मेहनत करना बहुत आवश्यक होता है। लेकिन प्रबल इच्छाशक्ति और सकारात्मक सोच के कारण आप थकावट महसूस नहीं करेंगे।

योजना पर अमल करने के लिए हर काम को बहुत सोच-समझकर और सावधानी से करें। कहा भी गया है कि रंग लाती है हिना पत्थर पर घिस जाने के बाद। मेहनत का फल मीठा होता है। कड़ी मेहनत करने वाले

सफल होते ही हैं। इस पर भरोसा रखें।

स्वयं या संगठन की शक्तिशाली और कमज़ोर बातें परखनी चाहिए। शक्तिशाली बातें बढ़ाने और कमज़ोरी कम करने के प्रयास करें।

समय का व्यवस्थापन

सुअवसर पहचानें और अवसर का लाभ उठायें वरना घड़ी की सुई देखते रहना पड़ सकता है। समय बर्बाद ना करें। अपना महत्त्वपूर्ण समय निश्चित करें। कार्य सही तरीक़े से, ईमानदारी से सही समय पर पूरे करें। उन्हें टालें नहीं। अपनी दिनचर्या तैयार करें। उस पर अमल करें। इसीलिए कहा गया है कि कल करे सो आज कर, आज करे सो अब। क्योंकि गुज़रा वक़्त दुबारा हाथ नहीं आता। सही वक़्त पर सही सुरक्षा के उपाय करने ज़रूरी हैं, वरना नुक़सान हो सकता है।

महत्त्वहीन कार्य या बातों पर ध्यान न दें। ऐसी बातें भूल जायें। हर दिन शाम या रात के वक़्त आज किये गये कार्य की समीक्षा करें और कल कौन से कार्य व किस प्रकार से करने हैं यह आज शाम को ही निश्चित कर लें।

कार्य याद रखने का तरीक़ा

अपने पास एक काग़ज़ पर या छोटी पॉकेट डायरी में आज और आगे करने के कार्य के नाम लिखकर सूची बनायें। इस कार्य सूची को हर दो या तीन घंटे के बाद पढ़ें। जितने ज़्यादा काम हो सकते हैं वे आज पूरे करें, कुछ की तैयारी करें। गुणी और ज़िम्मेदार लोगों से वह काम करायें। जो काम हो गये हैं उन्हें मार्क करें और दूसरे कामों पर ध्यान दें।

पाँच-छह दिन के बाद पहली सूची बदलकर दूसरी सूची बनायें। उसमें भी आज के, बाक़ी रहे काम एवं नये काम लिखें। इस तरह काम करना चाहिए, इससे काम भूलते नहीं और उन्हें याद रखने में मदद मिलती है।

एक वर्ष की डायरी में कुछ दिनों या महीने के बाद करने के काम उस दिन के पन्ने पर लिखें। उसके पाँच-छह दिन पहले के पन्ने पर याद दिलाने के लिए लिखें।

हर दिन दफ़्तर आते ही कोई भी कार्य शुरू करने से पहले कार्य की सूची देखें और महत्त्वपूर्ण तथा आवश्यक कार्य पहले करें। जिनसे कार्य

करवाना है उन्हें बुलाकर काम शुरू करने और पूरा होने के बाद आपको बताने के लिए कहें। दफ़्तर या फ़ैक्ट्री से घर जाने के पहले कौन से कार्य पूरे हुए इसकी जानकारी लें, उन्हें मार्क करें। किसी को कोई कठिनाई है तो मार्गदर्शन करें और कल कौन से कार्य करने हैं यह संबंधित कर्मचारी को बतायें। हर दिन इस तरह कार्य करने से कार्य वक़्त पर पूरे होते हैं। जो काम आप आज कर सकते हैं उसे बेवजह कल पर न टालें।

लक्ष्य अभिविन्यस्त बनें

कार्य पर पूरा ध्यान दें। आत्मविश्वास को कम न होने दें। अपनी क्षमता का पूरा उपयोग करें। भविष्य में आने वाले जोखिम, समस्या पहचानें और उनका सामना किस प्रकार से करने वाले हैं इसकी योजना तैयार रखें। हरेक कार्य पूरा करने के लिए अलग-अलग प्रकार के तौर-तरीक़े, उनके लाभ और नुक़सान की पूरी जानकारी रखें। वक़्त और हालात के सामने हार न मानें।

ग़लत तरीक़े न अपनायें। बनावटी या फ़र्ज़ी दस्तावेज़ न बनायें। कार्य क़ानूनी और वैध तरीक़े से ही पूरे करें। उपलब्ध आधुनिक सुरक्षित साधन, मशीन तथा तकनीक का इस्तेमाल करें और सही पद्धति के अनुसार कार्य करें। शरीर की सुरक्षा को नज़रअंदाज़ न करें।

पीछे हटने के मार्ग एक-एक करके बंद करके आगे बढ़ने के मार्ग ढूँढ़ने चाहिए। उद्‍देश्य सफल करने के लिए पूरी-पूरी कोशिश करें। आपको ऐसा न लगे कि आपने कोई कार्य छोड़ दिया या किसी बात पर ध्यान नहीं दिया।

योजना की समीक्षा और संशोधन

नियमित रूप से समय पर कार्य और योजना की समीक्षा और सुधार करने चाहिए। दूसरों की सफलता के साथ तुलना करें और ज़रूरी हो तो अपने तरीक़े से अनुभव से सीखकर आवश्यक सुधार और संशोधन करने चाहिए। आत्मविश्वास क़ायम रखें और ठान लिया तो काम पूरा करें। ओखली में सिर देकर मूसलों से न डरें। निरंतर प्रयास करें।

सफल होने तक कोशिश करना (विन)

कोशिश करने वाले कुछ न कुछ पा ही लेते हैं लेकिन नसीब वालों को वह मिलता है जो कोशिश करने वाले छोड़ देते हैं। सफल नहीं हुये तो भी

बार-बार कोशिश करनी चाहिए लेकिन हिम्मत नहीं हारनी चाहिए। क्योंकि कोशिश करने वालों की कभी हार नहीं होती। वह वक़्त जल्दी आएगा जब आप अपना लक्ष्य पाने में कामयाब होंगे। कामयाबी आपके क़दम चूमेगी। आप ख़ुश हो जायेंगे और लोग आपकी तारीफ़ करेंगे, आपके चाहने वाले बढ़ते जायेंगे। जीत से मन की सुरक्षा बढ़ती है।

डोन्ट वरी बी हैपी

मानव जीवन में चिंता होना स्वाभाविक है। लेकिन चिंता इतनी भी नहीं होनी चाहिए कि हमेशा के कार्य, शरीर या मन पर बुरा असर हो। दिन के कुछ समय के लिए चिंता करना ठीक है लेकिन बाक़ी ज़्यादातर समय प्रसन्न और ख़ुश रहकर कार्य करने चाहिए। ज़्यादा और निरंतर चिंता से आपके और परिवार के सदस्यों की सेहत तथा कार्यों पर बुरा असर हो सकता है। जो घातक साबित हो सकता है।

सुधार करना

आपके अच्छे गुण और अच्छी आदतें साथ ही बुरे गुण और बुरी आदतें लिखकर सूची बनायें। अपने रोज़ के व्यवहार में अपने बुरे गुण और बुरी आदतों को कम करने की कोशिश करें।

मेरी डायरी

हर व्यक्ति को अपने पास एक डायरी तैयार करनी चाहिए। उसमें अपने लक्ष्य लिखें, योजना लिखें। मेरी डायरी में आपके बचपन से आज तक की महत्त्वपूर्ण घटनायें, शौक़ और हँसी-मज़ाक़ वाली बातें वर्ष के साथ लिखें। कौन से स्कूल, कॉलेज में पढ़े? कॉलेज में कैसे मज़े किये? कुछ मनोरंजक क़िस्से, कौन सी डिग्री हासिल की? अपनी पत्नी को पहले कब देखा? शादी कैसे हुयी? कहाँ-कहाँ घूमने गये? जीवन में कौन सी कठिनाइयाँ आयीं? उन कठिनाइयों पर आपने कैसे जीत हासिल की? आपको सफलता कैसे मिली? किसने आपकी सहायता की? क़ीमती चीज़ें, घर, गाड़ी कब ख़रीदे? मन, शरीर और धन की सुरक्षा के लिए आप दूसरों को क्या सलाह देंगे? यह भी लिखें।

मेरी डायरी में आपके परिवार के सदस्य, ख़ास रिश्तेदार, दोस्त के बारे में महत्त्वपूर्ण जानकारी जैसे जन्मदिन, एनिवर्सरी की तारीख़, पता, कार्य,

ख़ास बातें आदि लिखें। आपके साथ के आठ-दस यादगार फ़ोटो चिपकायें। मेरी डायरी में आपके पसंदीदा पाँच-छह गीत, कविता, सुविचार, कहानियाँ, चुटकुले, हँसाने वाले लेख, एसएमएस, रंग, जगह आदि अपनी पसंद की बातें लिखें। तीन-चार चित्र निकालें।

यह आपकी खुद की डायरी है इसमें आप जो चाहे लिखें। सप्ताह में ख़ाली वक़्त में इसे पढ़ें। सफ़र में भी पढ़ सकते हैं। बीती बातों से आपका मनोरंजन हो जायेगा और आगे कुछ अच्छा करने की नयी उम्मीद जाग उठेगी।

5

दूसरों के साथ व्यवहार

कमांडर ने अपने अनुभव के आधार पर विस्तार से इस समस्या पर बताया कि अगर आप चाहते हैं कि लोग आपकी तारीफ़ करें, आपके कार्य से खुश हों, आपको आदर मिले, आपका महत्त्व बढ़े तो कुछ आदतें बदलनी होंगी और कुछ नयी बातें सीखनी होंगी। इससे आप सुरक्षित रह सकते हैं।

दूसरों के साथ हमारा अच्छा व्यवहार हमारी जान तथा धन बचाने में काम आता है। कई बार बेवजह के झगड़ों से मारामारी होती है। चोट पहुँचती है। चोट गंभीर हुई तो जान भी जा सकती है। क्रोध में कई लोग ग़लत कार्य करके या दूसरों को उकसाकर अपनी जान को दाँव पर लगाते हैं। कई लोगों ने ग़लत व्यवहार के कारण दूसरों की जान ली है। बुरा व्यवहार अच्छे रिश्ते बिगाड़ देता है जिससे असुरक्षा बढ़ती है। मन की बेचैनी बढ़ती है। इस वजह से निराश होकर लोगों ने हत्या और आत्महत्या की है। ग़लत व्यवहार से नाराज़ नौकर मालिक के धन की चोरी कर सकते हैं।

ग़लत व्यवहार से दूसरे नफ़रत करते हैं। वह मदद करने के लिए सामने आते ही नहीं हैं। जिससे असुरक्षा बढ़ती है। इसलिए दूसरों से सम्मान पाने के लिए अपने व्यवहार में बदलाव लाना ज़रूरी है। दूसरों के कल्याण के बारे में सोचना चाहिए। मैं-मैं को अधिक महत्त्व नहीं देना चाहिए। अपने अहंकार को हावी न होने दें। खुद दुखी न दिखें। हमेशा प्रसन्न, खुश रहें। इससे आपके संपर्क में आने वाले लोग अच्छा महसूस करेंगे।

अपनी बातों, लेखन या व्यवहार से दूसरों की जाति या धर्म की निंदा न करें। दूसरों की भावना को ठेस न पहुँचायें। इससे आपके मन, शरीर या संपत्ति की सुरक्षा ख़तरे में आ सकती है। या आपके परिवार के सदस्य भी ख़तरा महसूस कर सकते हैं।

दूसरों का कहना ध्यान से सुनना

दूसरों का कहना ध्यान से सुनना चाहिए। उनकी बातों में दिलचस्पी दिखाकर उन्हें ज़्यादा बोलने के लिए प्रोत्साहित करना चाहिए। आँखों की तरफ़ देखें लेकिन टकटकी लगाकर न देखें। दूसरों के बोलते वक़्त गर्दन हिलाकर हामी भरें। आप बैठे हों तो थोड़ा सामने झुककर बातें ध्यान से सुनें लेकिन ख़ुद कम बोलें। उनकी रुचि के बारे में चर्चा करें। विषयानुसार मुस्कुरायें या ज़ोर से हँसें। उसी विषय पर छोटे सवाल पूछें। दूसरों की बात पर आशावादी नज़रिया अपनाकर पूरी जानकारी लें। अच्छी बातों की सराहना करें। उनकी बातों को ग़लत साबित न करें। ग़लतफ़हमी को दूर करें। दूसरों को आपसे पूछे बगैर नहीं बोलना है। उनकी बातों से दूसरों का स्वभाव समझने में जल्दबाज़ी न करें। दूसरों की भावना समझें। जो मुद्दा महत्त्वपूर्ण नहीं है उस पर दूसरों के साथ बहस न करें।

दूसरों के साथ व्यवहार में यह करें

दूसरों के साथ मुस्कुराकर आदर के साथ खुलकर बातें करें। अपने मूल्य, आदर्शों पर क़ायम रहें। अपनी बात शांति से और सही तरीक़े से प्रस्तुत करें। उनकी अच्छी बातें उन्हें बतायें। दूसरों के अच्छे कार्य, अच्छी आदतों और सुधार की तारीफ़ करें। दूसरों के संकटकाल में उनका दर्द या परेशानियों को समझना चाहिए। बातों से उनका हौसला बढ़ायें और मदद करें। दूसरों का आदर-सम्मान करके अच्छे कार्य के लिए बधाई, शुभकामना दें, उन्हें प्रोत्साहित करें। कृतज्ञता रखें। दूसरों को आप से कैसा व्यवहार करना है यह बतायें। आपको मदद करने पर थैंक यू बोलें या शुक्रिया अदा करें। दूसरों की मदद से आपकी सुरक्षा को मदद मिलती है।

ग्राहक को अच्छी सेवा दें। दूसरों पर विश्वास रखें। आप जिस तरह के व्यवहार की अपेक्षा करते हैं वैसा व्यवहार दूसरों के साथ करें। विचारों में अन्तर की वजह ढूँढ़ें। बोलने से पहले भली-भाँति सोच-विचार कर लेना चाहिए। कार्य संबंधी समय पर व्यक्ति को अनुशासन प्रिय होना चाहिए। सज्जन लोगों के साथ मित्रता करें। दोस्तों या रिश्तेदारों के साथ वक़्त का मज़ा लें। माहौल को हँसी-मज़ाक़ से भर दें। अपने काम से काम रखें।

दूसरों के साथ ईमानदारी से व्यवहार करना चाहिए। दूसरे के नकारात्मक कथन का स्वागत करके अपने फ़ायदे के लिए इस्तेमाल करें। कुछ व्यक्ति

आस्तीन का साँप होते हैं, उनसे दूर ही रहें। बगल में छुरी रखने वाले व्यक्ति से सावधान रहें। दूसरों से भविष्य में होने वाले ख़तरों को पहचानें। सावधानी बरतें और उनसे निपटने के लिए तैयारी करें।

दूसरों के साथ व्यवहार में यह न करें

आपके संपर्क में आने वाले हर व्यक्ति का खुशी से हार्दिक स्वागत करें लेकिन कड़वे बोल न बोलें। दूसरों की ग़लतियों पर ज़्यादा ध्यान न दें। किसी का अपमान न करें। दूसरों के साथ गुस्से से पेश न आयें या उन्हें अधिक परेशान न करें। आपकी सुरक्षा को ख़तरा पहुँचे इस तरह दूसरों को न उकसायें या क्रोधित न करें। जब दूसरा गुस्से में हो तो आप शांत रहें। ग़लती हुयी है तो उसे प्यार से समझायें और सुधारने का मौक़ा दें।

किसी की भी आलोचना नहीं करनी चाहिए क्योंकि वे भी आपकी आलोचना करेंगे और आपको बुरा मानेंगे। अपना गुस्सा किसी और पर न निकालें। बातें करते वक़्त अपना संतुलन न खोयें। दूसरों के साथ झगड़ा न करें।

दूसरों की निजी समस्या पर पूछे बगैर उपदेश न दें। दूसरों की निजी बातों में हस्तक्षेप न करें। पीड़ित को और पीड़ा न पहुँचायें। सुनी बात पर झट से विश्वास और पीठ पीछे शिकायत न करें। ग़लत बातें बताकर अपने अनुकूल काम न बनायें। ऊटपटांग बातें न करें। दूसरों के सामने अपना ढोल न पीटें। झूठे वादे न करें। अपने खानदान को नीचा दिखाने वाले काम न करें। बुरे कर्मों के फल भुगतने ही पड़ते हैं। जैसा कर्म करोगे वैसा फल भी मिलता चलेगा। दूसरों की चापलूसी न करें। दूसरों की गोपनीय जानकारी सार्वजनिक न करें।

अजनबी व्यक्ति को खुद के बारे में पूरी निजी जानकारी देना ज़रूरी नहीं है। आप उसे आदर से बतायें कि वह निजी जानकारी न पूछे।

अपनी चिंता या परेशानियाँ दूसरों को न बतायें। ख़ास दोस्त या रिश्तेदार है तो ही अपनी परेशानियाँ बतायें।

कपड़े, बैग, बॉडी लैंग्वेज़ और भाषा पर ध्यान दें

आपके आकर्षक दिखने और बाहरी व्यक्तित्व से आप कैसे होंगे लोग इसके बारे में सोचते हैं। कई बार आपकी पहली छवि आख़िरी छवि बन जाती है।

पहली छवि को बदलना आसान नहीं होता। इसलिए आपको अपनी वेशभूषा पर ज़्यादा ध्यान देना आवश्यक है। हर दिन घर से निकलने से पहले या किसी जगह जाने से पहले अपने कपड़े और बैग पर ध्यान दें। परिस्थिती के अनुरूप प्रभावशाली दिखें इस तरह के कपड़े पहनें। आईने में देखें। आपका बैग अच्छा और आकर्षक हो।

आप दूसरों के साथ आचरण करते वक़्त अपनी बॉडी लैंग्वेज पर ध्यान दें। आप कैसे बैठते हैं, हाथ तथा पैर की हलचल कैसी है, कैसे चलते हैं, कैसे बातें करते हैं यह आईने के सामने अभ्यास करके अपनी ग़लतियाँ सुधार सकते हैं। दूसरे मशहूर लोगों का अनुकरण करें। दूसरों से बातें करते वक़्त अपने हाथ या पैर क्रॉस ना करें। उनसे नज़र मिलाकर बातें करें। अपनी जगह लें। कंधों को थोड़ा पीछे करके स्थिर करें। सीधे खड़े रहें या पीठ सीधी रखकर बैठें। दूसरों से कुछ अंतर रखकर खड़े रहें।

भाषण के वक़्त या बोलते वक़्त अपने चेहरे को बार-बार स्पर्श न करें। हाथों का सही इस्तेमाल करें। चेहरा और आँखों के हाव-भाव पर विशेष ध्यान दें। भाषण में सही शब्द, उचित उदाहरण, कहावतों, मुहावरों या सुविचारों का इस्तेमाल कर सकते हैं। किसी की भावनाओं को ठेस न पहुँचायें।

दूसरों से अपने काम करवाने का तरीक़ा

जिनसे कार्य करवाना है उनकी आपके लिए क्या अहमियत है यह बतायें। उनके अभी तक के कार्य और अच्छी आदतों की तारीफ़ करें। उनकी आलोचना न करें बल्कि कार्य करने के लिए प्रोत्साहन दें। दूसरों से अपने काम करवाने के लिए आदेश न दें बल्कि उनमें वह काम करने की इच्छा जागृत करके अनुरोध करें। उनकी समस्या सुनें, मदद का भरोसा दिलायें। उस कार्य से उनको क्या फ़ायदा होने वाला है यह बतायें। इससे काम करने वाला खुशी से काम करता है। दूसरों को खुद के बारे में बताने के लिए प्रोत्साहित करना सीखें। अच्छे कार्य के दौरान होने वाली ग़लतियों पर आप उनके साथ हैं यह यक़ीन दिलायें। इससे उनका आत्मविश्वास बढ़ता है।

अपना कार्य करने का तरीक़ा

अपना कार्य ईमानदारी से करें और किसी को धोखा न दें। इन बातों को ध्यान में रखें तो आपका नुक़सान नहीं होगा। और हो भी गया तो भी चिंता

न करें। क्योंकि सत्य परेशान हो सकता है लेकिन पराजित नहीं।

हमारे कार्य प्रमुख ने हमें जो कार्य सौंपा है, उसे हम कर सकते हैं तो कार्य करने से मना न करें। कार्य का दायित्व लें। आपको अपना लक्ष्य हमेशा ध्यान में रखना चाहिए। कार्य करते वक़्त अपनी ज़िम्मेदारी का एहसास रखें। कार्य को खुशी से स्वीकार करें और लक्ष्य पूरा करने का भरोसा दिलायें। आपको अपनी बातों और कार्य की ज़िम्मेदारी लेनी चाहिए। कार्य संबंधी गोपनीय जानकारी को गोपनीय रखना चाहिए। कार्य सँभालकर और सुरक्षित तरीक़े से ही करना चाहिए।

कार्य के बारे में सकारात्मक सोच अपनाना आवश्यक है। हमें जो काम पूरा करने की ज़िम्मेदारी सौंपी गयी है और हमने स्वीकार किया है तो उसे मन लगाकर पूरा प्रयास करके समय पर या समय से पहले पूरा करें। आनंद और मज़े से कार्य करें, सहयोगी के साथ सहजता से हँसी-मज़ाक़ करें। दूसरों के अच्छे सुझाव का स्वागत करें। समझाने के बजाय सीखने की भूमिका ग्रहण करें। अपनी पिछली असफलता से सीखे हुए अनुभव का लाभ उठायें। सिर्फ़ करने की कोशिश न करें बल्कि कार्य की योजना तैयार करके आत्मविश्वास के साथ कार्य में आयी रुकावटों को पार करके कार्य को पूर्ण कर डालें।

कार्य के दौरान कार्य प्रमुख से तथ्यों या सच्चाई न छिपायें। वक़्त निकालने के लिए या अपने आपको बचाने के लिए झूठ बोलना या बहाने बनाना अच्छी आदत नहीं है। भविष्य में इस आदत से नुक़सान ही होने वाला है यह याद रखें।

अगर कार्य प्रमुख द्वारा सौंपा गया कार्य पूरा करने में कुछ दिक़्क़तें आती हैं या कहीं उलझन या संदेह है तो तुरंत कार्य प्रमुख से मार्गदर्शन लें। लेकिन कार्य समय पर ही पूरा हो इसकी ज़िम्मेदारी लें। अपना कार्य खुद करें। आपको अपने गुणों का विकास करना चाहिए। कार्यालय में वक़्त पर या वक़्त से पहले पहुँचें। चिंता को कम करने के तरीक़े अपनायें। हमारी ग़लती हुयी तो माफ़ी माँगनी चाहिए। दूसरों की ग़लती को माफ़ कर देना चाहिए। अपनी ग़लती से यह सबक़ अवश्य सीखा जा सकता है कि भविष्य में उसकी पुनरावृत्ति न हो। काम में मज़ा आना चाहिए। पहले आप खुद को बदलें फिर दूसरों को बदलें।

लोकतंत्र देश में सरकारी नौकर जनता का नौकर होता है यह बात

न भूलें। सरकारी नौकर या लोकसेवक को शिकायतकर्ता या लोगों के साथ आदरपूर्ण अच्छा व्यवहार करके नियम और क़ानून के अनुसार कर्तव्य निभाना चाहिए। कार्यालय प्रमुख को अपने अधिकारी और कर्मचारी के ग़लत कार्य या दुर्व्यवहार पर योग्य कार्यवाही करके प्रतिबंध लगाना चाहिए।

कार्य करते वक़्त यह न करें

आपको बताया हुआ कार्य अगर आप नहीं कर सकते तो शुरू में ही उसे स्वीकार न करें। हर कार्य के लिए लाभ की अपेक्षा न रखें। ग़ैरज़िम्मेदार, असुरक्षित या ग़लत तरीक़े से कार्य न करें या जान-बूझकर ग़लतियाँ न करें। कार्यस्थल पर हमेशा देर से न जायें। कार्य के दौरान बार-बार शिकायतें न करें। कार्य करने में ज़्यादा जल्दबाज़ी न करें। कार्य के वक़्त अपनी जान दाँव पर न लगायें। तनाव में कार्य न करें। बेवजह कार्य आगे के लिए या दूसरों के लिए न टालें। कार्य को अपनी बला समझकर दूसरे के सिर पर न डालें। कार्य करते या व्यवहार करते वक़्त ज़रूरत से ज़्यादा होशियारी न दिखायें।

ग़ैरक़ानूनी काम करके क़ानून के ख़िलाफ़ न जायें। याद रखें कि बेईमानी से कमाया हुआ धन सुख नहीं देता। अगर आप लोकसेवक या सरकारी नौकर हैं तो लोगों से रिश्वत न माँगें और किसी ने पेशकश की तो भी स्वीकार न करें। इस बारे में फ़ोन पर बातें न करें।

कार्य करते वक़्त दूसरों का अपमान न करें। दूसरों के कार्य में टाँग न अड़ायें। अगर ज़रूरी नहीं है या आपसे अपेक्षित नहीं है, तो दूसरों की ग़लतियाँ न दिखायें। कार्यस्थल का माहौल न बिगाड़ें। अपना कार्य कम करने के लिए कुछ बातें या हक़ीक़त कार्य प्रमुख से न छिपायें। कार्य पूरा होने पर ग़लत रिपोर्ट पेश न करें चाहे अंजाम कुछ भी हो। अपने भविष्य की योजनाएँ दूसरों को बेवजह न बतायें।

सुअवसर का लाभ उठायें

परिस्थितियाँ हमेशा बदलती रहती हैं। जीवन में हमें अवसर की ताक में होना चाहिए और सुअवसर का लाभ उठाना चाहिए। यही वक़्त होता है कि हम पूरी जान लगाकर कार्य करें क्योंकि बीता वक़्त दुबारा नहीं आता। मौक़े का लाभ उठाना चाहिए। जो इसे गँवा देते हैं शायद ही उन्हें दुबारा ऐसे मौक़े मिलते हैं। नहीं तो पछताना पड़ सकता है।

सहयोगी के साथ व्यवहार

कोई भी व्यक्ति पूरी तरह अच्छा या बुरा नहीं होता। हर व्यक्ति में कुछ अच्छाइयाँ और कुछ बुराइयाँ होती हैं। आप दूसरों की अच्छाइयाँ देखें।

सहयोगी के साथ कंधे से कंधा मिलाकर काम करें। एकता क़ायम रखें। सहयोगी का हौसला बढ़ाकर मदद करके उनके द्वारा किये अच्छे काम का श्रेय उन्हें देना ज़रूरी है। सहयोगी के साथ विश्वासपूर्ण रिश्ते नहीं होंगे तो आपका जीवन कटी हुई पतंग की तरह हो जाएगा। हमारे हित करने वालों के साथ बुरा व्यवहार नहीं करना चाहिए बल्कि हमें मदद करने वाले व्यक्ति का शुक्रिया अदा करना चाहिए। उन्हें धन्यवाद कहें। यदि आप से ग़लती हुयी हो तो तुरंत क्षमा माँगें। सहयोगी के साथ संबंध को अच्छे ढंग से आगे बढ़ायें। दयालु, सहानुभूतिपूर्ण, सकारात्मक नज़रिया अपनाना चाहिए। उनकी प्रारंभिक छोटी-छोटी ग़लतियों को माफ़ करना चाहिए। शिकायत करने से अच्छा शुक्रिया अदा करने की भूमिका निभायें। महिला सहयोगी या किसी भी महिला तथा बुज़ुर्ग का आदर करना चाहिए। महिला से ग़लत व्यवहार या उन्हें परेशान नहीं करना चाहिए। जो सहयोगी बुरी आदत के या आपराधिक प्रवृत्ती के हैं, जिनका चरित्र अच्छा नहीं है उनसे काम से मतलब रखें, उनसे दोस्ती न करें। उनके ग़लत कार्यों में उनका साथ न दें।

जीवन में लोगों का आना-जाना चलता ही रहता है। रिश्तों में एक-दूसरे के प्रति आदर और विश्वास रहना ज़रूरी है। आप चाहते हैं पर वो अगर आपसे रिश्ता नहीं चाहते और मनाने के बावजूद नहीं मानते तब उनके साथ रिश्ते क़ायम रखने की ज़िद न करें। ऐसे रिश्ते में किसी को पाने या खोने का डर नहीं रखना चाहिए। ऐसे दुख देने वाले रिश्ते का अन्त करें। कुछ रिश्ते दुबारा जोड़े जा सकते हैं।

कुछ ख़ास अच्छे रिश्ते बढ़ाने के लिए दूसरों के पहले नाम, निक नेम, उनकी पसंदीदा बातें और चीज़ें याद रखें। उनकी जन्मतिथि याद रखें और उन्हें शुभकामनायें दें। उचित समय पर प्यारा सा उपहार दें, उनकी तारीफ़ करें। उनके संपर्क में रहें। उनकी सहायता करें। कठिन समय, आपत्ति के वक़्त रिश्तों में दरार न पड़ने दें। ऐसे वक़्त शांत रहकर विश्वास बरक़रार रखकर कठिन परिस्थिती का सामना करना चाहिए। दोस्तों में झगड़े कराने वाले कुछ लोग रहते हैं उन्हें पहचानने की कोशिश करनी चाहिए और ऐसे

लोगों की बातों में नहीं आना चाहिए। सही जगह पर सही बातें करें। कही गई बात पर दृढ़ रहें और मर्यादा में रहें। पूरी नैतिकता से रिश्ते निभाना ज़रूरी है। मुसीबत में काम आने वाला मित्र ही सच्चा मित्र होता है।

सकारात्मक नज़रिया अपनायें

हमें जीवन की हर बात को सकारात्मक नज़रिये से देखना चाहिए। नकारात्मक नज़रिया छोड़ दें। हर बात या स्थिती की अच्छाइयों पर ध्यान दें। उसमें कई बातें हो सकती हैं जिनसे आपको लाभ होने वाला है। कुछ लाभ तुरंत दिखाई नहीं देते लेकिन भविष्य में मिलते हैं। नकारात्मक सोचने वाले व्यक्ति की बातों पर ध्यान न दें। वह आपका आत्मविश्वास कम करने की कोशिश करते रहते हैं। किसी अनुभवी व्यक्ति की बात पर ग़ौर करना ठीक है।

हर समस्या का कोई न कोई समाधान होता ही है। कई बार परेशानियाँ हमारी क्षमता बढ़ाने या अच्छे गुणों की पहचान और विकास करने में काम आती हैं। परिणाम से होने वाले लाभ पहचानने चाहिए। शिकायत करने से अच्छा चेहरे पर मुस्कुराहट रखें, प्रसन्न रहें और स्थिती का डटकर सामना करें। कई लोग कठिन स्थिती से गुज़रने के बाद ही महान बने हैं।

परिवार के प्रति प्राथमिकता

आपके व्यक्तित्व की सच्ची तस्वीर आपको देखनी है तो आपको किसी आईने की ज़रूरत नहीं है। बस अपने परिवार के सदस्यों के चेहरे को देखें और आप कैसे हैं इसका आपको अंदाज़ा हो जायेगा। पारिवारिक समस्या या संबंधों पर अच्छी पुस्तकें पढ़नी चाहिए। इससे सोच एवं व्यवहार में बदलाव आ सकता है। बुज़ुर्गों की सलाह काम आ सकती है।

अपने माता-पिता, पत्नी, बच्चों से मधुर संबंध रखने चाहिए। अच्छे संबंध से आत्मा, मन सुरक्षित रहते हैं। हाँ, किसी परिवार में कभी कोई समस्या हो सकती है, लेकिन यही जीवन है। समस्या व समाधान, नोंकझोंक, सुलह, गिला-शिकवा यह सिलसिला चलते रहना चाहिए। लेकिन मारपीट कभी नहीं होनी चाहिए। रूठे हुये को मनाने की कोशिश करनी चाहिए।

कभी माँ या पत्नी के आपसी मतभेद से आपको अड़चनें पैदा हो सकती हैं। झगड़ों से मन असुरक्षित होता है। मन दुखी होने के कारण कई परिवार टूट गये हैं। बदला लेने के लिए अपराध दर्ज किये जाते हैं। पत्नी पति

या पति के रिश्तेदारों के ख़िलाफ़ पुलिस स्टेशन में शिकायत दर्ज करती है। दोनों पक्षों का नुक़सान बढ़ता ही रहता है। लेकिन शांति से रहने का कोई तो हल होगा। कुछ बातों पर समझौता करना ही होगा। अगर हर सदस्य दूसरों के सुख के बारे में सोचे तो मुझे नहीं लगता कि समस्या खड़ी हो सकती है। बस बात है समझदारी की। व्यवहार स्पष्ट होना चाहिए। इसमें थोड़ा कठोर होने की नौबत आ जाये तो हो जायें। लेकिन परिवार की एकता और शांति को क़ायम रखने का पूरा प्रयत्न करें। इतनी सी ज़िंदगी में झगड़ों में दिन ख़राब क्यों करें। ख़ुशी से जीना चाहिए न कि मुँह लटकाकर।

परिवार के सदस्यों से प्यार से रिश्ते बढ़ायें। अपने बड़ों का आशीर्वाद प्राप्त करना चाहिए। हमेशा माता-पिता, पत्नी, बच्चों के साथ या सम्पर्क में रहें। उन्हें अपना अच्छा वक़्त दें। उनकी देखभाल करें। उन्हें बहुत सारा प्यार करें।

परिवार के सदस्यों के लगाव, मेहनत और कोशिश की सच्ची प्रशंसा करें। उनकी परेशानियाँ, चिंता, समस्या पूछें। उनका साथ न छोड़ें। साथ ही उनके कार्य में मदद करनी चाहिए। उनकी ख़ुशी में शामिल होकर साथ खेल खेलें, हँसी-मज़ाक़ करें। सप्ताह में एक बार बाहर अवश्य घूमने जायें, फ़िल्म देखने या किसी होटल में खाना खाने जायें।

परिवार के सदस्यों पर विश्वास रखना चाहिए। ख़ासकर चाल-चलन या चरित्र के बारे में शक का विचार मन में बड़ी आसानी से आता है लेकिन इसके अंजाम ख़तरनाक होते हैं। बेबुनियाद शक आदर और अच्छे रिश्ते ख़त्म करता है। इसलिए बेवजह शक को अपने दिल में जगह न बनाने दें।

परिवार में मतभेद मिटायें

हर व्यक्ति का अस्तित्व स्वतंत्र होता है। उसके अपने विचार होते हैं। कुछ मुद्दों पर किसी भी दो व्यक्तियों के विचारों में अंतर होना जायज़ है।

किसी विषय पर मतभेद है तो उस पर खुलकर शांति से चर्चा करके सभी को अपने विचार व्यक्त करने चाहिए। दूसरों का नज़रिया और विचार समझने की भूमिका अपनायें। दूसरों की हर बात की आलोचना करना ठीक नहीं है। बार-बार शांति से चर्चा करने से सोच-विचारों में बदलाव आ सकता है। जब हम दूसरे की बातें सुनते नहीं और दूसरे को ग़लत साबित करने के

लिए अपनी बात पर अड़े रहते हैं तब झगड़ा शुरू होता है।

गर्मागर्मी की बहस व झगड़ा टालना चाहिए। इसके लिए जब आपको लगे कि अब झगड़ा हो सकता है तब आप उस जगह से दूर चले जायें या खुद बोलें नहीं सिर्फ़ सुनें या अपना उत्तर शांति से और देरी से दें। अगर आप नहीं चाहते कि झगड़ा हो तो आपको पसंद नहीं हैं ऐसी बातें भी उस वक़्त के लिए आप सुन लें और हाँ में हाँ मिलायें।

कठिन समय में परिवार के सदस्य पर आरोप लगाने से अच्छा है कि एक-दूसरे का साथ दिया जाए। जीवन को विनोद एवं सहजता से लें, हमेशा हर बात को गंभीरता से न लें। एक मियान में दो तलवारें नहीं रहतीं इसलिए परिवार में एक को गरम तो एक को नरम रहना चाहिए। एक गुस्से में है तो दूसरे सदस्य को शांत रहना चाहिए लेकिन याद रखें कि घर का माहौल तनावपूर्ण नहीं होना चाहिए।

घर आये मेहमान की आरती उतारनी चाहिए। पारिवारिक कार्यक्रम में अतिथि का आदर-सत्कार करना चाहिए। ऑफ़िस की परेशानियों या तनाव को घर में न लायें यानी घर में ख़ुशी से रहें। आनन्द लें, खेलें। शराब का सेवन एवं धूम्रपान न करें।

घर में परिवार के सदस्यों और ख़ासकर बच्चों के साथ बातें करते वक़्त थोड़ा-बहुत अँग्रेज़ी भाषा का इस्तेमाल करें। इससे बच्चों को अँग्रेज़ी शब्द और भाषा बोलने की आदत पड़ जाती है जो आगे चलकर उन्हें जीवन में या नौकरी के लिए फ़ायदेमंद हो सकती हैं।

फ़ोर डब्ल्यू से सावधान

फ़ोर डब्ल्यू यानी अँग्रेज़ी में वैल्थ (wealth) यानी संपत्ति, वुमन (women) यानी महिला, वाइन (wine) यानी शराब और रॉथ (wrath/anger) यानी गुस्सा इन्हीं से ज़्यादातर झगड़े शुरू होते हैं और जान तथा सम्पत्ति की हानि होती है।

यह फ़ोर डब्ल्यू जिस व्यक्ति पर हावी हो गये तो समझें कि उसकी ज़िंदगी बर्बाद हो सकती है। इनसे शुरू होने वाले विवादों में कई जानें चली जाती हैं, परिवार बिखर जाते हैं या नष्ट होते हैं। आप देखें तो आपके आस-पास इस प्रकार के उदाहरणों की कमी नहीं होगी।

ग़लत तरीक़े से ज़्यादा धन प्राप्त करने का लालच बुरा होता है। कुछ बहुत ख़ूबसूरत महिलायें इंद्रजाल का खेल खेलकर आदमी को उँगलियों पर नचाती हैं और आदमी कठपुतली की तरह नाचते हैं। ज़्यादा शराब पीने की आदत से शरीर, प्रतिष्ठा और परिवार पर बुरा असर पड़ता है। छोटी बातों से झगड़े शुरू होकर क्रोध पर इन्सान का नियंत्रण नहीं रहा तो गंभीर स्थिती में पहुँच जाते हैं। इसलिए जीवन में इन चार डब्ल्यू से सावधानी बरतनी ज़रूरी है।

क्रोध पर नियंत्रण

क्रोध को हमेशा क़ाबू में रखना चाहिए। कुछ पसंद न आने वाली बातों या घटनाओं पर धीरज से काम लेना चाहिए। क्रोध का सबसे बुरा असर क्रोधित व्यक्ति पर ही होता है। क्रोध की वजह से अच्छे रिश्ते बिगड़ जाते हैं या क्रोधित व्यक्ति के हाथों से ग़लत या आपराधिक कार्य हो जाते हैं। क्रोध से नुक़सान भी होता है। इससे व्यक्तित्व ख़राब होता है। विवाद शांति से सुलझाने चाहिए। कुछ ग़लत हुआ तो क्षमा माँगनी चाहिए।

अपने साथ रहने वाले व्यक्ति को इसकी जानकारी दें और उसे क्रोध के वक़्त शांति से व्यवहार करने की आपको याद दिलाने की बात कहें। इस तरह के उपाय करके क्रोध को शांत किया जा सकता है।

वैकल्पिक मित्र नीति

इस बात का ध्यान रखें कि जीवन में सबसे क़ीमती अपनी जान होती है। किसी एक पुरुष या महिला दोस्त को आप बहुत चाहते हैं तो दूसरे पुरुष या महिला से भी अच्छे नैतिक रिश्ते बनाकर रखें। क्योंकि अगर पहले दोस्त ने आपको दुःख, धोखा दिया या आपका दिल तोड़ दिया तो दूसरा दोस्त आपकी मदद करेगा। इससे आप ज़्यादा उदास नहीं होंगे, अकेलापन महसूस नहीं करेंगे और आत्महत्या के लिए प्रेरित नहीं होंगे।

कठिन परिस्थिति का सामना करना

कठिन समय तब माना जाता है जब हमारे तन, मन या धन की सुरक्षा ख़तरे में होती है। अगर पहले से ऐसे ख़तरों का अंदेशा भाँपकर सावधानी भरे उपाय किए जाएँ तो ज़्यादा बेहतर होगा। इससे ऐसे वक़्त का सामना

करना आसान हो जाता है।

हर इन्सान की ज़िंदगी में कठिन वक़्त आता है, क्योंकि जीवन सुख और दुख का मेल है। मनुष्य के जीवन में पल-पल परिस्थितियाँ बदलती रहती हैं। जीवन में सफलता-असफलता, हानि-लाभ, जय-पराजय के अवसर मौसम के समान होते हैं। हमारे जीवन में सुख भी हैं और दुख भी हैं। कभी भी कुछ स्थिर नहीं रहता। कठिन परिस्थिती में जो डर गया, सो मर गया। इसलिए ऐसी परिस्थिती में इंसान को हिम्मत नहीं हारनी चाहिए। संकट आने पर अपने सद्गुणों का परित्याग नहीं करना चाहिए। शांति से सोचकर योजना बनाकर क़ानूनी तरीक़े से ही मुश्किल वक़्त का सामना करें। संबंध में बुरे एवं कठिन वक़्त का मिलकर सामना करें।

हम अपनी ज़िंदगी की सभी घटनाओं पर नियंत्रण नहीं रख सकते, लेकिन उनसे निबटने के लिए सकारात्मक सोच के साथ सही तरीक़ा तो अपना ही सकते हैं। व्यक्ति की खरी पहचान इस कठिन समय पर की जाती है कि वह किस तरीक़े से मुश्किलों का सामना करता है। यह एक इम्तिहान है जिसमें आपको पास होना ही है। शांति से सोचकर रास्ते निकालने चाहिए। कई व्यक्ति इसे चुनौती समझते हैं और योजना बनाकर सामना करते हैं और सफल होते हैं। कई लोग अपनी पहली असफलता से इतने परेशान हो जाते हैं कि अपने लक्ष्य को ही छोड़ देते हैं किन्तु साहस और सहनशीलता के गुण से इन्सान जीवन में सफल हो सकता है।

6

क़ानून की जानकारी

इस सवाल पर कमांडर ने स्पष्ट किया कि देश के नागरिकों के संवैधानिक अधिकार, जान, माल तथा संपत्ति की सुरक्षा करना हर सरकार का प्राथमिक कार्य है। सुरक्षित और शांति के माहौल में ही समाज का विकास हो सकता है। नागरिक शांतिपूर्ण जीवन जी सकते हैं। नागरिकों की सुरक्षा के लिए अपराधों पर नियंत्रण पाने हेतु अच्छे क़ानून बनाना और अपराधों में कमी लाने के लिए योजना बनाने का कार्य सरकार निरंतर करती रहती है।

भारतीय दण्ड संहिता यानी इंडीयन पीनल कोड अपराधी को सज़ा देने के लिए प्रमुख क़ानून है। दण्ड प्रक्रिया संहिता (जाप्ता फ़ौजदारी) यानी क्रिमिनल प्रोसीजर कोड सन 1973 क़ानून सभी क़ानूनी और न्यायालय की कार्यवाही की क्रिया एवं संशोधन के बारे में है। समाज, देश, दुनिया में हुये बदलाव के अनुसार सरकार इन क़ानूनों में सुधार करती है। हर प्रकार के नागरिक के अधिकार, जान तथा माल की सुरक्षा के लिए सरकार ने कई क़ानून बनाये हैं। साथ ही महिलाओं एवं बच्चों के लिए अलग क़ानून बनाये हैं।

सरकार द्वारा क़ानून का अमल करने की ज़िम्मेदारी पुलिस प्रशासन को दी गयी है। कुछ क़ानून का अन्य सरकारी विभाग भी अमल करते हैं।

किंतु बहुत सारे आम लोगों को पता ही नहीं होता कि उनके साथ जो घटनायें हो रही हैं, उनसे बचाव का कोई क़ानून भी है। लोगों तक नये क़ानून की जानकारी पहुँचाने के लिए सभी स्कूल, कॉलेजों में इस बारे में जानकारी देनी चाहिए। सभी ग्राम पंचायत, नगर परिषद कार्यालयों, पुलिस स्टेशनों, वाचनालयों में सभी क़ानूनों की प्रति या पुस्तकें उपलब्ध होनी चाहिए।

आमतौर पर शारीरिक चोट पहुँचाना, गाली देना, महिलाओं के साथ छेड़छाड़ करना, गहने या क़ीमती चीज़ें चुराना, नुक़सान करना, अपमान करना, धार्मिक भावना का अनादर करना, हथियार से ज़ख़्मी करना, ख़ून करना आदि प्रकार के अपराध के लिए मुजरिम को इंडियन पीनल कोड क़ानून की अलग-अलग धाराओं के तहत सज़ा सुनाई जाती है।

अपराध क्यों बढ़ते हैं?

हर नागरिक के सुरक्षित जीवन के लिए अपराध का कम होना आवश्यक है। सरकार हर प्रकार के अपराध के लिए सख़्त से सख़्त सज़ा देने के उद्देश्य से क़ानून बनाती है। फिर भी अपराधों की संख्या में हर साल बढ़ोतरी होती है। इसकी क्या वजह है? दिन प्रति दिन बढ़ते अपराध एक गंभीर चर्चा का विषय है। जब ज़्यादातर लोग शांति चाहते हैं तो फिर अपराध का ग्राफ़ बढ़ता क्यों है? यह एक राष्ट्र के विकास के साथ जुड़ा हुआ मामला है।

क्या समाज इतना आपराधिक हुआ है? लोगों को क़ानून तोड़ने का डर क्यों नहीं लग रहा है? क्यों? अगर सिर्फ़ क़ानून बनाने से अपराध की संख्या में कमी नहीं आती है तो और क्या विकल्प हो सकते हैं? हमें उन विकल्पों पर ध्यान देना ज़रूरी है जिनसे अपराध न हों या उनकी संख्या में कमी आये। देश की प्रगति के लिए समाज में शांति रहना और अपराधों की संख्या कम होना आवश्यक है। अगर अपराधों की संख्या में कमी आयी तो उस पर कार्यवाही करने का पुलिस या न्यायालय का ख़र्च और समय बच सकता है। इससे समाज की एक अलग पहचान होकर अधिक उन्नति होगी।

अपराध कैसे कम होंगे?

अपराध होने से रोकने पर ज़्यादा ध्यान देना चाहिए। लोगों की सोच, मनोवृत्ति, दृष्टिकोण में सकारात्मक बदलाव लाना चाहिए। पुलिस बल पर्याप्त संख्या में होना चाहिए।

नागरिक, पुलिस, अन्य सरकारी विभाग एकसाथ मिलकर आधुनिक तकनीक का उपयोग करके कार्यप्रणाली में निरंतर सुधार लाएँ तो निश्चित तौर पर अपराध कम होंगे।

अपराध की संख्या कमी के उपाय

अपराध की संख्या कम करने के लिए ख़ुद वह व्यक्ति, उसके माँ, बाप या रिश्तेदार, समाज, सरकारी विभाग आदि सभी ज़िम्मेदारी के साथ कार्य करें तो निर्णायक तौर पर अपराध में कमी आएगी। ज़्यादातर चौराहों, नाके, बाज़ार, आनेजाने के रास्तों पर सीसीटीवी लगाने चाहिए और अन्य आधुनिक तकनीकी यंत्रों का इस्तेमाल करना चाहिए। हर संस्था, दुकान और सामने वाली रोड कवर करने के लिहाज़ से लगाए गए सीसीटीवी कैमरे अपराध रोकने में उपयोगी होते हैं। साथ ही इन यंत्रों से अपराधी पहचानकर उन्हें पकड़ना और उनके ख़िलाफ़ सबूत जुटाना आसान होता है।

आदतन अपराधी पर चौबीस घंटे पुलिस तथा नागरिकों द्वारा निगरानी रखी जानी चाहिए। पुलिस को भविष्य में होने वाले अपराधों की साजिश की जानकारी प्राप्त करके तुरंत उसकी रोकथाम के लिए उचित कार्यवाही करनी चाहिए।

नागरिकों को सक्रिय तरीक़े से पुलिस विभाग की मदद करनी चाहिए। नागरिकों का पुलिस को सहयोग मिलने पर अपराधियों के लिए ख़तरे की घंटी का बजना शुरू होता है। अपराधी मन में डर बैठ जाता है। नागरिक और सख़्त पुलिस प्रशासन से अपराधी पंगा नहीं ले सकता।

नागरिकों को अपराधी का हर प्रकार से विरोध करना चाहिए। पीड़ित/जख़्मी व्यक्ति को मदद करनी चाहिए। अपराधी की अपराध संबंधित हरकतों की जानकारी पुलिस को देनी चाहिए। अपराधी को पकड़कर पुलिस के हवाले कर देना चाहिए। जब नागरिक अपना संघ बनाकर या एकसाथ मिलकर खुलकर अपराधी के विरोध में रास्ते पर उतरते हैं तब अपराध निश्चित रूप से कम होने ही हैं। पुलिस अपराध रोकने का हर मुमकिन प्रयास करती है किंतु पुलिस बल कम होने की वजह से अपराधियों पर निगरानी रखने में काफ़ी मुश्किलों का सामना करना होता है।

लोग पुलिस की मदद करते हैं। इस कार्य से वे ख़ुद अपनी, रिश्तेदारों, मित्रों या देश के नागरिकों को प्रत्यक्ष और अप्रत्यक्ष रूप से सुरक्षा मुहैया करने का पवित्र कार्य करते हैं। पुलिस की सहायता करने से हज़ारों लोगों की जानें बचती हैं या नुक़सान होने से बचाया जा सकता है। ऐसे लाभ सीधे-सीधे नज़र नहीं आते हैं लेकिन आम जनता की सुरक्षा सुनिश्चित करने

में मदद मिलती है। सिविल रहकर भी देश की सुरक्षा में योगदान किया जा सकता है। ऐसे लोगों का सरकार तथा सामाजिक संगठनों की तरफ़ से सम्मान किया जाना चाहिए।

निजी क्षेत्र में ऑफ़िस कर्मचारी, लेबर, ड्रायवर, नौकर, सुरक्षागार्ड आदि पदों के लिए आवेदन कर रहे व्यक्ति के ख़िलाफ़ पुलिस में कोई अपराध दर्ज है या नहीं, इस आशय का चारित्र प्रमाणपत्र होना अनिवार्य किया जाना चाहिए। इससे अपराधिक कार्यों पर शिकंजा कसेगा। अच्छे आचरण वाले लोगों को नौकरी मिलने से कुछ लोग अपराध से बचते रहेंगे।

पुलिस को आम नागरिकों, व्यापारियों, धार्मिक संस्थाओं या संगठनों, पॉलिटिकल लोगों, प्रतिष्ठित लोगों, महिलाओं, विद्यार्थियों, अध्यापकों, सामाजिक कार्यकर्ताओं, मजदूरों, हॉकर्स आदि हर प्रकार के लोगों के साथ महीने में एक बार मीटिंग में चर्चा करनी चाहिए। अपराधी की हरकतों की निगरानी और अपराध रोकथाम के उपाय करना और नागरिकों का सहयोग लेना अत्यंत आवश्यक है। जिन लोगों के ख़िलाफ़ कोई प्रकरण दर्ज नहीं है, जो किसी आपराधिक कार्य में शामिल नहीं रहते और समाज में शांति का माहौल चाहते हैं, ऐसे लोगों को पुलिस मित्र बनाकर पुलिस कार्य में साथ लेना आवश्यक है। इससे पुलिस कार्यवाही निष्पक्ष होने से अपराध की संख्या में कमी आ सकती है।

सुरक्षित समाज में निष्पक्ष और कार्यक्षम मीडिया की मौजूदगी महसूस की जा सकती है। अख़बार, टीवी न्यूज़, मैग्ज़ीन या अन्य प्रकार के मीडिया के वजह से कई अपराध रोके गए हैं या अपराधी पर जायज़ कार्यवाही हुई है और पीड़ितों को न्याय मिला है। मीडिया से अपराधी व्यक्ति का असली चेहरा दुनिया के सामने आता है जिससे लोगों की सुरक्षा बढ़ाने में काफ़ी मदद मिलती है। इससे समाज में सुरक्षा का माहौल बढ़ता है। अपराधी अपराध करने से डरते हैं। लोगों के जान तथा माल की सुरक्षा होती है।

अण्वेषण में अपराधी व्यक्ति के सभी साथी, उसे मदद, प्रोत्साहन देने वाले लोग और उस अपराध से लाभ लेने वाले लोग कानून के शिकंजे में आने चाहिए। अपराधी पर कारगर प्रतिबंधात्मक कार्यवाही होनी चाहिए।

पुलिस अण्वेषण में पंचनामे के लिए पुलिस को पंच के लिए अच्छे निपक्ष लोग मिलना मुश्किल होता है जिसके परिणामस्वरूप आरोपी छूट जाते

हैं। सरकारी लायसेन्स, परमिट या योजना का फ़ायदा ले रहे ऐसे लोगों या सरकारी कर्मचारियों को पंच के लिए प्रोत्साहन देना ज़रूरी है। इस बारे में नागरिकों में जागृति लाना ज़रूरी है क्योंकि यह समाजसेवा हेतु एक अच्छा कार्य है। ऐसे लोगों का खुलकर सम्मान होना और उन्हें सुरक्षा मुहैया कराना चाहिए।

न्यायालय में आपराधिक मामले की सुनवाई के दौरान कुछ अपराधियों को लाभ पहुँचाने के उद्देश्य से कुछ गवाह जानबूझकर पुलिस को दिए बयान से पलट जाते हैं। झूठी दलीलें न्यायालय में पेश की जाती हैं। यह रोकना ज़रूरी है। पुलिस के पास शिकायत दाख़िल करने या गवाह के रूप में अपराध के बारे में जानकारी देने के लिए शिकायत-आवेदन का एक फ़ार्म बनाना चाहिए। इसे गवाह ख़ुद भरेगा और अपराध के घटनाक्रम, देखे गए दृश्यों या सुनी गई आदि बातों की जानकारी उसमें लिखेगा। वह फ़ार्म पर अपनी और जान-पहचान के एक या दो व्यक्तियों के दस्तख़त लेकर अपराध संबंधित जानकारी पुलिस को देगा। यह फ़ार्म हर जगह, नेट आदि पर उपलब्ध होना चाहिए। इससे कोर्ट में गवाह पलटने की घटनाओं में कमी आ सकती है। अगर पलट गए तो न्यायालय से कार्यवाही होनी चाहिए। इससे अपराधी को दोषी करार देने में और भविष्य में होनेवाले अपराध रोकने में मदद मिल सकती है।

जो आदतन अपराधी बार-बार अपराध करता है उसके पुराने केस की जमानत रद्द करने की कार्यवाही होना आवश्यक है। जिस अपराधी व्यक्ति को दो अपराध में तीन या अधिक साल की सज़ा मिलती है तो आगे ऐसे व्यक्ति को किसी भी सरकारी योजना का लाभ या पद नहीं मिलना चाहिए। उसे विभिन्न प्रकार के लाभों, जैसे : सरकारी योजना के लायसेन्स, परमिट, राशनकार्ड, सरकारी अनुदान, सरकारी नौकरी आदि से तुरंत वंचित कर देना चाहिए। ऐसे व्यक्ति किसी भी राजनीतिक पार्टी के सदस्य नहीं बन सकें, ऐसे उपायों पर सोचने की ज़रूरत है।

शराब पीकर वाहन चलाने से दुर्घटना में किसी की जान जाती है तब उसका परिवार रास्ते पर आ जाता है। छोटे बच्चे बेसहारा हो जाते हैं, उनके सपने टूट जाते हैं। पूरा परिवार असुरक्षित हो जाता है। उस वाहन चालक पर कानूनी कार्यवाही होनी चाहिए। साथ ही उसका लायसेन्स पाँच साल के लिए रद्द होना चाहिए। उस वाहन को कम से कम एक महीने के

लिए पुलिस के कब्ज़े में रखना चाहिए और वाहन परमिट एक महीने के लिए निलंबित होना चाहिए। इससे शराब पीकर वाहन चलाने से होने वाली दुर्घटनाओं में कमी आ सकती है।

पीड़ित व्यक्ति को हुए नुक़सान या इलाज पर किए ख़र्च की पूरी रक़म मुआवज़े के रूप में प्रारंभिक सबूतों के आधार पर पीड़ित को एक माह के अंदर अपराधी की तरफ़ से मिलनी चाहिए।

सज़ा के साथ ही अपराधी पर लगने वाली जुर्माने की रक़म बढ़ानी चाहिए और वह रक़म नुक़सान झेलने वाले या पीड़ित व्यक्ति को और सरकार के जेल या पुलिस पर हुए ख़र्च के अनुपात में मिले।

अपराध दर्ज होने पर पुलिस कार्यवाही होती है लेकिन उस अपराध से संबंधित सभी पार्टियों, उस क्षेत्र के प्रतिष्ठित लोगों को एकसाथ बैठकर विवाद पर समझौता और शांति के लिए प्रयास करने चाहिए।

महाराष्ट्र सरकार की 'महात्मा गांधी विवाद मुक्त गाँव मुहिम' आपसी विवाद पर समझौता करने, विवाद कम करने, समाज सुधारने और समाज के सभी वर्गों को शांति के साथ उन्नति की दिशा में ले जाने वाली एक उपयुक्त योजना है। ज़रूरत है ऐसी योजनाओं पर ईमानदारी से गंभीरतापूर्वक ज़्यादा से ज़्यादा कार्य करने की।

पहली बार या अनजाने में अपराध करनेवाले, ग़लत संगति या परिस्थिति के कारण अपराध करने वाले लोगों की अपराधी प्रवृत्ति/व्यवहार में सुधार करने, उस पर निगरानी रखने, रिश्तेदारों से चर्चा करके उस पर नियंत्रण रखने के तरीक़े समझाने, अच्छे व्यवहार के लिए प्रोत्साहन देने, अपराध के ग़लत या नुक़सानदायक परिणाम समझाने, उसे अच्छा काम या धंधा करके मेहनत से कमाई करने की आदत डालने, अपराधी वृत्ति की मानसिकता में सुधार लाने, भावनात्मक सहायता करने, रोज़गार दिलाने आदि जैसी मदद सरकार की तरफ़ से की जाती है। इन कार्य में ज़्यादातर सामाजिक कार्य संस्था/एनजीओ की भूमिका बढ़ाना आवश्यक है। इससे अपराधिक प्रवृत्ति में सुधार होकर अपराधों की संख्या में कमी आ सकती है। इस कार्य के लिए ज़िला स्तर पर एक कारगर अलग व्यवस्था होनी चाहिए क्योंकि अगर अपराधी सुधर गया तो समाज की सुरक्षा को ख़तरा कम होगा।

अपराध के प्रकार

पुलिस की दृष्टि से अपराध के दो प्रकार होते हैं :

1. संज्ञेय अपराध (cognizable offence) :

व्यक्ति के कार्य या कृत्य, इस्तेमाल साधन और कार्य के परिणाम के अनुसार उस कानून की धाराओं के तहत गंभीर प्रकार के अपराध संज्ञेय माने जाते हैं।

इंडियन पीनल कोड की धारा के अनुसार जैसे हत्या करना, चोरी करना, चीज़ें लूटना, जबरन वसूली, शस्त्र से ज़ख्मी करना, बच्चे या महिलाओं पर लैंगिक अत्याचार, बलात्कार, छल, रास्ता रोकना, सरकारी कार्य न करने देना आदि संज्ञेय अपराध हैं।

पुलिस स्टेशन में इस अपराध की शिकायत पर एफ़आईआर (FIR) लिखी जाती है और पुलिस को अपराध का अन्वेषण, आरोपी को गिरफ़्तार करने और सबूत जब्त करने का अधिकार होता है। पुलिस अंतिम रिपोर्ट न्यायालय में पेश करती है। चालान केस में शिकायतकर्ता को वकील करने की ज़रूरत नहीं होती। उसका केस सरकार चलाती है।

2. असंज्ञेय अपराध/एनसी (non cognizable offence) :

मामूली प्रकार के अपराध इस क़ानून में असंज्ञेय माने जाते हैं।

इंडियन पीनल कोड की धारा के अनुसार गाली देना, अपमान करना, हाथ से मारना, हाथापाई करके चोट पहुँचाना, मारने की धमकी देना, नुक़सान करना आदि प्रकार के अपराध असंज्ञेय अपराध हैं।

असंज्ञेय अपराध में पुलिस एफ़आईआर लिखकर कॉपी शिकायतकर्ता को देती है। कोर्ट की अनुमति के बिना क़ानूनी अन्वेषण या आरोपी को गिरफ़्तार करने का पुलिस को अधिकार नहीं है।

संज्ञेय अपराध (cognizable offence) के प्रकार

जमानतीय और अजमानतीय :-

अ. जमानतीय संज्ञेय अपराध (bailable offence) : कुछ कम गंभीर प्रकार के संज्ञेय अपराध जमानतीय होते हैं। जैसे इंडियन पीनल कोड में किसी व्यक्ति का रास्ता रोकना, ग़ैरज़िम्मेदार कार्य करके मामूली चोट पहुँचाना, तेज़

रफ़्तार और ग़ैरज़िम्मेदाराना तरीक़े से वाहन चलाकर किसी व्यक्ति की मृत्यु के लिए ज़िम्मेदार होना, दूसरों की खुली जगह में प्रवेश, आदि।

इस प्रकार के अपराध में गिरफ़्तार अपराधी या आरोपी को क्रिमिनल प्रोसीजर कोड की धारा 436 के अनुसार अन्वेषण पुलिस अधिकारी उचित जमानत पर शर्तों के साथ रिहा कर सकता है।

कोई भी व्यक्ति पुलिस के पास गिरफ़्तार आरोपी की जमानत के लिए अर्जी कर सकता है। अर्जी के साथ आरोपी तथा जमानतदार के पासपोर्ट फ़ोटो, जमानतदार के रहने का पता, पहचान, आय संबंधी दस्तावेज़ पेश करने चाहिए। इसमें वकील की आवश्यकता नहीं है। आरोपी ने जमानत नहीं ली तो पुलिस उसे चौबिस घंटे के भीतर नज़दीकी मजिस्ट्रेट न्यायालय में पेश करती है।

ब. अजमानतीय संज्ञेय अपराध (non bailable offence) : कुछ ज़्यादा गंभीर प्रकार के संज्ञेय गुनाह अजमानतीय होते हैं। जैसे इंडियन पीनल कोड में हत्या करना, चोरी करना, लूटना, महिला से छेड़छाड़, बलात्कार आदि। इन अपराधों के अपराधी को पुलिस जमानत पर रिहा नहीं कर सकती। यह अधिकार केवल न्यायालय को है। आरोपी को न्यायालय अपनी हिरासत/एमसीआर में लेता है और फिर जमानत अर्जी पर या व्यक्तिगत जमानतनामे पर आरोपी को शर्तों पर छोड़ता है।

पुलिस में शिकायत दर्ज करना

सुरक्षा और न्याय पाने हेतु पुलिस के पास आपराधिक मामलों की शिकायत करना आवश्यक है। क्रिमिनल प्रोसीजर कोड की धारा 154 के अनुसार जब कोई भारतीय नागरिक किसी भी पुलिस स्टेशन में जाकर संज्ञेय अपराध के बारे में शिकायत करता है तब पुलिस उसकी शिकायत लिखित में दर्ज करने से मना नहीं कर सकती। शिकायत एफ़आईआर बुक में दर्ज करके क़ानूनी कार्यवाही करना पुलिस की ज़िम्मेदारी है। एफ़आईआर की कॉपी बिना कोई रुपये लिए यानी मुफ़्त में शिकायतकर्ता को देना क़ानूनन अनिवार्य है।

अगर शिकायत की घटना उस पुलिस स्टेशन की नहीं है तो एफ़आईआर यानी शिकायत उस संबंधित पुलिस स्टेशन को क़ानूनी कार्यवाही के लिए भेजना पुलिस का कर्तव्य है।

आप अपनी शिकायत ई-मेल या पोस्ट के द्वारा भी भेज सकते हैं। एफ़आईआर दर्ज होने के वक़्त आपको पुलिस स्टेशन जाकर दस्तख़त करने पड़ते हैं।

अगर पुलिस स्टेशन में पुलिस किसी व्यक्ति की शिकायत दर्ज नहीं करती है या उचित कार्यवाही नहीं होती है तो वे ऊँचे पद के पुलिस अधिकारी या जिला प्रमुख पुलिस अधिकारी के पास शिकायत की अर्जी दे सकते हैं। पुलिस कार्यवाही ना करे तो मजिस्ट्रेट न्यायालय में शिकायत दर्ज की जा सकती है।

अगर आप पुलिस स्टेशन नहीं जा सकते तो जिला पुलिस कंट्रोल रूम या पुलिस स्टेशन में फ़ोन करके शिकायत बता सकते हैं। संकटकाल में मदद के लिए पुलिस को बुला सकते हैं। क्योंकि हर नागरिक की जान तथा माल की रक्षा करना पुलिस का कर्तव्य है। इसलिए ज़रूरी फ़ोन नंबर अपने पास हमेशा रखने चाहिए।

पुलिस अन्वेषण

पुलिस शिकायतकर्ता की शिकायत अपराध की पहली ख़बर यानी एफ़आईआर बुक में लिखकर मामला दर्ज करती है। उस पर शिकायतकर्ता के दस्तख़त लेती है। शिकायतकर्ता को दस्तख़त करने से पहले अपनी शिकायत अच्छी तरह पढ़कर समझ लेनी चाहिए। अगर वह ठीक है तो ही दस्तख़त करने चाहिए। शिकायत अगर संज्ञेय अपराध के बारे में है और वह संज्ञेय अपराध की घटना उनके कार्यक्षेत्र में घटी है तो वह क्रिमिनल प्रोसीजर कोड की धारा 156 के अनुसार ख़ुद अन्वेषण करती है।

संज्ञेय अपराध के अन्वेषण में पुलिस गवाह के बयान लिख सकती है जिस पर बयान देने वाले व्यक्ति के दस्तख़त की आवश्यकता नहीं होती। सबूत के तौर पर वह चीज़ें या दस्तावेज़ इकट्ठे करती है, तलाशी ले सकती है। सबूत के आधार पर अपराधी को गिरफ़्तार कर सकती है।

सीआरपीसी क़ानून की धारा 438 के अनुसार आरोपी व्यक्ति के लिए गिरफ़्तारी से पहले जमानत की व्यवस्था है। यह निर्णय जिला सत्र न्यायालय या उच्च न्यायालय का न्यायाधीश ही दे सकता है।

पुलिस पूरे सबूत जुटाने के बाद अन्वेषण पूरा करती है। सीआरपीसी क़ानून की धारा 173 के अनुसार शिकायतकर्ता को जानकारी देकर पुलिस

अपने पूरे अन्वेषण की अंतिम रिपोर्ट मजिस्ट्रेट न्यायालय में पेश करती है।

अंतिम रिपोर्ट के प्रकार

चार्जशीट - अपराधी ने अपराध किया है और अपराधी के ख़िलाफ़ पर्याप्त सबूत हैं इसलिए अपराधी को सज़ा दिलाने और उसके ख़िलाफ़ केस चलाने के लिए पुलिस आरोपी के ख़िलाफ़ चार्जशीट पेश करती है।

ए फ़ाइनल/समरी - अपराध सत्य है लेकिन अपराधी मिला नहीं या अपराध सिद्ध करने के लिए पर्याप्त सबूत नहीं हैं तब अपराध की ए समरी रिपोर्ट न्यायालय में पेश की जाती है। अगर इस अपराध में पहले गिरफ़्तारी हुयी है तो न्यायालय द्वारा उस आरोपी को आरोप से मुक्त किया जा सकता है।

बी फ़ाइनल - ग़लत इरादे से दी गयी झूठी शिकायत।

सी फ़ाइनल - वास्तविकता को ग़लत समझकर दी गयी शिकायत (मिस्टेक ऑफ़ फ़ैक्ट्स)।

एन. सी. फ़ाइनल - शिकायत असंज्ञेय अपराध की है।

अबेटेड फ़ाइनल - अंतिम रिपोर्ट न्यायालय में पेश करने से पहले ही उस अपराधी की मृत्यु हो गयी है।

पुलिस की इस अंतिम रिपोर्ट पर न्यायालय मजिस्ट्रेट चार्जशीट दाख़िल करता है। पुलिस की अंतिम रिपोर्ट पर मजिस्ट्रेट न्यायालय या तो मंजूरी देता है या फिर पुलिस को दुबारा जाँच करने के आदेश दे सकता है। चार्जशीट दाख़िल केस में शिकायतकर्ता की तरफ़ से सरकारी वकील पक्ष रखता है। सुनवाई पूरी होने के बाद न्यायालय अंतिम फ़ैसला सुनाता है। सबूत के अनुसार न्यायालय आरोपी को सज़ा सुनाता है या आरोप से बरी कर देता है।

असंज्ञेय (एनसी) या दीवानी अपराध में पुलिस अन्वेषण

असंज्ञेय प्रकार के अपराध की एफ़आईआर अलग बुक में लिखी जाती है। उसकी कॉपी शिकायतकर्ता को मुफ़्त में मिलती है। असंज्ञेय अपराध (एनसी) और सिविल या दीवानी प्रकार के अपराध के लिए पुलिस को क़ानूनी अन्वेषण या आरोपी को गिरफ़्तार करने का अधिकार नहीं है। लेकिन

सीआरपीसी क़ानून की धारा 155 (2) के अनुसार पुलिस मजिस्ट्रेट न्यायालय के आदेश प्राप्त करके अन्वेषण कर सकती है परंतु आरोपी व्यक्ति की गिरफ़्तारी नहीं कर सकती।

एन. सी. में पुलिस के पास शिकायत दर्ज करने के बाद एफ़आईआर की कॉपी प्राप्त करके आगे की कार्यवाही के लिए शिकायतकर्ता को मजिस्ट्रेट न्यायालय में शिकायत दर्ज करनी पड़ती है। दीवानी प्रकार में शिकायतकर्ता को संबंधित सरकारी विभाग या न्यायालय में शिकायत दर्ज करनी पड़ती है। न्यायालय अंतिम फ़ैसला सुनाता है।

पुलिस की अपराध प्रतिबंधक कार्यवाही

पुलिस को असंज्ञेय अपराध (एनसी) और सिविल या दीवानी प्रकार के अपराध के लिए आरोपी को गिरफ़्तार करने का अधिकार नहीं है। लेकिन ऐसी घटना की वजह से भविष्य में होने वाले संज्ञेय अपराध की रोकथाम करने के लिए पुलिस हिंसक या आक्रामक व्यक्ति को अपराध करने से रोकने के उद्देश्य से तहक़ीक़ात करके उस पर अपराध प्रतिबंधात्मक कार्यवाही कर सकती है। जैसे कुछ समय के लिए डिटेन करना, गिरफ़्तार करके चौबीस घंटे तक हिरासत में रखना, अच्छा आचरण रखने के लिए जमानतदार हाज़िर करने के लिए प्रस्ताव मजिस्ट्रेट के पास भेजना आदि।

मुजरिम या अपराधी को गिरफ़्तार करने के बाद पुलिस के कर्तव्य

- मुजरिम या अपराधी को गिरफ़्तार करने के बाद उस अपराधी के मानवाधिकार की रक्षा करना पुलिस का कर्तव्य होता है। उसे किस जुर्म में गिरफ़्तार किया गया है यह बताना चाहिए। उसके रिश्तेदार या दोस्त को उसकी गिरफ़्तारी की जानकारी देना पुलिस के लिए अनिवार्य है। सभी जिला पुलिस कंट्रोल रूम में उस जिले में गिरफ़्तार अपराधी के नाम बोर्ड पर लिखे होने चाहिए।
- बच्चे या महिला से पूछताछ उनके घर या उनकी पसंद की जगह पर या उनके रिश्तेदार के सामने महिला पुलिस ही कर सकती है। अगर महिला पुलिस उपलब्ध नहीं है तब कोई महिला सामाजिक कार्यकर्ता पुलिस के साथ हो। इन्हें रात के वक़्त गिरफ़्तार नहीं किया जा सकता है।

- ❖ अपराधी को गिरफ़्तार करने के बाद चौबीस घंटे के पूर्व और उसके बाद हिरासत में रहने तक हर अड़तालीस घंटे में उसकी सरकारी अस्पताल से मेडीकल जाँच कराना अनिवार्य है। पुलिस उसके साथ मारपीट नहीं कर सकती या उसे चोट नहीं पहुँचा सकती।
- ❖ गिरफ़्तार अपराधी को पानी तथा खाना देना, उसके स्वास्थ्य तथा जीवन की सुरक्षा करना पुलिस का कर्तव्य है।
- ❖ अपराधी को गिरफ़्तार करने के बाद चौबीस घंटे के अंदर रिमांड अर्जी के साथ नज़दीकी जेएमएफ़सी कोर्ट में अपराधी को पेश करना अनिवार्य है। अपराधी को अन्वेषण के लिए पुलिस की हिरासत में देना या जेल भेजना या जमानत पर छोड़ना इस पर मजिस्ट्रेट न्यायालय फ़ैसला सुनाता है।

साथ ही भारत के नागरिकों के हित के लिए और आचरण सुधारने के लिए बने कुछ महत्त्वपूर्ण क़ानून की जानकारी संक्षेप में दी गयी है। आप से गुज़ारिश है कि पूरा अर्थ जानने के लिए आप सरकारी क़ानून की किताब का उपयोग करें या वकील से क़ानूनी सलाह अवश्य लें।

इंडियन पीनल कोड (Indian Penal Code)

भारत में सन 1860 से भारतीय दण्ड संहिता यानी इंडीयन पीनल कोड क़ानून लागू है। स्वतंत्रता के बाद हमारे पूरे देश में (जम्मू कश्मीर राज्य को छोड़कर) यही प्रधान क़ानून है। इस क़ानून में कुल पाँच सौ ग्यारह धारायें हैं। भारत सरकार ने मूल क़ानून की कुछ धाराओं में बदलाव किये हैं या कुछ कम करके नयी धारायें शामिल की हैं।

इस क़ानून में मन, प्रतिष्ठा, शरीर तथा संपत्ति की सुरक्षा को चोट या नुक़सान पहुँचाने वाले व्यक्ति के ख़िलाफ़ क़ानूनी कार्यवाही की जा सकती है। शरीर तथा संपत्ति या अन्य प्रकार के अपराध या ग़ैरक़ानूनी कार्य करने वाले अभियुक्त को संबंधित धारा के तहत कारावास या जुर्माना या दोनों की सज़ा का प्रावधान किया गया है। इसलिए इस क़ानून की धाराओं की जानकारी सभी भारतीय नागरिकों को होना आवश्यक है, क्योंकि अगर हमारे साथ कोई अपराध घटित होता है तो यह जानकारी हमें उस पर उचित कार्यवाही करके अन्याय के ख़िलाफ़ न्याय पाने में सहायक हो सकती है।

क़ानून का नाम - भारतीय दण्ड संहिता IPC

धारा	आपराधिक कार्य	दण्ड, जुर्माना	जमानतीय या अजमानतीय
143 - 149	ग़ैरक़ानूनी जमाव - पाँच या अधिक व्यक्तियों का जमाव मिलकर कोई अपराध करता है या उपद्रव करता है।	6 माह से 3 वर्ष तक कारावास	जमानतीय
160	दो या अधिक व्यक्तियों द्वारा पुलिस के सामने आम जगह पर आपस में मारपीट करना या दंगा करना।	6 माह तक कारावास	जमानतीय
224	अपराधी के पकड़े जाने में प्रतिरोध या बाधा डालना या पुलिस या अन्य सरकारी नौकर की अभिरक्षा से निकल भागना।	पहले अपराध से 2 वर्ष ज़्यादा	जमानतीय
279	मानव जीवन संकटग्रस्त हो जाए इस तरह से लोकमार्ग पर उतावलेपन या ग़ैरज़िम्मेदाराना तरीक़े से गाड़ी चलाना।	6 माह	जमानतीय
292	अश्लील पुस्तकों आदि का विक्रय।	2 वर्ष	जमानतीय
294	सार्वजनिक स्थान पर अश्लील कार्य एवं अश्लील गीत गाना।	3 माह	जमानतीय

धारा	आपराधिक कार्य	दण्ड, जुर्माना	जमानतीय या अजमानतीय
302	इरादतन हत्या (murder) करना।	आजीवन कारावास या मृत्यु	अजमानतीय
304	ग़ैर इरादतन हत्या। (culpable homicide not amounting to murder)	10 वर्ष से आजीवन कारावास	अजमानतीय
304 A	उतावलेपन या ग़ैरज़िम्मेदाराना कार्य करने से किसी व्यक्ति की मृत्यु के लिए ज़िम्मेदार होना।	2 वर्ष	जमानतीय
304 B	दहेज मृत्यु यानी दहेज की माँग से परेशान होकर विवाह के सात वर्ष के भीतर महिला द्वारा खुदकुशी करना या क्रूरता या दाह या शारीरिक क्षति की वजह से मृत्यु होना। (dowry death)	7 वर्ष से आजीवन कारावास	अजमानतीय
306	आत्महत्या का दुष्प्रेरण, खुदकुशी करने के लिए मजबूर करना, दबाव बनाना।	10 वर्ष	अजमानतीय
307	हत्या करने की कोशिश करना।	10 वर्ष	अजमानतीय

धारा	आपराधिक कार्य	दण्ड, जुर्माना	जमानतीय या अजमानतीय
309	आत्महत्या या ख़ुदकुशी करने की कोशिश करना।	1 वर्ष	जमानतीय
313	स्त्री की सहमति के बगैर गर्भपात कराना।	10 वर्ष	अजमानतीय
324	ख़तरनाक आयुधों या साधनों या शस्त्रों जैसे तलवार, छुरा, चाकू, बंदूक आदि या अग्नि, ज्वलनशील पदार्थ, विष द्वारा स्वेच्छा से मामूली शारीरिक चोट पहुँचाना। (cause simple injury)	3 वर्ष	जमानतीय
325	लकड़ी या हाथ से हाथापाई करके घोर या गंभीर चोट (grievious injury) पहुँचाना जैसे फ़्रैक्चर करना।	7 वर्ष	जमानतीय
326	ख़तरनाक आयुधों या साधनों या शस्त्रों जैसे तलवार, छुरा, चाकू, बंदूक आदि या अग्नि, ज्वलनशील पदार्थ, विष द्वारा स्वेच्छा से गंभीर शारीरिक चोट पहुँचाना जैसे फ़्रैक्चर आदि। (cause grievious injury)	10 वर्ष से आजीवन कारावास	अजमानतीय
326 A	एसिड से गंभीर ज़ख़्म करना।	5 से 7 वर्ष	अजमानतीय

धारा	आपराधिक कार्य	दण्ड, जुर्माना	जमानतीय या अजमानतीय
326 B	गंभीर ज़ख्म करने के आशय से एसिड फेंकना या कोशिश करना।	10 वर्ष से आजीवन कारावास	अजमानतीय
332	लोकसेवक को अपने कर्तव्य से भयभीत करने के लिए हाथापाई करना या चोट पहुँचाना।	3 वर्ष	जमानतीय
336	दूसरे की जान को क्षति पहुँचाने के लिए ग़ैरज़िम्मेदाराना कार्य करना जैसे पत्थर फेंकना, धकेल देना।	6 माह	जमानतीय
337	दूसरे की जान को क्षति पहुँचाने के लिए ग़ैरजिम्मेदाराना कार्य करके मामूली चोट पहुँचाना।	2 वर्ष	जमानतीय
338	दूसरे की जान को क्षति पहुँचाने के लिए ग़ैरज़िम्मेदाराना कार्य करके गंभीर चोट पहुँचाना।	3 माह	जमानतीय
341	किसी व्यक्ति की राह रोकना।	1 माह	जमानतीय
342	किसी व्यक्ति को जबरन क़ैद में रखना।	1 वर्ष	जमानतीय

धारा	आपराधिक कार्य	दण्ड, जुर्माना	जमानतीय या अजमानतीय
353	लोकसेवक को अपने कर्तव्य के निर्वहन से भयभीत करने के लिए हमला, आपराधिक बल का प्रयोग करना।	2 वर्ष	जमानतीय
354	स्त्री की लज्जा, शालीनता भंग करना। इसके लिए हमला करना, मारना, छूना या कपड़े खींचना।	1 से 5 वर्ष तक	अजमानतीय
354 A	स्त्री का लैंगिक उत्पीड़न या अत्याचार करने के लिए – (2) (i) शरीर को छूना, सेक्स की माँग (ii) अनुरोध करना (iii) इच्छा के विरुद्ध स्त्री को संभोग संबंधी वर्णन, वीडियो या चित्र आदि दिखाना।	5 वर्ष तक	जमानतीय
354 A	(2) (iv) लैंगिक ताने मारना या बोलना।	1 वर्ष	जमानतीय
354 B	आम जगह पर स्त्री के कपड़े उतारना या उतारने के लिए बलप्रयोग करना या मारना।	3 से 7 वर्ष तक	अजमानतीय
354 C	स्त्री को गोपनीय कार्य जिसमें उसका शरीर खुला हो ऐसी स्थिती में देखना, फ़ोटो खींचना।	पहली बार 1–3 वर्ष, दूसरी बार 3–7 वर्ष	जमानतीय अजमानतीय

धारा	आपराधिक कार्य	दण्ड, जुर्माना	जमानतीय या अजमानतीय
354 D	स्त्री की इच्छा के विरुद्ध उससे सम्पर्क की कोशिश करना या पीछा करना या उसके इंटरनेट या ईमेल पर नज़र रखना तथा डर पैदा करना।	पहली बार 1–3 वर्ष, दूसरी बार 5 वर्ष तक	जमानतीय अजमानतीय
363	अठारह वर्ष से कम उम्र वाले लड़के या लड़की को उसके माता-पिता की इच्छा के बिना या जबरन भगाकर ले जाना।	7 वर्ष	जमानतीय
364 A 369	हत्या, फ़िरौती, प्रतिशोध, विवाह, दासत्व, छिपाना ऐसे आशय से किसी व्यक्ति को जबरन भगाकर ले जाना।		
366	जबरन शादी या उत्पीड़ित या अत्याचार करने के लिए लड़की या महिला को जबरन भगाकर ले जाना, अपहरण करना।	10 वर्ष	अजमानतीय
366 A	जबरन शादी या उत्पीड़ित या अत्याचार करने के लिए अठारह वर्ष से कम उम्र वाली लड़की को उसके माता-पिता की इच्छा के बिना या जबरन भगाकर ले जाना।	10 वर्ष	अजमानतीय

धारा	आपराधिक कार्य	दण्ड, जुर्माना	जमानतीय या अजमानतीय
376	**बलात्कार करना (rape):** कोई पुरुष स्त्री की इच्छा के विरुद्ध, सम्मति के बिना ए - अपना लिंग किसी स्त्री की योनी, मुँह, मूत्रमार्ग, गुदा में घुसाता है। बी - लिंग जैसी कोई चीज़ या शरीर का हिस्सा किसी स्त्री की योनी, मुँह, मूत्रमार्ग, गुदा में घुसाता है या स्त्री को अपने या किसी दूसरे व्यक्ति के साथ ऐसा करने के लिए मजबूर करता है। सी - अपने या किसी दूसरे व्यक्ति के साथ ऐसा करने के लिए स्त्री के शरीर का चालाकी से प्रयोग करता है। डी - अपना मुँह किसी स्त्री की योनी, मुँह, मूत्रमार्ग, गुदा को लगाता है या स्त्री को अपने या किसी दूसरे व्यक्ति के साथ ऐसा करने के लिए मजबूर करता है।		अजमानतीय
376 (1)	किसी पुरुष द्वारा बलात्कार करना।	7 वर्ष से आजीवन कारावास	अजमानतीय
376 (2)	ए - पुलिस अधिकारी,	10 वर्ष से आजीवन	

धारा	आपराधिक कार्य	दण्ड, जुर्माना	जमानतीय या अजमानतीय
A - N	बी - लोकसेवक, सी - सेना के सदस्य, डी - जेल या रिमांड होम के नौकर, ई - अस्पताल के कर्मचारी, एफ़ - रिश्तेदार या शिक्षक, जी - धार्मिक हिंसा के दौरान कोई व्यक्ति, एच - गर्भवती स्त्री के साथ, आई - सोलह वर्ष की आयु से कम की लडकी के साथ, जे - सम्मति देने लायक न हो ऐसी स्त्री के साथ, के - स्त्री पर नियंत्रण रखने वाला मालिक या अधिकारी, एल - शारीरिक या मानसिक विकलांग के साथ, एम - ज़ख़्मी करना, जीवन को ख़तरा पहुँचाना, एन - बार-बार बलात्कार करता है।	कारावास	अजमानतीय
376 A	बलात्कार करके ज़ख़्मी करता है जिससे पीड़ित की मृत्यु होती है या अचैतन्य अवस्था में चली जाती है।	20 वर्ष से आजीवन कारावास या मृत्यु	अजमानतीय

धारा	आपराधिक कार्य	दण्ड, जुर्माना	जमानतीय या अजमानतीय
376 B	सेपरेशन काल में पत्नी के साथ बलात्कार करना।	2 से 7 वर्ष तक	अजमानतीय
376 C	विश्वस्त या अधिकारी के अधिकार का बलात्कार करने में ग़लत इस्तेमाल करना या मदद करना।	5 से 10 वर्ष तक	अजमानतीय
376 D	एक या एक से अधिक लोगों द्वारा बलात्कार करना (गैंगरेप)।	20 वर्ष से आजीवन कारावास, मुआवज़ा	अजमानतीय
376 E	बलात्कार के दोषी द्वारा दूसरी बार वही अपराध करना (376 ए, सी, डी)।	आजीवन कारावास या मृत्यु	अजमानतीय
377	प्रकृति के विरुध्द इंद्रिय भोग करना।	10 वर्ष से आजीवन कारावास	अजमानतीय
379	खुली जगह से माल या रुपयों की चोरी करना।	3 वर्ष	अजमानतीय
380	निवास, घर या नाव में से चोरी करना।	7 वर्ष	अजमानतीय
381	नौकर द्वारा चोरी करना।	7 वर्ष	अजमानतीय

धारा	अपराधी कार्य	दण्ड, जुर्माना	जमानतीय या अजमानतीय
384 - 387	जान से मारने या चोट पहुँचाने का डर दिखाकर लूट लेना।	3 से 7 वर्ष	अजमानतीय
392	चोट पहुँचाने का डर दिखाकर या जबरन लूट लेना (रॉबरी)।	10 वर्ष	अजमानतीय
394	हाथापाई करके या जान को ख़तरा पहुँचाने का डर दिखाकर जबरन लूट लेना।	10 वर्ष से आजीवन कारावास	अजमानतीय
395	पाँच या अधिक व्यक्तियों द्वारा संयुक्त होकर हाथापाई करके या जान को ख़तरा पहुँचाने का डर दिखाकर जबरन लूट लेना (डकैती)।	10 वर्ष से आजीवन कारावास	अजमानतीय
396	हत्या करके डकैती करना।	10 वर्ष से आजीवन कारावास या मृत्यु	अजमानतीय
406	दायित्व सौंपे हुये रुपये या माल का बेईमानी से दुरुपयोग करना या उसकी चोरी करना।	3 वर्ष	अजमानतीय
408	नौकर द्वारा दायित्व सौंपे हुये रुपये या माल का बेईमानी से दुरुपयोग करना या उसकी चोरी करना।	7 वर्ष	अजमानतीय

धारा	आपराधिक कार्य	दण्ड, जुर्माना	जमानतीय या अजमानतीय
409	सरकारी नौकर द्वारा दायित्व सौंपे हुये रुपये या माल का बेईमानी से दुरुपयोग करना या उसकी चोरी करना।	10 वर्ष से आजीवन कारावास	अजमानतीय
411	लूट या चोरी का माल ख़रीदना।	3 वर्ष	अजमानतीय
414	लूट या चोरी का माल छिपाने में सहायता करना।	3 वर्ष	अजमानतीय
420	छल करके बेईमानी से नुक़सान करने के लिए सम्पत्ति लेना, मूल्यवान प्रतिभूति बदलना या नष्ट करना। (cheating)	7 वर्ष	अजमानतीय
429	शरारती कार्य करके गाय, बैल या जानवर का वध करना या विकलांग बनाना।	5 वर्ष	जमानतीय
431	शरारती कार्य से लोक सड़क, पुल, नदी, या जलस्रोत को क्षति पहुँचाना।	5 वर्ष	जमानतीय
436	शरारत करके अग्नि या विस्फोटक पदार्थ द्वारा घर को क्षति पहुँचाना।	10 वर्ष से आजीवन कारावास	अजमानतीय

धारा	आपराधिक कार्य	दण्ड, जुर्माना	जमानतीय या अजमानतीय
447	अपराध करने के लिए किसी दूसरे की ज़मीन पर प्रवेश करना या क़ब्ज़ा करना।	3 माह	जमानतीय
448	मालिक की इच्छा के बग़ैर घर या जगह का क़ब्ज़ा करना या अपराध करने के लिए प्रवेश करना।	1 वर्ष	जमानतीय
452	चोट पहुँचाने या हमला करने के आशय से घर में जाना।	7 वर्ष	अजमानतीय
454	दिन में अपराध करने के आशय से ताला तोड़कर या खिड़की से घर के अंदर प्रवेश।	3 वर्ष	अजमानतीय
457	रात में अपराध के आशय से ताला तोड़कर घर में प्रवेश।	5 वर्ष	अजमानतीय
461	बेईमानी से गोडाउन तोड़ना।	2 वर्ष	अजमानतीय
467	नुक़सान करने लिए मूल्यवान दस्तावेज़ का नक़ली दस्तावेज़ या इलेक्ट्रॉनिक रिकॉर्ड की रचना करना। (forgery)	2 वर्ष	अजमानतीय
468 - 473	धोखा देने के लिए ख्याति को हानि पहुँचाने के आशय से, नकली सील बनाना या क़ब्ज़े में रखना।	7 वर्ष	अजमानतीय

धारा	आपराधिक कार्य	दण्ड, जुर्माना	जमानतीय या अजमानतीय
489 A	जाली रुपये के नोट या बैंक नोट बनाना।	10 वर्ष से आजीवन कारावास	अजमानतीय
489 B	नक़ली या जाली रुपये या बैंक नोट को असली के रूप में उपयोग में लाना।	10 वर्ष से आजीवन कारावास	अजमानतीय
498 A	किसी स्त्री को दहेज देने के लिए या उसे खुदकुशी करने के लिए पति या पति के रिश्तेदार द्वारा उसके प्रति क्रूरता करना, शारीरिक या मानसिक तकलीफ़ देना, मारपीट करना, क़ैद में रखना, खाना न देना, परेशान करना।	3 वर्ष कारावास	अजमानतीय
509	अपशब्द, अंग विक्षेप, चित्र या चीज़ें दिखाकर किसी स्त्री के साथ अश्लील हरकत करना।	3 वर्ष तक कारावास	जमानतीय
511	कारावास से दण्डनीय अपराध करने की कोशिश करना। आरोपी के सहयोगी के लिए लगने वाली धारायें –	अपराधानुसार	

धारा	आपराधिक कार्य	दण्ड, जुर्माना	जमानतीय या अजमानतीय
34	असामाजिक इरादे से दो या अधिक लोग अपराध करते हैं तब वो सभी दोषी माने जाते हैं।	अपराधानुसार	
109, 114	अपराध के लिए प्रेरणा देना या उपस्थित रहना।	अपराधानुसार	
120 B	आपराधिक षड्यंत्र में शामिल होना।	अपराधानुसार	
100	पीड़ित की जान को मृत्यु से बचाने के लिए दूसरा कोई अन्य उपाय नहीं है तो वह हमला करने वाले की जान ले सकता है।	बचाव की धारा	

इंडीयन पीनल कोड के कुछ असंज्ञेय अपराध (non cognizable offences) दिये गये हैं।

क़ानून का नाम – इंडीयन पीनल कोड IPC AA Non Cognizable Offences

धारा	आपराधिक कार्य	दण्ड	जमानतीय या अजमानतीय
323	थप्पड़ मारना, हाथ या पतली लकड़ी से मामूली चोट पहुँचाना।	1 वर्ष कारावास	जमानतीय
417	लाभ पाने के लिए किसी व्यक्ति को शारीरिक, मानसिक ख्याति संबंधी या संपत्ति संबंधी नुक़सान पहुँचाना या छल करना, धोखा देना। (cheating)	1 वर्ष कारावास	जमानतीय
427	किसी चीज़ का नुक़सान करना, तोड़ना।	2 वर्ष कारावास	जमानतीय
500	शब्द, संकेतों या लेख द्वारा या झूठे आरोप लगाना, मानहानि करना। (defamation)	2 वर्ष कारावास	जमानतीय
501	मानहानिकारक जानी हुई बात को मुद्रित या उत्कीर्ण करना।	2 वर्ष कारावास	जमानतीय
504	गाली देना या अपमान करना।	2 वर्ष कारावास	जमानतीय

धारा	आपराधिक कार्य	दण्ड	जमानतीय या अजमानतीय
506	चोट पहुँचाने या माल को हानि पहुँचाने की धमकी देना।	2 वर्ष कारावास	जमानतीय
507	पत्र या फ़ोन से धमकी देना।	2 वर्ष कारावास	जमानतीय
352, 358	चोट पहुँचाने के लिए हमला करना, इशारे करना, डराना।	3 माह कारावास	जमानतीय

घरेलू हिंसा से निवारण अधिनियम 2005

The Protection of Women from Domestic Violence Act, 2005

कुछ परिवारों में बहु आँख में काँटे की तरह खटकती है। पति या पति के रिश्तेदारों का ख़ून सफ़ेद हो जाता है और वे बहू पर हिंसा करते हैं। महिलाओं को पढ़-लिखकर अपने अधिकारों के बारे में जानकारी लेनी चाहिए। वे आत्मनिर्भर हों और दूसरों पर ज़्यादा निर्भर न रहें।

स्त्री की सुरक्षा के लिए आईपीसी की धारा 498 (ए) काफ़ी नहीं है। इसलिए यह नया क़ानून बनाया गया है। जो स्त्री शादी के बाद या शादी के बिना लिव इन रिलेशनशिप में किसी आदमी के साथ रहती है तब वह आदमी या उसके परिवार या घर के सदस्य उसे परेशान करते हैं या उसके अधिकार छीन लेते हैं। तब उस महिला को राहत देने का प्रावधान इस क़ानून में किया गया है। पत्नी, बहन, विधवा बहन, परिवार की सदस्य स्त्री या पीड़ित स्त्री को शारीरिक या मानसिक परेशानी या रुपये की माँग, घर से निकाल देने की धमकी इस तरह के अन्याय के ख़िलाफ़ वह इस क़ानून के तहत मजिस्ट्रेट न्यायालय में आवेदन करके खुद के लिए सुविधा तथा राहत एवं सुरक्षा का आदेश प्राप्त कर सकती है। उसे महिला सामाजिक कार्यकर्ता या सरकारी कार्यालय से भी सहायता मिलने का प्रावधान इस क़ानून में है। इस क़ानून की कुछ धाराओं की जानकारी इस प्रकार है।

धारा	घरेलू हिंसा से निवारण अधिनियम 2005
3	घरेलू हिंसा (Domestic Violence) : (ए) शारीरिक या मानसिक तकलीफ़ देकर परेशान करना या नुक़सान करना या चोट पहुँचाना, स्वास्थ्य, सुरक्षा, जान को ख़तरा पहुँचाना या कोशिश करना। शरीर पर चोट करना, तकलीफ़ देना, सेक्स या यौन संबंध से परेशान करना, अपमान करना, गाली देना, ग़लत तरीक़े से पेश आना, बेइज़्ज़त करना, मानसिक तौर पर परेशान करना और उसके गहने या क़ीमती चीज़ों, संपत्ति का अधिकार छीनना, ज़रूरी सुविधा से वंचित रखना, आर्थिक तौर पर परेशान करना आदि।

धारा	घरेलू हिंसा से निवारण अधिनियम 2005
	(बी) रुपये, क़ीमती चीज़ों, प्रॉपर्टी के लिए स्त्री या उसके रिश्तेदार को परेशान करना, नुक़सान करना, चोट पहुँचाना, हाथापायी करना, धमकी देना, डराना धमकाना। (सी) उपरोक्त ए, बी का परिणाम होना। (डी) किसी और कारण से नुक़सान करना, शारीरिक या मानसिक तकलीफ़ पहुँचाना।
4	कोई भी व्यक्ति घरेलू हिंसा हुयी है या हो रही है या होने वाली है इसकी जानकारी प्रोटेक्शन अधिकारी को दे सकता है।
5	पुलिस अधिकारी या प्रोटेक्शन अधिकारी या सेवा देने वाले या दंडाधिकारी को जब घरेलू हिंसा की शिकायत मिलती है तो वह पीड़ित स्त्री को जानकारी दे कि वह न्यायालय में आवेदन करके सुरक्षा, पोषण भत्ता पाने, रहने या मुआवज़े का आदेश प्राप्त कर सकती है। और न्यायालय उसे सेवा देने वाले लोग, प्रोटेक्शन अधिकारी, और मुफ़्त क़ानूनी सेवा की जानकारी दे। या आईपीसी की धारा 498 ए के तहत केस दर्ज करने की जानकारी दे।
6	पीड़ित स्त्री या उसके लिए प्रोटेक्शन अधिकारी या सेवा देने वाले से अनुरोध करती है तो शेल्टर होम का प्रमुख उस स्त्री के रहने की व्यवस्था करे।
7	पीड़ित स्त्री को स्वास्थ्य केंद्र में स्वास्थ्य सुविधा उपलब्ध होगी।
8	राज्य सरकार को हर विभाग में पीड़ित स्त्री के लिए प्रोटेक्शन अधिकारी की नियुक्ती करनी चाहिए।
9	प्रोटेक्शन अधिकारी न्यायालय को सहायता करेगा। पीड़ित स्त्री को क़ानूनी मदद करेगा।
10	सेवा देने वाले लोग प्रोटेक्शन अधिकारी को सहायता करेंगे तथा पीड़ित स्त्री को रहने की सुविधा या स्वास्थ्य सेवा की सहायता करेंगे।

धारा	घरेलू हिंसा से निवारण अधिनियम 2005
12	(1) पीड़ित स्त्री या प्रोटेक्शन अधिकारी या पीड़ित स्त्री की तरफ़ से कोई दूसरा व्यक्ति मजिस्ट्रेट न्यायालय में अर्जी कर सकते हैं। (2) नुक़सान या मुआवज़े के लिए रुपये की सहायता। (3) पूरी जानकारी देना होगी। (4) मजिस्ट्रेट आवेदन मिलने की तारीख़ से तीन दिन में पहली सुनवाई करेगा। (5) पहली सुनवाई से साठ दिन के भीतर आवेदन पर अंतिम फ़ैसला सुनायेगा।
17	पीड़ित स्त्री को उसी घर में रहने का अधिकार है।
18	पीड़ित स्त्री के आवेदन पर न्यायालय - सुरक्षा आदेश (protection order) दे सकती है। सामने वाले को निम्नलिखित कार्य से प्रतिबंधित कर सकती है : ए) घरेलू हिंसा करना। बी) घरेलू हिंसा में सहायता करना या उकसाना। सी) पीड़ित स्त्री के काम की जगह पर जाना। डी) पीड़ित स्त्री के साथ संपर्क करना, बात या लिखित या इलेक्ट्रॉनिक या फ़ोन से। इ) बैंक अकाउंट, स्त्री धन संपत्ति से दूर रखना। एफ़) उसके आधार पर जीने वाले रिश्तेदार से हिंसा करना। जी) आदेश में दी गयी बातों के अलावा दूसरी बात करना।
19	रहने के बारे में आदेश (residence orders) : सामने वाले को निम्नलिखित कार्य पर प्रतिबंधित कर सकती है : ए) पीड़ित स्त्री को उस घर के बाहर नहीं निकाल सकते। बी) सामने वाले वह घर छोड़कर दूसरी जगह जायें। सी) सामने वाले या उनके रिश्तेदार उस स्त्री के घर या रहने की जगह पर नहीं जा सकते। डी) सामने वाले वह घर तोड़ नहीं सकते या गिरवी नहीं रख सकते।

धारा	घरेलू हिंसा से निवारण अधिनियम 2005
	इ) उस घर पर अपना अधिकार नहीं जता सकते। एफ़) पीड़ित स्त्री को उसी घर की तरह दूसरे घर में रहने की सुविधा, निर्माण कर दें या किराया भरें। सामने वाले व्यक्ति से इस आदेश के पालन के लिए जमानत के साथ हामी पत्र ले सकती है। या उस क्षेत्र के थाना प्रमुख पुलिस अधिकारी को पीड़ित स्त्री की मदद के लिए आदेश दे सकती है। महिला को उसी घर में रहने का अधिकार है।
20	रुपये का भुगतान (monetary reliefs) 1. पीड़ित स्त्री को ख़र्चे के लिए या नुक़सान को कम करने के लिए सामने वाले रुपये का भुगतान करें।
21	मुआवज़ा (compensation order) सामने वाला पीड़ित स्त्री को शारीरिक या मानसिक रूप से परेशान करने के लिए मुआवज़ा दे।
24	न्यायालय आदेश की कॉपी मुफ़्त देगी।
29	न्यायालय के आदेश को आदेश से 30 दिन के अंदर सत्र न्यायालय में चुनौती दी जा सकती है।
31	जो न्यायालय के आदेश का उल्लंघन करता है उसे एक वर्ष तक के कारावास की सज़ा या 20,000 रु. तक का जुर्माना या दोनों हो सकते हैं। यह अपराध संज्ञेय तथा अजमानतीय है। न्यायालय चाहे तो आईपीसी 498 ए की धारा या डाउरी प्रोहिबिशन एक्ट की धारा के आरोप तय कर सकती है।

क़ानून का नाम - INFORMATION AND TECHNOLOGY ACT 2000

धारा	आपराधिक कार्य	दण्ड	जमानतीय या अजमानतीय
43	कम्प्यूटर मालिक या दुकान के प्रबंधक की अनुमति के बिना कम्प्यूटर का इस्तेमाल करता है, कम्प्यूटर का डाटा कॉपी करता है या डाउनलोड करता है या उसमें वाइरस डालता है या डाटा डैमेज (परिवर्तन या डिलीट) करता है या डाटा इस्तेमाल करने से आपत्ति निर्माण करता है या ऐसे काम में सहायता करता है।	1 करोड़ तक का हर्जाना भुगतान	अजमानतीय Non bailable
65	ग़लत इरादे से कम्प्यूटर सोर्स कोड (प्रोग्राम या डिज़ाइन) को छुपाता है या परिवर्तित या नष्ट करता है या सहायता करता है।	3 वर्ष कारावास या और 2 लाख रु. तक जुर्माना	
66	जान-बूझकर इंटरनेट से कम्प्यूटर का डाटा नष्ट करना या बदलना या मूल्य कम करना या नुक़सान करना या अपमान करने वाली जानकारी डालना (हैक करना)।	3 वर्ष कारावास या और 2 लाख रु. तक जुर्माना	

धारा	आपराधिक कार्य	दण्ड	जमानतीय या अजमानतीय
67	अश्लील या घिनौनी जानकारी प्रकाशित करना (पोर्नोग्राफ़ी)।	5 वर्ष कारावास या और 1 लाख रु. तक जुर्माना	
71	अथॉरिटी से जानकारी छिपाना।	2 वर्ष कारावास या और 1 लाख रु. तक जुर्माना।	

MOTOR VEHICLE ACT and Rules. मोटर वाहन क़ानून और नियम

धारा का भंग करने वाला कार्य	धारा	दण्ड रुपये
वाहन चलाने के लायसेन्स के बगैर गाड़ी चलाना	3, 181	500
18 वर्ष से कम आयु के लड़के या लड़की द्वारा गाड़ी चलाना	4(2), 181	500
मालिक द्वारा जिसके पास लायसेन्स नहीं है या उम्र कम है ऐसे व्यक्ति को वाहन चलाने के लिए देना।	5, 180	1000
वाहन परमिट की शर्तों का उल्लंघन करके वाहन चलाना।	66, 192 ए	2000
स्पीड लिमिट का उल्लंघन करना।	112, 183	400
क्षमता से अधिक वज़न वाला माल भरना यानी ओवरलोड।	113, 194	2000
नो पार्किंग की जगह पर वाहन पार्क करना	117, 177	100
यूनिफ़ॉर्म पुलिस के निर्देश या सिग्नल को न मानना।	119, 177	100
रोड पर वाहन ख़तरनाक स्थिति में या खड़ा करके यातायात में समस्या उत्पन्न करना।	122, 177	100

धारा का भंग करने वाला कार्य	धारा	दण्ड रुपये
वाहन चालक की सीट पर या पास बिठाकर या सामान रखकर चालक को समस्या उत्पन्न करना ताकि वाहन पर नियंत्रण रखने में तकलीफ़ हो।	125, 177	100
बाइक पर ट्रिपल सीट बैठना।	128, 177	100
बाइक चलाते समय हेलमेट न पहनना।	129, 177	100
वाहन चलाते समय चलाने का लायसेन्स साथ नहीं रखना।	130 (1), 177	100
वाहन के रजिस्ट्रेशन सर्टिफ़िकेट, इन्श्योरंस पेपर साथ न रखना।	130 (3), 177	100
दुर्घटना के बाद ज़ख़्मी व्यक्ति का इलाज न करना, पुलिस को जानकारी नहीं देना।	134 (ए), (बी), 187	500/3म
वाहन की वैध इन्श्योरंस पॉलिसी के बगैर वाहन चलाना।	146, 196	1000/3म
पुलिस के क़ानूनी कार्य में रुकावट लाना, आदेश या निर्देश को न मानना।	179	500
आम जनता की जान को ख़तरा हो इस तरीक़े से वाहन चलाना। शराब पीकर या नशे में वाहन चलाना।	184 185	1000/6म 2000/6म
मानसिक या शारीरिक रूप से अनफ़िट व्यक्ति द्वारा वाहन चलाना।	186	200
184, 185, 186 के अपराध करने हेतु प्रेरित, प्रोत्साहन करना।	188	अपराधानुसार

धारा का भंग करने वाला कार्य	धारा	दण्ड रुपये
वॉरंट के बगैर गिरफ़्तार करने का पुलिस का अधिकार।	202	184, 185, 197
वाहन के पेपर नहीं होने पर वाहन डिटेन करने का अधिकार।	207	3, 4, 39, 66
....	केंद्रिय नियम	
ओवरलोड वाहन चलाना, मोबाइल फ़ोन पर बातें करना आदि। अपराध के चालक का लायसन्स रद्द करने का अधिकार।	केनि 21	
ऑटो या टैक्सी चालक द्वारा ज़्यादा किराया माँगना।	केनि 21(23), 177	
नंबर प्लेट नहीं लगाना।	केनि 50(ब), 177	100
वाहन का डायरेक्शन इंडीकेटर, रिफ़्लेक्टर, स्टॉप लाइट न होना।	केनि 102, 177 मोवाका	100
वाहन के पीछे रेड रिफ़्लेक्टर न होना।	केनि 104, 177	100
लाइट के बगैर वाहन चलाना।	केनि 105, 177	100
अनुमति के बगैर वाहन पर अंबर लैम्प लगाना।	केनि 108, 177	100
पीयूसी सर्टीफ़िकेट न होना।	केनि 115, 190(2)	500

केंद्र सरकार का सूचना का अधिकार क़ानून

Right To Information Act 2005

जनता के हित के लिए किये जा रहे सरकारी कामकाज या शिकायतकर्ता की शिकायत पर की गयी कार्यवाही या आपकी सुरक्षा संबंधी आवश्यक जानकारी इस क़ानून के तहत तीस दिन के अंदर देना अनिवार्य है। ऐसी जानकारी प्राप्त करने के लिये लोक सूचना अधिकारी के पास आवेदन करना चाहिए। जानकारी देखी जा सकती है या शुल्क भरकर काग़ज़ात के साथ प्राप्त की जा सकती है। इससे सरकारी कामकाज सही तरीक़े से हो रहा है इस पर आम आदमी ध्यान रख सकता है। अगर तीस दिनों में जानकारी नहीं मिली या कोई जवाब नहीं मिला तब अपीलिय सूचना अधिकारी के पास शिकायत की जा सकती है।

इस प्रकार की जानकारी प्राप्त करने के लिए आवेदन का नमूना नीचे दिया गया है।

सूचना प्राप्त करने के लिए आवेदन पत्र - प्रपत्र ए (नियम 3 देखें)

सेवा में, मा. लोक सूचना पदाधिकारी,
विभाग/ कार्यालय ....

1. आवेदक का नाम -
2. आवेदक का पता -
3. माँगी गई सूचना का ब्यौरा (संक्षेप में) -
4. माँगी गई सूचना संबंधित अवधि -
5. माँगी गई सूचना का वर्णन -
6. जानकारी डाक द्वारा या प्रत्यक्ष
   चाहिए या किस प्रकार चाहिए -
7. डाक द्वारा संबंधित -
   (सर्वसामान्य या पंजीकृत या शीघ्र)
8. किस प्रयोजन के लिए जानकारी चाहिए -

स्थान -

तिथि -

20 रु. का कोर्ट स्टैम्प या पो. ऑ.

नोट- ग़रीबी रेखा के नीचे वाले परिवार को कोई फ़ीस देय नहीं है।

आवेदक के हस्ताक्षर

....

अनुसूचित जाति - जन जाति (अत्याचार निवारण) अधिनियम 1989

The scheduled caste and the scheduled tribes (prevention of Atrocities Act), 1989

धारा	आपराधिक कार्य	दण्ड	जमानतीय या अजमानतीय
	जो व्यक्ति अनुसूचित जाति - जन जाति का नहीं है उसने यह आपराधिक कार्य किया तो ही अपराध होता है।		
3(1)(i)	किसी अनुसूचित जाति - जन जाति वाले व्यक्ति को घृणाजनक पदार्थ पीने या खाने के लिए मजबूर करना।	6 माह से 5 वर्ष	अजमानतीय
3(1)(ii)	उसे ज़ख़्म होने या तकलीफ़ होने या अपमान करने के लिए उसके घर की जगह में या पास में ख़राब चीज़ें डालना।	6 माह से 5 वर्ष	अजमानतीय
3(1)(iii)	उसके कपड़े उतारकर उसे घुमाना।	6 माह से 5 वर्ष	अजमानतीय
3(1)(iv)	उसकी ज़मीन पर ग़ैरक़ानूनी तरीक़े से क़ब्ज़ा करना या अपने नाम पर करना।	6 माह से 5 वर्ष	अजमानतीय
3(1)(v)	ज़मीन या पानी पर उसका अधिकार या हक न मानना।	6 माह से 5 वर्ष	अजमानतीय

धारा	आपराधिक कार्य	दण्ड	जमानतीय या अजमानतीय
3(1)(vi)	जबरन उसे काम करने पर मजबूर करना।	6 माह से 5 वर्ष	अजमानतीय
3(1)(vii)	उसे वोट/मतदान करने से मना करना या किसी ख़ास व्यक्ति को वोट देने के लिए मजबूर करना।	6 माह से 5 वर्ष	अजमानतीय
3(1)(viii)	उसके ख़िलाफ़ झूठा केस दर्ज करना।	6 माह से 5 वर्ष	अजमानतीय
3(1)(ix)	लोकसेवक को उसके ऊपर कार्यवाही करने के लिए झूठी जानकारी देना।	6 माह से 5 वर्ष	अजमानतीय
3(1)(x)	आम जगह पर उसका अपमान करना।	6 माह से 5 वर्ष	अजमानतीय
3(1)(xi)	स्त्री के साथ लज्जा भंग करने के आशय से हाथापाई करना।	6 माह से 5 वर्ष	अजमानतीय
3(1)(xii)	स्त्री से जबरन शारीरिक संबंध बनाना या बलात्कार करना।	6 माह से 5 वर्ष	अजमानतीय
3(1)(xiii)	उनके द्वारा इस्तेमाल किये जाने वाले पानी या तालाब के पानी को गंदा करना।	6 माह से 5 वर्ष	अजमानतीय
3(1)(xiv)	सार्वजनिक स्थान का इस्तेमाल करने से रोकना।	6 माह से 5 वर्ष	अजमानतीय

धारा	आपराधिक कार्य	दण्ड	जमानतीय या अजमानतीय
3(1)(xv)	उसे उसका घर, गाँव या वह जगह छोड़ने के लिए मजबूर करना।	6 माह से 5 वर्ष	अजमानतीय
3(2)(i)	उसे मृत्यु की सज़ा हो सकती है ऐसे केस में जान-बूझकर न्यायालय में झूठी गवाही देना या झूठे गवाह पेश करना।	मृत्यु	अजमानतीय
3(2)(ii)	उसे सात वर्ष या उससे अधिक वर्ष का कारावास हो सकता है ऐसे केस में जान-बूझकर न्यायालय में झूठी गवाही देना या झूठे गवाह पेश करना।	6 माह से 7 वर्ष	अजमानतीय
3(2)(iii)	उसकी मालिकी की चीज़ें या माल को आग या विस्फोटक चीज़ों से नुक़सान पहुँचाना या प्रयास करना।	6 माह से 7 वर्ष	अजमानतीय
3(2)(iv)	उसके रहने की जगह या पूजा की जगह या माल रखने की जगह को आग या विस्फोटक चीज़ों से नुक़सान पहुँचाना या ऐसी कोशिश करना।	उम्रक़ैद	अजमानतीय

धारा	आपराधिक कार्य	दण्ड	जमानतीय या अजमानतीय
3(2)(v)	उसके जान या माल के ख़िलाफ़ ऐसा अपराध करना जिसे आईपीसी एक्ट में दस वर्ष या अधिक वर्ष के कारावास का दण्ड है।	उम्रक़ैद	अजमानतीय
3(2)(vi)	जान-बूझकर इस क़ानून के अपराध के अपराधी को सहायता के लिए उसके ख़िलाफ़ का सबूत नष्ट करना या ग़लत जानकारी देना।	अपराधानुसार	अजमानतीय
3(2)(vii)	लोकसेवक होकर इस क़ानून का अपराध करना।	1 वर्ष या अधिक या अपराधानुसार	अजमानतीय
4	लोकसेवक होकर इस क़ानून का उपयोग करने के अपने कर्तव्य को नज़रअंदाज़ करना।	6 माह से 1 वर्ष	जमानतीय
13	विशेष न्यायालय की धारा दस के अनुसार आदेश का पालन नहीं करना।	1 वर्ष तक	

धारा	आपराधिक कार्य	दण्ड	जमानतीय या अजमानतीय
22	केंद्रीय या राज्य सरकार के लोकसेवक के अच्छे इरादे से किये कर्तव्य के लिए क़ानूनी कार्यवाही नहीं हो सकती। नियम एनेक्ज़र. 1 – पीड़ित को हुए नुक़सान का मुआवज़ा देने के लिए।	बचाव	

क़ानून का नाम – शस्त्र अधिनियम ARMS ACT

धारा	आपराधिक कार्य	दण्ड	जमानतीय या अजमानतीय
25	लायसन्स के बगैर शस्त्र, बंदूक, तलवार, लंबा चाकू अपने क़ब्ज़े में रखना या बिक्री करना या किसी को देना।	3 से 7 वर्ष कारावास	अजमानतीय
27	लायसन्स के बगैर शस्त्र या बंदूक को ग़ैरक़ानूनी काम के लिए पास रखना या इस्तेमाल करना।	3 से 7 वर्ष कारावास	अजमानतीय

धारा	अपराधी कार्य	दण्ड	जमानतीय या अजमानतीय
28	अपनी गिरफ़्तारी रोकने के लिए बंदूक का इस्तेमाल करना या प्रयत्न करना।	7 वर्ष तक	अजमानतीय
29	बिना लायसन्स वाले व्यक्ति के पास से बंदूक ख़रीदना या उसे बेचना।	3 वर्ष तक	अजमानतीय
30	लायसन्स की शर्तों को भंग करना।	6 माह कारावास	जमानतीय

क़ानून का नाम – महाराष्ट्र पुलिस एक्ट Maharashtra Police Act

धारा	आपराधिक कार्य	दण्ड	जमानतीय या अजमानतीय
33(1)(W), 131	परमिट के बगैर होटल चलाना।	1,200 रु. जुर्माना	जमानतीय
36, 134	अनुमति के बगैर रैली या मोर्चा निकालना, पुलिस की दी गई सूचना या निर्देश को न मानना।	2,500 रु. जुर्माना	जमानतीय

धारा	अपराधी कार्य	दण्ड	जमानतीय या अजमानतीय
68, 140	पुलिस की दी गई सूचना या निर्देश को न मानना।	2,500 रु. जुर्माना	जमानतीय
37(1)(aAf), 135	सरकार की अनुमति के बगैर ग़ैरक़ानूनी तरीक़े से शस्त्र रखना या विस्फोटक चीज़ें रखना या पत्थर या अस्त्र साधन रखना या घोषणा करना या गीत गाना या वाद्य बजाना या अश्लील या शांति भंग करने वाले चित्र या बैनर या चीज़ों का प्रसार करना।	4 माह कारावास	जमानतीय
102, 117	लोकमार्ग पर लोगों को आने-जाने में दिक़्क़त हो इस तरह चीज़ें या माल रखना (हॉकर्स)।	1,200 रु. जुर्माना	जमानतीय
110, 117	आम जगह पर ग़लत हरकतें करना या असभ्य आचरण करना।	1,200 रु. जुर्माना	जमानतीय
112, 117	शांति भंग करने लिए किसी को गाली देना, अपमान करना या धमकी देना या असभ्य आचरण करना।	1,200 रु. जुर्माना	जमानतीय
116, 117	लोक कार्यालय में धूम्रपान करना।	1,200 रु. जुर्माना	जमानतीय

धारा	आपराधिक कार्य	दण्ड	जमानतीय या अजमानतीय
122	सूर्यास्त एवं सूर्योदय काल में शक की स्थिती में या चोरी करने के इरादे से किसी जगह उपस्थित रहना।	1 वर्ष तक कारावास	जमानतीय
124	चोरी का माल या सामान अपने क़ब्ज़े में रखना।	1 वर्ष तक कारावास	जमानतीय
151	धारा 99 से 116 के अपराध को फ़ाइल करना या कोर्ट में भेजना पुलिस स्टेशन अधिकारी का अधिकार है।		

क़ानून का नाम – एनडीपीएस क़ानून

Narcotic Drug and Psychotropic Substances (NDPS) Act, 1985

धारा	आपराधिक कार्य	दण्ड	जमानतीय या अजमानतीय
8	सरकार के लायसन्स या परमिट के बगैर या इस क़ानून की धारा भंग करके कोई भी नार्कोटिक ड्रग या सायकोट्रॉपिक चीज़ें तैयार करना या बनाना या अपने पास रखना या बेचना या भेजना या जमा करके रखना या इस्तेमाल करना या खाना या दूसरे राज्य या देश से लाना या भेजना अपराध है।		
15	पॉपी वनस्पति स्ट्रॉ के बारे में कोई भी क़ानून का भंग करना।	10 वर्ष से 20 वर्ष तक कारावास की सज़ा और 1 लाख से 2 लाख रु. तक जुर्माना	अजमानतीय
16	कोका वनस्पति या कोका पत्ती के बारे में कोई भी क़ानून का भंग करना।		अजमानतीय

धारा	आपराधिक कार्य	दण्ड	जमानतीय या अजमानतीय
17	ओपीएम (अफ़ू) के बारे में कोई भी क़ानून का भंग करना।		अजमानतीय
18	ओपीएम (अफ़ू) पॉपी और ओपीएम के बारे में कोई भी क़ानून का भंग करना।	ऊपर लिखी सज़ा	अजमानतीय
20	किसान से ओपीएम (अफ़ू) का ग़लत इस्तेमाल (अपहार) करना।	ऊपर लिखी सज़ा	अजमानतीय
21	इस क़ानून की धारा का भंग करके या सरकार के परमिट या शर्तों का भंग करके कोई ड्रग या मिश्रण बनाना।	ऊपर लिखी सज़ा	अजमानतीय
22	सायकोट्रॉपिक पदार्थ/चीज़ों के बारे में कोई भी क़ानून का भंग करना।	ऊपर लिखी सज़ा	अजमानतीय
23	इस क़ानून की धारा का भंग करके या सरकार के परमिट या शर्तों का भंग करके कोई भारत देश में लाता है या दूसरे देश में भेजता है। (import or export)	ऊपर लिखी सज़ा	अजमानतीय

धारा	आपराधिक कार्य	दण्ड	जमानतीय या अजमानतीय
24	धारा 12 के तहत चीज़ें देश के बाहर भेजने के सरकार के परमिट या शर्तों का भंग करना।	ऊपर लिखी सज़ा	अजमानतीय
25	इस अपराध के लिए घर या जगह उपलब्ध कराना।	ऊपर लिखी सज़ा	अजमानतीय
26	लायसन्स धारक या उसके नौकर द्वारा सरकार की शर्तों का भंग करना।	3 वर्ष तक एवं जुर्माना	
27	कोकीन या मॉर्फ़ीन या डायसीटील मॉर्फ़ीन या नार्कोटिक ड्रग या सायकोट्रॉपिक चीज़ें ग़ैरक़ानूनी तरीक़े से कम मात्रा में (small quantity) रखना या खाना।	1 वर्ष तक एवं या जुर्माना	
27A	ग़ैरक़ानूनी तरीक़े से भेजने या अपराधी को छुपने में सहायता करना।	10 वर्ष से 20 वर्ष तक कारावास की सज़ा एवं 1 लाख से 2 लाख रु. तक जुर्माना	अजमानतीय
28	अपराध करने का प्रयत्न करना।	अपराधानुसार	

धारा	अपराधी कार्य	दण्ड	जमानतीय या अजमानतीय
29	इस क़ानून के आपराधिक षड्यंत्र में शामिल होना।	अपराध के तहत की आधी सज़ा	

क़ानून का नाम – मुंबई दारूबंदी क़ानून MUMBAI PROHIBITION ACT

धारा	आपराधिक कार्य	दण्ड	जमानतीय या अजमानतीय
65 A	सरकारी लायसन्स या परमिट के बगैर यानी ग़ैरक़ानूनी तरीक़े से शराब का परिवहन करना।	3 वर्ष	अजमानतीय
65 B	ग़ैरक़ानूनी तरीक़े से शराब बनाना।	3 वर्ष	अजमानतीय
65 C	ग़ैरक़ानूनी तरीक़े से शराब की भट्टी लगाना।	3 वर्ष	अजमानतीय
65 D	ग़ैरक़ानूनी तरीक़े से शराब बॉटल में भरना।	3 वर्ष	अजमानतीय

धारा	अपराधी कार्य	दण्ड	जमानतीय या अजमानतीय
65 E	ग़ैरक़ानूनी तरीक़े से शराब अपने क़ब्ज़े में रखना या बेचना।	3 वर्ष	अजमानतीय
81	ऐसे अपराध में साथ देना या प्रेरणा देना।		
82	लायसन्स या परमिट की शर्तों को भंग करना।		
83	इस क़ानून के आपराधिक षड्यंत्र में शामिल होना।	अपराधानुसार	
93	एसडीएम अपराधी को अच्छा आचरण रखने की शर्त का बॉण्ड ले सकता है।		

7

घर पर स्वयं की, गहनों और क़ीमती चीज़ों की सुरक्षा

इस विषय संबंधी सवालों पर कमांडर ने विचारमग्न ढंग से उत्तर दिया कि हम कठिन परिश्रम करके और तकलीफ़ उठाकर रुपये कमाते हैं। उस रुपये से परिवार का पालन-पोषण करते हैं। उन्हीं रुपयों से ज़रूरी चीज़ें ख़रीदना, सुरक्षा के लिए साधन ख़रीदना, बच्चों की पढ़ाई, बीमारी में दवा एवं इलाज, त्यौहार मनाना, घर व गाड़ी ख़रीदना, जेवरात या क़ीमती चीज़ें ख़रीदना या बच्चों की शादी आदि काम के लिए ख़र्च करते हैं। लेकिन इन्हीं रुपयों या ख़रीदी हुयी क़ीमती चीज़ों की सुरक्षा की परवाह नहीं करते हैं। इसी वजह से चोर-उचक्के रुपये या क़ीमती चीज़ें चोरी करते हैं। चोर के पाँव नहीं होते। इसलिए अगर सावधानी बरतें तो चोरी की वारदातें रोकी जा सकती हैं।

जब हमारा पैसा या क़ीमती चीज़ें हमारी मौजूदगी या ग़ैरमौजूदगी में घर से चोरी हो जाते हैं तो मन को पीड़ा होती है। क्योंकि वह हमने कड़ी मेहनत से कमाये होते हैं। वह सब वापस कमाने के लिए और मेहनत करनी पड़ेगी और वक़्त लगेगा। वक़्त के चलते रुपये की कमी से कुछ काम रोकने पड़ेंगे या सोचे हुए काम नहीं हो सकेंगे। स्थिती में बदलाव आया तो वह सब दुबारा कमाना भी नामुमकिन हो जाता है। इससे हमारे एवं हमारे परिवार के सदस्यों की ख़ुशियों तथा स्वास्थ्य पर बुरा असर पड़ सकता है।

बैंक के लॉकर में रुपये तथा क़ीमती माल सुरक्षित रखना चाहिए। लेकिन आम आदमी या ग़रीब व्यक्ति को बैंक लॉकर की सुविधा उपलब्ध नहीं होती।

अपने ख़ून-पसीने की कमाई सँभालकर रखनी चाहिए। हमेशा यह कोशिश करें कि घर में से कोई क़ीमती चीज़, रुपये या जेवरात कभी चोरी न हों। ज़्यादा लाभ का लालच दिखाकर या नौकरी लगाने का झाँसा देने के बहाने रुपये लेकर हमारे साथ छल हो सकता है। इसलिए हमें ख़तरों के बारे में सोचकर पहले से ही सुरक्षा संबंधी उपाय व योजना अपनानी चाहिए।

चोर या अपराधी की नज़र से घर की तरफ़ देखें तो सुरक्षा में क्या ख़ामियाँ हैं इसका अंदाज़ा लग सकता है। इस अध्याय में लिखी सावधानियाँ बरती जायें तो घर में चोरी करना चोरों के लिए निश्चित तौर पर आसान नहीं होगा।

घर के दरवाज़े, खिड़कियाँ और बाहरी क्षेत्र के बारे में

आप जिस क्षेत्र में रहते हैं उस क्षेत्र में किस प्रकार के अपराध या चोरी की वारदातें होती हैं इसकी जानकारी रखें ताकि सुरक्षा के उपाय करना आसान हो। जिस क्षेत्र में पड़ोसी सतर्क रहते हैं वहाँ चोरी कम होती है।

घर की दीवारें व छत मज़बूत होने चाहिए। बाहर के दरवाज़े व खिड़कियों के फ़्रेम मज़बूत लकड़ी या लोहे के बने होने चाहिए। स्लाइडिंग विंडो के बाहर लोहे के बार लगाने चाहिए। दरवाज़े में मज़बूत ताले लगाने चाहिए।

घर के सभी दरवाज़े, खिड़कियाँ देखें। क्या वे मज़बूत हैं? कहीं टूटे हुए तो नहीं हैं? उनके फ़्रेम, पल्ले या ताला लगाने की कड़ी मज़बूत है या नहीं? क्या उसे तोड़ना आसान है? अगर कोई उसे तोड़ सकता है तो उन्हें मज़बूत करें। दरवाज़े को दो जगह ताला लगाने की व्यवस्था करें, लॅच लॉक लगायें और बाहर से कड़ी न निकाली जा सके इस प्रकार की कीलें लगायें। बाहर के दरवाज़े लोहे की जाली के बना दें ताकि आसानी से कोई उसे तोड़कर या सेंध लगाकर अंदर न आ सके। प्रवेश द्वार में आईहोल लगायें। आईहोल से बाहर का दृश्य देखा जा सकता है।

प्रवेश द्वार के बाहर एक और लोहे की जाली का मज़बूत दरवाज़ा (safety door) बनायें। वह बाहर की ओर खुले। उसमें बाहर तथा अंदर की तरफ़ कड़ी हो। अंदर का प्रवेश द्वार खोलने से पहले जाली के सेफ़्टी डोर से हम यह देख सकें कि दरवाज़े के बाहर कौन व्यक्ति खड़ा है। अगर हम नहीं चाहते कि वह घर के अंदर आये तब प्रवेश द्वार बिना खोले उससे बात कर सकते हैं और चिट्ठी, कूरियर या छोटी चीज़ें जाली से ही ले सकते हैं।

घर की सभी खिड़कियाँ लोहे की जाली की हों। अगर लकड़ी की हैं तो बाहर लोहे की जाली लगानी चाहिए। क्योंकि लकड़ी को चोर आसानी से तोड़ या काट सकते हैं।

जब घर बदलते हों तो प्रवेश द्वार और पीछे के दरवाज़े के पुराने ताले बदलकर नये लगायें क्योंकि हो सकता है कि उन तालों की चाबी किसी के पास पहले से ही हों।

खिड़की से दूरी रखकर सोयें क्योंकि खिड़की के क़रीब सोने से चोर आपके शरीर पर से गहने चुरा सकता है या आपको चोट पहुँचा सकता है। सभी खिड़कियों तथा दरवाज़ों पर पर्दे लगायें। इससे बाहर से कमरे के अंदर की क़ीमती चीज़ें या आपको कपड़े बदलते वक़्त कोई नहीं देख सकता।

दरवाज़े के बाहर डोरबेल लगायें। दरवाज़े और खिड़की में अलार्म सिस्टम लगायें ताकि अगर किसी ने उन्हें छेड़ा तो अलार्म की ज़ोर से आवाज़ आयेगी और चोर भाग जायेगा। गेट तथा दरवाज़े पर स्पीकर सिस्टम लगायें। परिवार की सुरक्षा के लिए प्रवेश द्वार की नेम प्लेट पर अपना नाम ना लिखें सिर्फ़ पता लिखें। रात के वक़्त भी घर का नाम या नंबर दिख सके ताकि पुलिस या रिश्तेदार को घर ढूँढ़ने में आसानी हो। सभी दरवाज़े और खिड़कियों के बाहर लाइट लगानी चाहिए जिनके बटन कमरे के अंदर हों।

घर के आस-पास की खुली जगह है तो कम से कम सात फुट ऊँची पक्की कम्पाउंड वॉल बना लें और ऊपर काँटेदार तारों का घेरा डालें। वॉल कम्पाउंड का गेट मज़बूत हो, कम से कम सात फुट ऊँचा हो। ऊपर कीले लगे हों जिसे कोई पकड़ न सके। गेट के गैप में से कोई बच्चा भी अंदर ना आ सके। उसमें मज़बूत ताला लगायें। यदि पसंद है तो कम्पाउंड में एक सिखाया हुआ कुत्ता रखें। छत पर चढ़ने की सिढ़ी को लॉक करके रखें। ड्रेनेज पाइप को नुकीले तार से लपेटें ताकि कोई पाइप से छत पर न चढ़ सके। कम्पाउंड में कोई पेड़ पर चढ़कर छिपकर ना रहे इसकी व्यवस्था करें। ज़मीन से नज़दीक वाली डालियाँ काट दें। घर के बाहर की क़ीमती चीज़ों पर पहचान के लिए नाम लिखने चाहिए। कम्पाउंड एरिया में लाइट लगानी चाहिए और रात को घर के बाहर की सभी लाइट चालू रखें। ताला तोड़ने में उपयोग में आने वाली चीज़ें जैसे कुदाल, लोहे की सलाख़, लोहे का पाइप कम्पाउंड में न रखें।

कम्पाउंड या खेत में कुँआ है तो उस पर लोहे की जाली लगायें ताकि कोई अंदर ना गिर सके।

अनजान व्यक्ति से सावधानी

घर में आने वाले अनजान व्यक्ति चोर या अपराधी हो सकते हैं इसलिए किसी भी अनजान व्यक्ति को घर के अंदर प्रवेश न दें। यह बात घर में सभी सदस्यों और नौकर को बताकर रखें। जब कोई प्रवेश द्वार की घंटी बजाता है तब सेफ़्टी डोर (जाली वाला दरवाज़ा या आईहोल/मैजिक आई) से पहले देखें कि बाहर कौन है या आवाज़ देकर पूछें कि कौन है। अगर आवाज़ पहचान की है तो ही दरवाज़ा खोलें। दरवाज़े की चौखट पर खड़े व्यक्ति की पहचान जाने बिना उसे अंदर न आने दें। बच्चों तथा महिलाओं को भी ज़रूरत न होने पर प्रवेश द्वार के बाहर का सेफ़्टी डोर नहीं खोलना चाहिए। पूछताछ या कुछ बात करनी है तो सेफ़्टी डोर/जाली का दरवाज़ा बंद रखकर ही बात कर सकते हैं। आपने किसी मैकेनिक को घर बुलाया है तो दुकानदार या पहचान वाले व्यक्ति को फ़ोन करके सुनिश्चित कर लें कि यह वही व्यक्ति है या नहीं। आपको उसका पहचान पत्र देखना चाहिए।

घर में अगर पुलिस की वर्दी में कोई आता है तो वह पुलिस वाला ही है इसका पहचानपत्र देखकर या फ़ोन करके सुनिश्चित करें तब तक उसे घर के अंदर प्रवेश न करने दें। घर आये व्यक्ति का नाम, पता तथा मोबाइल नंबर पूछकर उसे कॉल करके देखें कि उसके द्वारा बताया गया वह नंबर सही है या नहीं।

आप घर में अकेले हों और कूरियर वाला या अपरिचित व्यक्ति आता है और आपको प्रवेश द्वार खोलना है तब पड़ोसी, चौकीदार या पहचान वाले व्यक्ति को फ़ोन करके बुलायें। उसके आने के बाद ही प्रवेश द्वार खोलें और उसे उस अपरिचित व्यक्ति के जाने तक साथ में रुकने को कहें। घर में रिपेयरिंग या मरम्मत के काम अच्छी ऐजन्सी से करायें।

आप घर से काम करते हैं तो अपरिचित व्यक्ति को पहली बार घर पर न बुलायें। घर के बाहर किसी जगह या होटल में मिलें।

घर पर सोने के ज़ेवरात पॉलिश करने के बहाने अनजान व्यक्ति आते हैं और आपके सोने के ज़ेवरात चोरी करके धोखेबाज़ी करते हैं। उन्हें घर

के अंदर प्रवेश न करने दें और उनसे कोई काम न करवायें। किसी काम के बहाने घर में अपरिचित आदमी या औरत आकर आपको पानी लाने के लिए कह सकते हैं या बाथरूम कहाँ है यह पूछकर आपका ध्यान दूसरी ओर खींचते हैं और उसी वक़्त क़ीमती चीज़ें देखकर चुरा ले जा सकते हैं। इस प्रकार से कई लोगों के घर से लाखों रुपये तथा लाखों के क़ीमती ज़ेवरात चोरी करके धोखेबाज़ी हुई है। ऐसा आपके परिवार के बुज़ुर्ग या महिला सदस्यों के साथ भी हो सकता है इसलिए सभी को सतर्क रहने की सूचना दें।

कमरे के अंदर की सुरक्षा

दरवाज़े की चाबियों पर अपना पता या घर का नंबर न लिखें। घर की चाबी हॉल में या प्रवेश द्वार के बाहर या खिड़की के पास न रखें क्योंकि उसे कोई दरवाज़े या खिड़की से निकाल सकता है। घर के हॉल में क़ीमती चीज़ें जैसे गहने, लैपटॉप या मोबाइल फ़ोन नहीं रखने चाहिए।

बिजली जाने पर घर में प्रकाश के लिए इनवर्टर, जनरेटर या टॉर्च की व्यवस्था करके रखें। घर में बच्चों की जान की सुरक्षा महत्त्वपूर्ण होती है। इसलिए इलेक्ट्रिक वायर और बटन छोटे बच्चों की पहुँच से दूर ऊँचाई पर होने चाहिए। बटन एवं वायर सुरक्षित हों, अर्थिंग ठीक से की गयी हो इसकी पुष्टि करें।

घर की क़ीमती चीज़ों की बीमा पॉलिसी निकालकर रखकर इन्शुरन्स पॉलिसी का प्रीमियम समय पर भरना चाहिए। क़ीमती चीज़ों के मेक, सीरियल नंबर, मॉडल नंबर, मोबाइल फ़ोन के आईएमईआई नंबर, लैपटॉप के सीरियल नंबर, कार या मोटर साइकिल के इंजन और चेसिस नंबर तथा क़ीमती चीज़ों के पहचान के चिन्ह या नंबर एक डायरी में लिखकर रखें और फ़ोटो निकालकर रखें। सभी चीज़ों के ख़रीदी बिल एक फ़ाइल में रखने चाहिए। चीज़ों पर मार्कर पेन या पेंट से ख़ास नाम लिखें ताकि चोरी होने पर ढूँढ़ने या पहचान करने में आसानी हो।

घर में सुरक्षा साधनों का इस्तेमाल

घर में इलेक्ट्रॉनिक बर्गलर या अलार्म या सायरन की व्यवस्था करके रखें। उसके स्पीकर घर के बाहर सुरक्षित जगह पर लगायें। ख़तरा होने पर आपको सायरन बजाना चाहिए ताकि पड़ोसी आपके घर पर आ जायें। ख़ुफ़िया कैमरा

या सीसीटीवी लगाना सुरक्षा के लिए फ़ायदेमंद हो सकता है जिससे घर के अंदर और बाहर के दृश्य की रिकॉर्डिंग हो। कमरे में आईने इस तरह लगायें कि खिड़की तथा दरवाज़े के बाहर का दृश्य दिखाई दे सके।

घर के फ़ोन पर कॉलर आईडी सुविधा लगायें। आजकल घर में सुरक्षा की अलार्म मशीन या दूसरी इलेक्ट्रॉनिक मशीनें उपलब्ध हैं। सायरन बजने वाले कैश बैग भी बाज़ार में मिलते हैं। आपको सही उपकरण व साधनों को चुनकर सुरक्षा के लिए इस्तेमाल करना चाहिए। सुरक्षा के लिए सरकारी लायसन्स वाली बंदूक रखी जा सकती है।

कमरे में ज़ेवरात या रुपये छिपाने की जगह

मेहनत से कमाये क़ीमती ज़ेवरात, चीज़ें, रुपये या क़ीमती दस्तावेज़ चोरी होने से बचाने के लिए हमेशा बैंक लॉकर में रखें। ज़रूरत होने पर ही बाहर निकालें और काम पूरा होते ही वापस रखें।

अगर आपका बैंक में लॉकर नहीं है तब आप क़ीमती सामान घर में भी सुरक्षित रख सकते हैं। जब आप घर में हों तब मोटी रक़म या ज़ेवरात मज़बूत और सुरक्षित अलमारी के लॉकर, सेफ़ डिपॉज़िट बॉक्स में रख सकते हैं लेकिन मैट्रेस के नीचे ना रखें। जब आप घर में नहीं होते तब ज़्यादा रुपये या क़ीमती गहने अलमारी या सेफ़ में न रखें क्योंकि रुपये रखने की यह आम जगह है जिसे चोर आसानी से पहचान सकते हैं। चोर व्यक्ति सबसे पहले इन्हीं जगहों पर तलाश करता है। मोटी रक़म या गहने ऐसी जगह छिपाकर रखने चाहिए कि चोर को पता न चले कि गहने कहाँ हैं। इसके लिए हमें चोर की नज़र से देखना चाहिए। अगर चोर घर में आता है तो वह पहले कहाँ-कहाँ ढूँढ़ेगा, उन जगहों की सूची बनायें। इस सूची की जगहों पर रुपये या गहने कभी न रखें। अगर रखें तो चोरी होने की संभावना है।

घर में ऐसी कुछ सुरक्षित जगह होती हैं या हम बना सकते हैं जिसके बारे में चोर सोच भी नहीं सकता। यह हो गई चोर के आगे की सोच। इसी सोच से हमें अपने रुपये और गहने चोर से बचाने हैं। आप घर में बेडरूम में बेड के फ्रेम, सीलिंग फैन, कुशन, ए.सी. के पैनल, दरवाज़े या खिड़की के फ्रेम, ज़मीन में वॉटरप्रूफ़ डिब्बे, दीवार या छत के छिद्र, इलेक्ट्रिक फ़िटिंग के अंदर रुपये या ज़ेवरात सुरक्षित रख सकते हैं।

बच्चों के कमरे में बड़ी किताब के कुछ पन्ने अंदर से काटकर जगह

बनाकर, बच्चों की पढ़ाई की टेबल या कुर्सी के फ्रेम, क्रिकेट के स्टंप के अंदर रुपये या ज़ेवरात रख सकते हैं। किचन में चावल या आटे के डिब्बे, रेफ्रिजरेटर के पैनल के अंदर भी रख सकते हैं।

घर में फ़ोटो, आईना, दरवाज़ा, दीवार की घड़ी के फ्रेम, फ़र्नीचर, सोफ़ा, बेड या तकिये के कुशन, नॉन ट्रांसपेरेंट ख़ाली डिब्बे का भी इस्तेमाल कर सकते हैं। पुराने सामान रखने के कमरे, डॉग फूड के बैग, हैन्डीकैप की लकड़ी, पुराने बंद ए.सी., पुराने टूटे खिलौने, वैक्युम क्लीनर बैग, फटे-पुराने जूते या चप्पल की हील, साइकिल पम्प भी रुपये या ज़ेवरात छिपाने में काम आ सकते हैं। बाथरूम की दीवार में छेद, वॉटर हीटर, टॉयलेट टंकी के पास, नल के नीचे ज़मीन में वॉटरप्रूफ़ डिब्बे में, वॉशिंग मशीन के फ्रेम, पीवीसी पाइप के अंदर रुपये या ज़ेवरात रखे जा सकते हैं।

अगर किसी चोर को इन सब बातों का पता भी चले तो भी वह इन सभी जगहों पर नहीं ढूँढ़ सकता क्योंकि उसके पास इतना सारा वक़्त नहीं होता। वह जल्दी भागने की फ़िराक में रहता है।

नौकर के बारे में सावधानी

घर के अंदर के अपराध में कई बार उसी घर के नौकर का हाथ होता है इसलिए नौकर के बारे में बहुत सतर्कता बरतनी चाहिए। घर में नौकर या वॉचमैन रखने से पहले उनका पूरा नाम, पता, पहचान वाले लोग, रिश्तेदार, पहले जिसके पास काम किया उन मालिकों के नाम आदि जानकारी लें। उनके नाम और पते के दस्तावेज़, फ़ोटो लेकर अपने पास रखें और जानकारी क़रीबी पुलिस स्टेशन को लिखित तौर पर दें। उसे तुरंत काम पर ना रखें, अगर सबकुछ ठीक है और कोई संदेह नहीं है और विश्वास रख सकते हैं तो ही उसे काम पर रखें वरना ना रखें। नौकर का अपमान न करें या उसे परेशान न करें। अगर नौकर के मन में दुश्मनी की भावना पैदा हो गई तो वह आपका नुक़सान कर सकता है।

पूरी जानकारी प्राप्त किये बिना किसी व्यक्ति को अपना घर किराये से न दें। उसके नाम व पते के दस्तावेज़, कार्य, फ़ोटो और पहचान वाले दो व्यक्तियों आदि की जानकारी लेने के बाद आप संतुष्ट हैं कि वह आपराधिक नहीं है तो ही अपना मकान किराये से दें। किराया चेक से लेना चाहिए। किरायेदार की जानकारी नज़दीकी पुलिस स्टेशन में लिखित में अवश्य दें।

पड़ोसी से अच्छे संबंध

पड़ोसी से संबंध अच्छे और विश्वासपूर्ण हों। पड़ोसी के बारे में जानकारी रखें। अगर वे अच्छे हैं तो घरेलू संबंध बनायें, नहीं तो काम से मतलब रखें। अच्छे पड़ोसी से ख़तरे के समय सहायता के बारे में चर्चा करके रखें। उनके मोबाइल नंबर याद रखें। बेवजह पड़ोसी से झगड़ा न करें क्योंकि ज़रूरत पड़ने पर वे काम आ सकते हैं। पड़ोसी की भी मदद करते रहना चाहिए। उनके बच्चों को गिफ़्ट, चॉकलेट देते रहें।

चौकन्ना वॉचमैन

कम्पाउंड में गेट के पास वॉचमैन या चौकीदार है तो उसे काम करने का तरीक़ा समझायें। चेतावनी दें कि वह आने-जाने वाले प्रत्येक अनजान व्यक्ति को गेट पर रोककर उसका नाम एवं पता समय के साथ एक बुक में लिखे। वह अपरिचित व्यक्ति की पहचान किये बिना व्यक्ति या वाहन गेट या दरवाज़े के अंदर न आने दे। घर के आस-पास घूमने वाले संदिग्ध व्यक्ति का नाम व पता जान ले और उसका फ़ोटो खींच ले। अपराधी होने का संदेह होने पर तुरंत पुलिस को इसकी सूचना दे। हॉकर्स या सेल्समैन को सोसायटी या घर के अंदर आने से मना करे और सूचनापत्र लगाये। चौकीदार हमेशा चौकन्ना रहे और रात में सोये नहीं इसके उसे सख़्त निर्देश दें। चौकीदार के कमरे में इंटरकॉम सिस्टम लगायें। वॉचमैन के चरित्र और कामकाज पर नज़र रखें।

नागरिक सुरक्षा समिति

एक सोसायटी या पड़ोस में रहने वाले पच्चीस या ज़्यादा परिवारों को मिलकर एक सुरक्षा समिति बनानी चाहिए। इस समिति में एक चेयरमैन, पाँच पुरुष और दो महिलायें होंगी। यह समिति सदस्य लोगों की शिकायतों की जानकारी पुलिस स्टेशन को देंगे। पुलिस के संपर्क में रहकर अपने सदस्यों की तथा किसी कार्यक्रम की सुरक्षा से संबंधी कार्य करेंगे।

घर के आस-पास के संदिग्ध व्यक्ति, लावारिस वाहन, अवैध शराब बिक्री, जुआ, हफ़्ता वसूली, महिला की छेड़छाड़ आदि ग़ैरक़ानूनी अपराध की जानकारी तुरंत पुलिस को दें। इसमें ज़रूरी नहीं है कि आप अपनी पहचान पुलिस को बतायें। अगर आपको डर लगता है तो सोसायटी चेयरमैन, सुरक्षा समिति या सामाजिक कार्यकर्ता के द्वारा पुलिस को जानकारी दी जा सकती

है। अगर ऐसा नहीं किया तो आपके आस-पास बदमाश व्यक्ति और अपराध बढ़ते जायेंगे। जिससे आपको और समाज के जान-माल को ख़तरा बढ़ता जायेगा।

विश्वासपात्र अच्छे वकील से पहचान रखें ताकि ज़रूरत पड़ने पर उसका सुझाव ले सकें। ख़तरा महसूस होता है तो तुरंत 100 नंबर डायल कर पुलिस की सहायता लें। पड़ोसी, मदद करने वाले रिश्तेदार, दोस्त, पुलिस कंट्रोल रूम, नज़दीकी पुलिस स्टेशन के फ़ोन नंबर, पुलिस थाना मुख्य अधिकारी एवं थाना मुख्य अधिकारी से बड़े पद के दो अधिकारियों के नाम एवं मोबाइल नंबर घर पर डायरी में लिखकर रखें और अपने मोबाइल में सेव करें। संकटकाल में मदद पाने के लिए इन्हें कॉल करें।

घर से बाहर जाते वक़्त

बाहर घूमने, छुट्टी मनाने या किसी रिश्तेदार के घर कार्यक्रम में जाने के लिए सभी सदस्य फूले नहीं समाते। लेकिन जब आप कहीं बाहर घूमने जा रहे हों तब घर और क़ीमती चीज़ों की सुरक्षा के इन्तज़ाम करके ही जायें वरना आपका बाहर जाना महँगा पड़ सकता है।

आप कुछ दिनों के लिए घर से बाहर जा रहे हों तब अपने छुट्टी में बाहर जाने की जानकारी दूसरों को न दें। घर की आन्सरिंग मशीन पर आप छुट्टी पर गये हैं ऐसा मैसेज रिकॉर्ड ना करें। जाने से एक दिन पहले ही अख़बार बंद कर दें। बाहर जाने के पहले घर में कम वोल्ट वाली लाइट चालू रखें और रेडियो या धुन वाला स्पीकर चालू रखें। सीसीटीवी है तो चालू रखें। विश्वासपात्र पड़ोसी एवं आस-पास रहने वाले रिश्तेदारों को जानकारी दें और उनसे अनुरोध करें कि वे आपके घर की तरफ़ ध्यान दें। चौकीदार को सावधान रहने की सूचना दें। कार टेप निकालकर घर में रखें। मोटी रक़म या गहने घर में छिपाकर रखें। कार, मोटर साइकिल रखने के गैराज में मज़बूत ताला लगायें। पार्किंग कार या मोटर साइकिल में रुपये या क़ीमती चीज़ें ना रखें। कम्पाउंड एरिया में विद्युत लाइट का बटन बाहर है तो पड़ोसी को रात को चालू करने के लिए कहें। घर के अंदर और बाहर विद्युत लाइट चालू रहने से, धुन की आवाज़ से चोर को लगेगा कि घर के अंदर कोई है या आप कुछ वक़्त के लिए बाहर गये हैं और जल्दी वापस लौटने वाले हैं तब चोर आपके घर में चोरी करने का नहीं सोचेगा।

घर से बाहर जाते वक़्त कमरे की सभी खिड़कियाँ तथा दरवाज़े अच्छी तरह बंद करके लॉक करें। प्रवेश द्वार, जालीवाला सेफ़्टी दरवाज़ा बंद करें और मज़बूत ताले लगायें क्योंकि ताला घर का रखवाला होता है। अगर आप अकेले बाहर जाने वाले हैं तो परिवार के स्त्री या बच्चों को नौकर के भरोसे न छोड़ें। आप उनके संपर्क में रहें। कार या वाहन में एक हॉकी स्टिक रखें। जब कोई आप पर हमला करता है तब वह आपकी जान बचाने के लिए हमलावर को डराने, भगाने के काम आ सकती है।

8

दुकान और क़ीमती चीज़ों की सुरक्षा

कारोबारी लोगों की दुकान, दफ़्तर या कार्यालय से धन या चीज़ों की सुरक्षा के सवालों पर कमांडर ने सविस्तर स्पष्ट किया कि हर व्यक्ति मेहनत से कार्य करके जमा किये गये रुपयों से, दोस्त या रिश्तेदार से उधार या किसी संस्था से क़र्ज़ लेकर कारोबार शुरू करता है। कारोबार चलाने के लिए दफ़्तर बनाता है। छोटा कारोबार है तो उसी जगह बिक्री करने का माल रखता है। हम अपने कारोबार के लिए ज़रूरी और क़ीमती चीज़ें, मशीनरी ख़रीदकर दुकान या कारख़ाने में रखते हैं। इसी कारोबार से रुपये कमाते हैं जिससे परिवार का पालन-पोषण करते हैं। इसी आमदानी से बच्चों की पढ़ाई, बीमारी का इलाज, कहीं घूमना-फिरना, सुरक्षा के लिए उपकरण ख़रीदना, नौकर रखना आदि के लिए ख़र्च करते हैं। आमदनी का कुछ हिस्सा क़र्ज़ की क़िश्त अदा करने, कारोबार बढ़ाने में ख़र्च करते हैं।

अगर दुकान, फ़ैक्ट्री या कारोबार की जगह से रुपये या क़ीमती चीज़ों की चोरी हो जाती है या हानि होती है तो दुख होता है। फूट-फूटकर रोने की नौबत आ सकती है। इससे आमदनी पर असर पड़ता है। अधिक नुक़सान होने पर कई काम रुक जाते हैं या रोककर रखने पड़ते हैं। जो काम बहुत ज़रूरी है उसे भी पूरा करना मुश्किल हो जाता है। इस हानि को भरने के लिए और ज़्यादा मेहनत करनी पड़ती है। ख़ासकर जहाँ सोने व हीरों या ज़्यादा रुपयों का व्यवहार होता है वहाँ चोरी या लूट होने के आसार ज़्यादा होते हैं। ऐसे कारोबार में ज़्यादा सतर्कता बरतनी चाहिए।

इसलिए दुकान या कारोबार की जगह से चीज़ें तथा रुपये कोई चोरी

ना करे इसका इन्तज़ाम करना ज़रूरी है। कारोबार की वजह से जान को ख़तरे से बचाने हेतु सरकारी लायसन्स वाली बंदूक रख सकते हैं।

जिस क्षेत्र में कारोबार या व्यवसाय करते हों उस क्षेत्र में होने वाले अपराध या चोरी की वारदातों की जानकारी रखें। इससे सुरक्षा के उपाय करना आसान होगा। सुरक्षित क्षेत्र में ही कारोबार करें।

नीचे कुछ सुरक्षा के उपाय दिये गये हैं जिनसे दुकान और उसकी चीज़ें एवं रुपये की चोरी करना चोरों के लिए आसान नहीं होगा।

ख़तरों की सूची बनाना

सोचो, धंधे मे क्या ख़तरे हो सकते हैं? दुकान, दफ़्तर, फ़ैक्ट्री, गोडाउन, मॉल, गैराज, कारख़ाना, वेयरहाउस आदि का अंदर और बाहर से, छत, कम्पाउंड और आस-पास के क्षेत्र का चोर की नज़र से निरीक्षण करें। अब उन तरीक़ों की सूची लिखें जिनसे चोर दुकान या जगह के पास आ सकता है? वह वाहन से आयेगा तो वाहन कहाँ खड़ा करेगा? वह दुकान या गोडाउन के अंदर कैसे घुस सकता है? अंदर घुसने के लिए वह कौन सी जगह चुनेगा? वह कौन सा सामान चोरी कर सकता है? माल किस तरीक़े से बाहर ले जायेगा? कैश को बैंक में किस तरह सुरक्षित तरीक़े से पहुँचाया जा सकता है? दुकान या धंधे में कौन व्यक्ति धोखा दे सकता है? वह किस प्रकार का धोखा दे सकता है? इन सभी सवालों के जवाब की सूची बनायें। इन्हें रोकने के लिए योजना बनायें। इससे काफ़ी हद तक नुक़सान को रोका जा सकता है।

दरवाज़े, खिड़की और बाहरी क्षेत्र के बारे में

कारोबार की जगह की दीवारें और छत मज़बूत हों। सभी दरवाज़े, खिड़कियाँ देखें। क्या वे मज़बूत हैं? यदि नहीं हैं तो तुरंत उन्हें ऐसे मज़बूत बनायें जिससे तोड़ना आसान न हो।

सुरक्षा हेतु चैनल गेट की जगह हमेशा शटर लगायें। दुकान के सभी शटर के दरवाज़ों में सेंट्रल लॉक लगायें। हर दरवाज़े में दो लॉक लगाने की व्यवस्था करें और हर बाहरी दरवाज़े के बाहर लोहे की मज़बूत जाली के सेफ़्टी डोर बना लें। सेफ़्टी डोर को भी दो तालें लगवायें। ताले-चाबी के दो या तीन सेट रखें और उसे बारी-बारी से बदलें। जब आप दुकान बदलते हों तब सभी ताले बदकर नये ताले लगायें।

खिड़की के फ्रेम के और जाली के कीले लंबे हों और सीमेंट की दीवार के अंदर अधिक गहरे हों। जिससे कोई आसानी से उन्हें निकाल न सके। खिड़की में शीशे के पैनल हैं तो शीशे के बाहर लोहे की जाली लगायें। विंडो ए.सी. है तो बाहर से जाली लगायें। दरवाज़े या खिड़की में अलार्म सिस्टम लगायें।

शॉपिंग सेंटर, बाज़ार या मॉल व दुकान के प्रवेशद्वार के सामने डोर या हैंड मेटल डिटेक्टर का उपयोग करके लोहे की चीज़ें खोजनी चाहिए।

आस-पास की खुली जगह है तो कम से कम सात फुट ऊँची पक्की कम्पाउंड वॉल बना लें और ऊपर काँटेदार तारों का घेरा डालें। वॉल कम्पाउंड का गेट मज़बूत हो, कम से कम सात फुट ऊँचा हो। ऊपर कीले लगे हों जिसे कोई पकड़ न सके।

बाहर की क़ीमती चीज़ों पर पहचान के लिए नाम लिखने चाहिए। कम्पाउंड एरिया में विद्युत लाइट लगानी चाहिए और रात को बाहर की सभी लाइटें चालू रखें। ताला तोड़ने में उपयोग में आने वाली चीज़ें, लोहे की सलाख़, लोहे के पाइप कम्पाउंड में न रखें। रात के वक़्त चोरी रोकने के लिए खुली जगह पर क़ीमती सामन रखा है तो कम्पाउंड में चौकीदार के साथ एक प्रशिक्षित कुत्ता रखें। छत पर चढ़ने की सीढ़ी को लॉक करके रखें। ड्रेनेज पाइप को नुकीले तारों से लपेटें और कम्पाउंड में ज़मीन से नज़दीक वाली पेड़ की डालियाँ काट दें।

कारोबार के वक़्त सावधानी

धंधे या कारोबार के लिए ज़रूरी सभी लायसेन्स या परमिट प्राप्त करें। परमिट या लायसेन्स समय पर रिन्यू करें। सभी प्रकार के टैक्स समय पर अदा करें वरना परेशानियाँ होती हैं और इससे मन असुरक्षित होता है। दुकान की चाबियाँ सुरक्षित जगह या विश्वासपात्र नौकर के पास रखें। बिजली जाने पर इनवर्टर या टॉर्च की व्यवस्था करके रखें। दुकान में अग्निशमन यंत्र रखें। दो चाबी वाले मज़बूत सेफ़ में सोने, हीरे के ज़ेवरात या मोटी रक़म रखनी चाहिए। सेफ़ अधिक देर खुले न रखें। आपका साझेदार, पार्टनर कभी आपसे धोखा ना करे इस पर ध्यान दें या धंधे में पार्टनर न रखें। ग्राहक को कंबल ओढ़कर न लूटें, धंधे में कालाबाज़ारी ना करें।

छुट्टी में आपकी दुकान बंद रहने वाली है तो अपने छुट्टी में जाने

की जानकारी दूसरों को न दें। आप दुकान में अकेले हैं तब संदिग्ध व्यक्ति दुकान में आता है तब चौकीदार, पड़ोसी या पहचान वाले को बुलाकर उस व्यक्ति के जाने तक रुकने को कहें।

पुरानी चीज़ें ख़रीदते वक़्त पूरा यक़ीन करें कि वह चोरी की नहीं हैं, ख़रीदार से यह लिखकर लें, पहचानपत्र की कॉपी लें और दो गवाहों के दस्तख़त लें। जिससे पुलिस आप पर शक नहीं करेगी कि जानकारी होने पर भी आपने चोरी की चीज़ ख़रीदी।

दुकान में लगी आग पर क़ाबू पाने के लिए फ़ायर एक्सटिंगुशर सिलिंडर, रेत आदि अग्निशामक साधन रखने चाहिए।

दुकान की आग, चोरी, या यातायात में होने वाले माल के नुक़सान के लिए अच्छी इन्शुरन्स पॉलिसी निकालें और प्रीमियम समय पर भरें। ज़रूरी और आप अदा कर सकते हैं उतना ही क़र्ज़ लेना चाहिए वरना तनाव बढ़ सकता है।

चोरी रोकने के लिए दुकान में सुरक्षा

ज़रूरत से ज़्यादा रक़म दुकान में न रखें। ग्राहक के बीच टेबल रखें, दुकान में सही जगह आईने लगायें ताकि दुकान के अंदर नौकर तथा ग्राहक की हलचल देख सकें। आपने सुरक्षा के क्या इन्तज़ाम किये हैं इसकी जानकारी दूसरों को दें। अगर चोर यह जानता है, तो वह आपकी दुकान में चोरी नहीं करेगा क्योंकि उसे पकड़े जाने का डर रहता है। हर दिन चीज़ों को साफ़ करें ताकि उनके पुराने फ़िंगर प्रिंट मिट सकें और किसी ने छुआ तो उसके फ़िंगर प्रिंट रहें। संदिग्ध ग्राहक की पहचान याद रखने के लिए ग्राहक के कपड़े, चेहरा, बाल, रंग, पहचान वाले निशान ध्यान से देखें और नौकरों को भी सावधान रहने की सूचना दें।

ज़ेवरात की दुकान में ग्राहक की भीड़ के वक़्त अधिक सोने या हीरे के ज़ेवरात एक साथ ना दिखायें। क्योंकि चोर चार या पाँच के गिरोह में आते हैं और आपका ध्यान दूसरी ओर खींचते हैं और उसी वक़्त हाथ साफ़ करते हैं। दुकान के आस-पास घूमने वाले या संदिग्ध व्यक्ति का नाम व पता जान लें और उसका फ़ोटो खींचें। पुलिस को इसकी जानकारी तुरंत दें। पड़ोसी और चौकीदार को सतर्क करें। पार्क की हुई कार या मोटर साइकिल में रुपये या क़ीमती चीज़ें ना रखें।

सुरक्षा हेतु मशीनों का इस्तेमाल

बड़ी दुकान, मॉल या कारोबार की जगह पर प्रवेशद्वार पर ही एक्स-रे मशीन द्वारा बैग के सामान में और हैंड या डोर मेटल डिटेक्टर से शरीर के कपड़ों के अंदर रखे शस्त्र, चाकू या संदिग्ध चीज़ें ढूँढ़ने में मदद होती है।

दुकान में फ़ोन पर कॉलर आईडी लगायें। जिससे धमकी वाले फ़ोन का नंबर पहचाना जा सकता है। दुकान में बर्गलर सिस्टम या अलार्म सिस्टम लगायें और उसका स्पीकर दुकान के बाहर लगायें। उसका बटन ऐसी जगह रखें ताकि संकट में आप कुर्सी पर बैठे हों तो हाथ या पैर के अंगूठे से बटन दबा सकें ताकि चोर या अपराधी को पता न चले कि आपने बटन दबाया है। अगर अलार्म की आवाज़ आती है तो पड़ोसी दुकानदार को पहले ही बताकर रखें कि वह तुरंत पुलिस को बुलाये और आपकी दुकान में सहायता के लिए दौड़कर आये। इस बारे में सभी दुकानदार एक-दूसरे की सहायता करें। पड़ोसी से बात करें और ख़तरे के समय सहायता के बारे में तैयारी रखें। उनके मोबाइल फ़ोन नंबर याद रखें।

दुकान में ख़ुफ़िया कैमरे और सीसीटीवी उपकरण लगाने चाहिए। दुकान में आने वाले ग्राहक तथा दुकान के सामने खड़ी ग्राहक की गाड़ी एवं उसके नंबर का चित्र रिकॉर्ड होना चाहिए। सीसीटीवी कैमरा नाइट विज़न हो ताकि अँधेरे में भी चित्र साफ़ आ सके। सीसीटीवी सर्वेलेंस नियंत्रण कक्ष स्थापित करें और वहाँ से हल-चल पर नज़र रखें। अलार्म सिस्टम तथा सीसीटीवी हमेशा चेक करते रहें। यदि उनमें कोई तकनीकी ख़राबी है तो तुरंत दुरुस्त करायें। सायरन बजने वाले कैश बैग बाज़ार में मिलते हैं। आपको सही उपकरण चुनकर सुरक्षा के लिए इस्तेमाल करना चाहिए। इलेक्ट्रॉनिक टैग से माल को बाँध सकते हैं जिसके गेट पर आते ही आवाज़ सुनाई देगी।

रिकॉर्ड, कैश व्यवहार

व्यवहार हमेशा साफ़ हो। माल या चीज़ों की गिनती हर एक या दो दिन में करनी चाहिए। जिस व्यक्ति से माल ख़रीदा है या जिसे बेचा है उनके नाम, पते रजिस्टर में लिखकर रखें। कैश रजिस्टर एवं बिल की नियमित जाँच-पड़ताल करें। पेमेंट या चीज़ें भेजीं हैं तो समय पर पहुँचीं या नहीं यह सुनिश्चित करें। भरोसेमंद कंपनी से ही ऑनलाइन ख़रीदारी करें। दूसरे व्यापारी या ग्राहक से लेन-देन का व्यवहार बैंक चैक से करना सुरक्षित है।

हर साल हिसाब, कारोबार की बेलेंस शीट पहचान वाले सी.ए. से बनवानी चाहिए। मोटी रक़म का व्यवहार सी.ए. की सलाहानुसार करना चाहिए।

बैंक कार्ड के बारे में

बाहर जाते वक़्त क्रेडिट कार्ड या एटीएम कार्ड रुपये के पॉकेट या बैग में न रखें बल्कि उन्हें शर्ट की जेब में रखें। क्रेडिट कार्ड तथा एटीएम कार्ड सुरक्षित रखें। उनके पिन नंबर नौकर को मालूम न हों और नौकर को इस्तेमाल करने के लिए कार्ड न दें। क्रेडिट कार्ड की रसीद बाहर न फेंकें, बल्कि अपने पास रखें या नष्ट कर दें। आपके क्रेडिट कार्ड का इस्तेमाल करके या पिन नंबर से आपके अकाउंट से रुपये निकाले जा सकते हैं। क्रेडिट कार्ड गुम हो जाने के बाद तुरंत बैंक या कंपनी एवं पुलिस को जानकारी दें। हर महीने अपने बैंक अकाउंट का लेनदेन व्यवहार देखें। ख़र्च एवं निकाली गई रक़म की जाँच करके सुनिश्चित करें कि वे सही हैं। एटीएम कार्ड का इस्तेमाल करते वक़्त मशीन का की-पैड कोई न देखे इस पर ध्यान दें। सुनिश्चित करें कि आस-पास कोई आदमी कैमरे या मोबाइल फ़ोन से शूटिंग तो नहीं कर रहा। काम में न आने वाले क्रेडिट कार्ड या एटीएम कार्ड को बंद कर दें। आपका रहने का पता क्रेडिट कार्ड पर अपडेट करें।

दुकान में रुपये छुपाने की जगह

मोटी रक़म हमेशा बैंक खाते में जमा करें या बैंक लॉकर में रखें। ज़रूरत होने पर बैंक से मोटी रक़म निकालें। क़ीमती दस्तावेज़ अलमारी या सेफ़ के लॉकर में रखें। आधुनिक सेफ़ का इस्तेमाल करें। जब लंबे समय के लिए या रात में दुकान बंद रहने वाली है तब रुपये या क़ीमती सामान जैसे सोने-चाँदी के गहने आदि को बड़ी किताब के कुछ पन्नों को अंदर से काटकर बनाई जगह में, दीवार या ज़मीन में छिद्र करके वॉटरप्रूफ़ डिब्बे में, पाइप के अंदर, फ़ोटो की फ़्रेम के पीछे, पुराने बंद एसी, टूटे-फूटे सामान रखने की जगह पर आप छुपाकर रख सकते हैं। लेकिन इसकी जानकारी नौकर को नहीं होनी चाहिए।

रास्ते में रुपये और गहनों की सुरक्षा

बैंक जाने का रास्ता और समय नियमित रूप से बदलते रहें। क्योंकि हमेशा एक ही रास्ता और समय होने पर अपराधी व्यक्ति नज़र रखकर पीछा

करके रुपयों की चोरी कर सकते हैं। हो सके तो रुपये ले जाने वाले वाहन, नौकर भी नियमित रूप से बदलते रहें। बैंक में अधिक रुपये की रक़म जमा करने के लिए कम से कम दो विश्वासपात्र लोग भेजें। बैंक जाने-आने के रास्ते सुरक्षित हों। दुकान से देर रात कैश, ज़ेवरात घर न ले जायें, रास्ते में लूटपाट का ख़तरा हो सकता है। अँधेरे रास्ते पर सतर्कता बरतें। संदिग्ध व्यक्ति लिफ़्ट में है तो लिफ़्ट में ना जायें। जिस वाहन या टैक्सी से यात्रा करते हों उसका नंबर लिखकर रखें ताकि कोई चीज़ भूल गये तो मिलने में सहायता हो सकती है। वाहन सुरक्षित जगह पार्क करें, सभी दरवाज़े लॉक करें और क़ीमती चीज़ें वाहन में न रखें।

अधिक रुपये या ज़ेवरात लेकर आप जा रहे हैं तो कोई आपकी शर्ट पर कुछ चीज़ डालकर, रास्ते में रुपये गिराकर या आपकी कार में कुछ ख़राबी है यह बताकर आपका ध्यान दूसरी ओर खींचता है और उसी वक़्त उस चोर का साथी आपके रुपये या ज़ेवरात का बैग छीनकर भाग जाता है। इसलिए ऐसी वारदातों के बारे में हमेशा सतर्क रहें।

छल होने से बचने के उपाय

मोटे लाभ, लुभाने वाले प्रस्ताव, भ्रमित विज्ञापनों से सतर्क रहें। ज़्यादा लालच, जल्दबाज़ी और सावधानी न बरतना आदि छल होने के प्रमुख कारण हैं। अपरिचित व्यक्ति पर पहली मुलाक़ात में भरोसा न करें। व्यवहार में जल्दबाज़ी ना करें। किसी के धोखे में न आयें वरना कहीं ऐसा न हो कि अंधी पीसे कुत्ता खायें। अपरिचित व्यक्ति से आपके साथ छल हो या आपका नुक़सान हो ऐसा व्यवहार ना करें। अपरिचित व्यक्ति से व्यवहार में रुपये नक़द या बैंक ड्राफ़्ट के रूप में लेने चाहिए वरना छल हो सकता है। आप माल ख़रीद रहे हों तो सही सामान प्राप्त किए बिना रुपयों का भुगतान न करें। आप माल बेच रहे हों तो रुपये प्राप्त किए बिना माल की डिलीवरी न करें।

ख़तरा महसूस होने पर

संकटकाल में नौकर, चौकीदार को सतर्क करें। सायरन या अलार्म का बटन दबायें। महिलायें विश्वासपात्र महिला वकील, महिला सामाजिक कार्यकर्ता, पड़ोसी, मदद करने वाले रिश्तेदार, दोस्त, पुलिस कंट्रोल रूम, निकटस्थ

पुलिस स्टेशन के फ़ोन नंबर और 100 नंबर, पुलिस थाना मुख्य अधिकारी एवं थाना मुख्य अधिकारी से बड़े पद के दो अधिकारियों के नाम एवं मोबाइल नंबर घर पर डायरी में लिखकर रखें और अपने मोबाइल में सेव करें। संकटकाल में मदद पाने के लिए कॉल करें।

लूट के वक़्त क्या करें

चोर के पास शस्त्र नहीं है तो सायरन या अलार्म का बटन दबायें। आप और नौकर मिलकर पड़ोसी या पुलिस को बुलाकर चोर को पकड़ें और पुलिस के हवाले करें।

जब चोर के हाथ में पिस्तोल या चाकू जैसे घातक शस्त्र हैं और उनकी संख्या अधिक है तब उन्हें न रोकें। आप और नौकर चोर की पहचान याद रखने के लिए चोरों को ग़ौर से देखें। आप सुरक्षित भाग सकते हैं तो आप वहाँ से भाग जायें क्योंकि आपकी जान रुपयों से अधिक क़ीमती है। रोकने या विरोध करने से आपकी जान को ख़तरा हो सकता है। चोरों को हथियार चलाने के लिए न उकसायें। हो सके तो चोर से अधिक वक़्त बातें करते रहें। उसकी बातें सुनें और वह जैसा कहे वैसा करें। चोर लूटपाट करने आये तो इतने परेशान न हों कि आपके होश-हवास गुम हो जायें। हिम्मत और अक़्ल से परिस्थिती का सामना करना चाहिए। आपके पास सुरक्षा के लिए सरकारी लायसन्स वाली बंदूक है तो अपनी जान बचाने के लिए उसका इस्तेमाल कर सकते हैं।

चोर को भागने से न रोकें, चोर के भागने के रास्ते एवं दिशा ध्यान में रखें, चोर के वाहन का प्रकार या नंबर लिख लें। चोर उसकी कुछ चीज़ें भुल गया हो तो वे चीज़ें पुलिस के आने तक सुरक्षित रखें।

चोर ने जिस जगह हाथ लगाये थे वह जगह सुरक्षित रखें, उस पर चोर के फ़िंगर प्रिंट मिल सकते हैं।

चोरी या छल होने पर

विश्वासपात्र अच्छे वकील से पहचान रखें। चोरी या छल होने पर अपने वकील का सुझाव लें। पुलिस स्टेशन में शिकायत करें। परेशान करने वाले फ़ोन कॉल के नंबर, तारीख़ एवं समय लिखकर रखें, बातें रिकॉर्ड करें।

नौकर के बारे में सावधानी

नौकर से सुरक्षा भी होती है और सुरक्षा को ख़तरा भी हो सकता है। दुकान में चोरी होना, रास्ते में कैश लूट लेना, मालिक पर जानलेवा हमला होना इस तरह के अपराध में कई बार दुकान के नौकर का हाथ होता है इसलिए नौकर के बारे में बहुत सतर्कता बरतनी चाहिए। क्योंकि नौकर को आपके और आपके काम-धंधे के बारे में ज़्यादा जानकारी होती है।

नौकर पहचान वाला होना चाहिए। अगर नहीं है तो उसे काम पर रखने से पहले उसका पूरा नाम, पता, पहचान वाले लोग, रिश्तेदार, पहले जिसके पास काम किया उस मालिक का नाम आदि जानकारी लें। उसके नाम और पते के दस्तावेज़, फ़ोटो लेकर अपने पास रखें। और जानकारी क़रीबी पुलिस स्टेशन को लिखित तौर पर दें। उसे तुरंत काम पर ना रखें, अगर सबकुछ ठीक है और कोई संदेह नहीं है। आप विश्वास रख सकते हैं तो ही उसे काम पर रखें वरना ना रखें। नौकर कहाँ और किसके साथ रहता है इसकी जानकारी होनी चाहिए। नौकर ग्राहक को पटाने वाला हो, ग्राहक से मीठी बात करने वाला, ज़िम्मेदार और ईमानदार होना चाहिए।

सुरक्षाकर्मी द्वारा की गई चोरी या नुक़सान का मुआवज़ा भरना सुरक्षा ऐजंसी की ज़िम्मेदारी होनी चाहिए। इस प्रकार का क़रारनामा करें।

नौकर से व्यवहार

नौकर का अपमान न करें या उसे परेशान न करें। अगर नौकर के मन में दुश्मनी की भावना पैदा हो गई तो वह आपका नुक़सान कर सकता है। दुकान या कारोबार में जो नौकर विश्वासपात्र नहीं है उसे भारी रक़म गिनने के लिए न दें। सभी नौकरों को एक साथ खाने का वक़्त न दें। नौकर गोलमाल कर सकते हैं इसलिए नौकर की हरकतों, बातों पर ध्यान रखें। नौकर को दुकान के अंदर बड़ा बैग साथ लाने से मना करें।

इमरजेंसी प्लान तैयार करें

जबरन लूट या रॉबरी जैसी वारदातों का सामना करने के लिए एक इमरजेंसी प्लान तैयार करें। इस प्लान के मुताबिक किसे कौन सा काम करना चाहिए, कौन किस जगह रहेगा, भागने के दो रास्ते, अलार्म सुनकर कौन पड़ोसी

दुकानदार लूट या घटना की जानकारी पुलिस स्टेशन या बड़े पद के पुलिस अधिकारियों को देगा, कौन दुकानदार या नौकर लोगों को दुकान पर बुलायेगा, कौन चोर की गाड़ी की चाबी या हवा निकालेगा या गाड़ी नीचे गिरायेगा या उस गाड़ी के सामने कोई दूसरी गाड़ी खड़ी करेगा जिससे चोर अपनी गाड़ी लेकर भाग ना पाये। इसके लिए आपके पुलिस रिश्तेदार या अच्छे अधिकारी का सुझाव लें। इमरजेंसी प्लान बनाकर हर छह महीने बाद एक पूर्वाभ्यास करना चाहिए। प्लान में ज़रूरी बदलाव करें।

प्रतियोगी व्यक्ति या कारोबारी से व्यवहार

अच्छे विकास के लिए प्रतियोगिता सहायक साबित हो सकती है। बस प्रतियोगिता को स्वीकार करके तरक़्क़ी करने की आदत डालनी चाहिए और इसमें ग़लत ना देखें। यह व्यावहारिक है कि कोई न कोई आगे-पीछे रहने वाला ही है। यह वक़्त-वक़्त की बात होती है कि जो सफलता पायेगा वह आगे जायेगा। क़ानूनी तरीक़े से सफलता पाकर ही आगे जाने की कोशिश करनी चाहिए। इसमें देरी हो तो भी कोई चिंता की बात नहीं लेकिन प्रतियोगी को दुश्मन नहीं समझना चाहिए। उसकी जान को ख़तरा नहीं पहुँचाना चाहिए। उस पर जीत के लिए गुंडों का इस्तेमाल नहीं करना चाहिए। उसे हराने या पीछे छोड़ने के लिए ग़ैरक़ानूनी तरीक़े न अपनायें। ग़लत कार्यों का अंजाम भुगतना पड़ता है।

दुकानदार सुरक्षा समिति

दस या ज़्यादा दुकानदारों को मिलकर एक सुरक्षा समिति बनानी चाहिए। इस समिति में पाँच सदस्य होंगे। यह समिति सदस्यों की शिकायतों की जानकारी पुलिस स्टेशन में देगी। पुलिस के संपर्क में रहकर अपने सदस्यों की, किसी कार्यक्रम की सुरक्षा संबंधी कार्य करेंगे।

आस-पास के संदिग्ध व्यक्ति, लावारिस वाहन, अवैध शराब बिक्री, जुआ, हफ़्ता वसूली, महिला की छेड़छाड़ आदि ग़ैरक़ानूनी अपराध की जानकारी तुरंत पुलिस को दें। इसमें ज़रूरी नहीं कि आप अपनी पहचान पुलिस को बतायें। अगर आपको डर लगता है तो व्यापारी संगठन के चेयरमैन, सुरक्षा समिति या सामाजिक कार्यकर्ता के माध्यम से पुलिस को बतायें। अपराधी के ख़िलाफ़ केस दर्ज करें। अगर ऐसा नहीं किया तो आपके

आस-पास बदमाश व्यक्ति बढ़ते जायेंगे। जिससे कारोबार पर बुरा असर पड़ेगा। साथ ही जान और माल को भी ख़तरा पैदा होगा।

दुकान बंद करने से पहले

दुकान या दफ़्तर बंद करने से पहले सुनिश्चित करें कि रुपये या क़ीमती चीज़ें सुरक्षित हों। बाहर जाते वक़्त दरवाज़े तथा खिड़कियाँ अच्छी तरह बंद करके लॉक करें। दुकान में कम वोल्ट वाली लाइट चालू रखें तथा रेडियो या धुन वाला स्पीकर चालू रखें ताकि चोर को लगे कि जल्दी कोई वापस आने वाला है। चौकीदार को चौकन्ना रहने के लिए कहें।

चौकीदार के बारे में सावधानी

चौकीदार रखने से पहले उसके पूर्व मालिक, पड़ोसी, रिश्तेदार, उसे पहचानने वाले लोगों से मिलकर उसके स्वभाव, आदतों एवं कामकाज के बारे में पूरी जानकारी लें। पूरी जानकारी ज्ञात होने पर संदेह नहीं है तो ही काम पर रखें। हो सके तो दस या बीस दुकानदार मालिकों को रात के लिए दो चौकीदार रखने चाहिए। बड़े कारोबार में भरोसेमंद या रेप्यूटेड सुरक्षा ऐजंसी के चौकीदार रखने चाहिए। उसकी डॉक्टर से नियमित रूप से जाँच करानी चाहिए।

चौकीदार जवान, फुर्तीला, निरोगी एवं कर्मठ हो। वह बूढ़ा न हो। चौकीदार के पास रात के वक़्त लाठी, सीटी, टॉर्च एवं मोबाइल फ़ोन होना चाहिए।

कम्पाउंड में गेट के पास या प्रवेश द्वार के बाहर चौकीदार की जगह होनी चाहिए। वह हमेशा सतर्क रहे। उसे समझायें कि आने-जाने वाले अनजान व्यक्ति के नाम एवं पते और वाहन नंबर एक पुस्तिका में लिखें। संदिग्ध व्यक्ति या वाहन को मालिक की अनुमति के बिना गेट या दरवाज़े के अंदर प्रवेश न करने दें। आस-पास घूमने वाले संदिग्ध व्यक्तियों का नाम व पता जान लें और उनका फ़ोटो खींच लें। अपराधी होने का संदेह होने पर तुरंत पुलिस को इसकी जानकारी दें। चौकीदार कक्ष में इंटरकॉम सिस्टम लगायें।

रात के वक़्त चोरी ना हो यह बात उसे उच्छी तरह समझा देनी चाहिए। ज़्यादातर चौकीदार रात को दो बजे के बाद सो जाते हैं। आपका

चौकीदार रात के वक़्त चौकन्ना रहता है या नहीं यह देखने के लिए बीच-बीच में उसे रात के क़रीब दो या तीन बजे चेक करें। अगर वह सतर्क नहीं रहता है तो उसे काम पर से निकाल दें और दूसरा चौकीदार रखें। उसे मिलने वाले व्यक्ति एवं दोस्तों के बारे में जानकारी रखें। रात को गश्त करने वाली पुलिस के संपर्क में रहें। पुलिस थाना अधिकारी से अनुरोध करें कि रात में गश्त करने वाली पुलिस दुकान की जगह पर जाये और चौकीदार को चेक करे और उसके पास की पुस्तक या विज़िटर बुक में हस्ताक्षर करे।

9

महिलाओं की सुरक्षा

महिलाओं की सुरक्षा की समस्या से संबंधित बातों पर कमांडर ने सभ्यतापूर्वक सुझाव दिये कि गृहस्थी का बोझ महिलाओं पर रहता है। स्त्री घर की लक्ष्मी होती है। वह घर और घर की इज़्ज़त सँभालती है। इसलिए सभी इस बात का ध्यान रखें कि घर की इज़्ज़त धुल न जाये। समय के साथ-साथ महिलाओं की सोच में काफ़ी बदलाव आया है। अब वे बड़ी कुशलता से घर व दफ़्तर की ज़िम्मेदारियों को निभा रही हैं। आज भी ज़्यादातर जगह पर महिलाओं का आदर किया जाता है।

इस समाज में महिलाओं के साथ लैंगिक आधार पर किये जा रहे भेदभाव की वजह से महिलायें क़ानून द्वारा प्रदत्त अधिकारों से वंचित रह जाती हैं। इसी वजह से महिलाओं के अधिकारों को सुनिश्चित करने हेतु भारत के संविधान में महिलाओं के लिए ख़ास क़ानून बनाये गये हैं। महिलाओं को अपने अधिकारों के प्रति जागरूक होना चाहिए। महिलाओं को पढ़-लिखकर आत्मनिर्भर बनना चाहिए जिससे वे अपने पर हो रहे अत्याचार को न सहते हुए क़ानून जानकर क़ानून और सरकार की मदद लें। राज्य तथा राष्ट्रीय महिला आयोग के पास भी शिकायत की जा सकती है। अगर महिलायें सजग और आत्मनिर्भर हो जायें तो ऐसे अपराधों में कमी आ सकती है।

अपराधी क़िस्म के पुरुष हमेशा स्त्री को कमज़ोर समझकर उन्हें लूटने की कोशिश करते हैं। वे हमेशा अकेली स्त्री या लड़की की क़ीमती चीज़ों की चोरी करना या उन्हें परेशान करना या उनके शरीर से छेड़छाड़ करना या बलात्कार करने जैसे ग़ैरक़ानूनी घिनौने काम करते हैं। इसलिए स्त्री या लड़कियों को हमेशा ख़तरों को पहचानकर सतर्क रहना चाहिए। हर स्त्री को मनचले या हमलावर से अपनी जान तथा धन की सुरक्षा के लिए आत्मसुरक्षा

के उपायों की जानकारी होना आवश्यक है। वक़्त निकालकर इनका अभ्यास करते रहना चाहिए।

घर पर सुरक्षा के उपाय

घर में सतर्क रहें। घर के दरवाज़े और खिड़कियाँ मज़बूत हों इसकी जाँच कर लें। अगर मज़बूत नहीं हैं तो तुरंत दुरुस्त करें। घर की डोरबेल, अलार्म सिस्टम, सीसीटीवी ठीक से काम कर रहे हैं यह सुनिश्चित करें। घर पर कुत्ता है तो उसे प्रवेश द्वार के पास या कम्पाउंड में रखें।

क़ीमती सामान हॉल में दिखने वाली जगह पर ना रखें। गहने अलमारी में न रखें बल्कि दूसरी जगह छिपाकर रखें। चूल्हा, स्टोव या गैस के इस्तेमाल के वक़्त सावधानी बरतनी चाहिए नहीं तो दुर्घटना के कारण जान को ख़तरा हो सकता है। इंटरनेट या सोशल साइट पर अपरिचित व्यक्ति से संपर्क ना करें या स्वयं के बारे में अधिक जानकारी ना दें।

घर में सभी के साथ अच्छा व्यवहार करें। किसी भी रिश्तेदार की आलोचना न करें। बेवजह अपनी बातों से दूसरों का अपमान ना करें। किसी को दूसरे के ख़िलाफ़ ना भड़कायें। घर में लड़ाई, झगड़ा या मारपीट न करें। घर की गोपनीय बातें दूसरों के समक्ष प्रकट ना करें। किसी बच्चे को गोद लेते वक़्त मौजूदा क़ानूनों का पालन करें। वरना बच्चा और पैसे दोनों जायेंगे और क़ानूनी कार्यवाही भी हो सकती है।

आपके पड़ोस में, आस-पास कैसे लोग रहते हैं या कौन अच्छे हैं व कौन बुरे हैं इसकी पूरी जानकारी रखें। ग़लत लोगों से संबंध न रखें। परेशान करने वाले फ़ोन कॉल के नंबर या कॉल की तारीख़ तथा समय लिखकर रखें और बातें रिकॉर्ड करें।

पारिवारिक चिकित्सक से पहचान रखें। बीमारी के वक़्त उसे फ़ोन करके सलाह लें। ज़रूरी दवाइयाँ साथ में रखें।

विश्वासपात्र महिला वकील, महिला सामाजिक कार्यकर्ता, पड़ोसी, मदद करने वाले रिश्तेदार, दोस्त, पुलिस कंट्रोल रूम, निकटस्थ पुलिस स्टेशन के फ़ोन नंबर और 100 नंबर, पुलिस थाना मुख्य अधिकारी एवं थाना मुख्य अधिकारी से बड़े पद के दो अधिकारियों के नाम एवं मोबाइल नंबर घर पर डायरी में लिखकर रखें और अपने मोबाइल में सेव करें। संकटकाल में मदद पाने के लिए कॉल करें।

घर पर अकेली हों तब

अगर स्त्रियाँ घर पर अकेली हैं तब घर का प्रवेशद्वार एवं पीछे वाला दरवाज़ा बंद करें। दरवाज़े और खिड़की के पर्दे बंद करें।

घर में आने वाले अनजान व्यक्ति चोर या अपराधी हो सकते हैं इसलिए ऐसे व्यक्ति को घर के अंदर प्रवेश न दें। कोई प्रवेश द्वार की घंटी बजाता है तो सेफ़्टी डोर (जाली वाला दरवाज़ा या आईहोल/मैजिक आई) से पहले देखें कि बाहर कौन खड़ा है या आवाज़ देकर पूछें कि कौन है। अगर आवाज़ पहचान की है तो ही दरवाज़ा खोलें। अगर उसे अंदर प्रवेश नहीं देना है तो प्रवेश द्वार खोले बिना अंदर से ही उससे बात करें और उसे जाने को कहें। प्रवेश द्वार के बाहर का सेफ़्टी डोर न खोलें। अगर वह व्यक्ति काम के लिए बुलाया हुआ मैकेनिक, प्लंबर है तो दुकानदार या पहचान वाले व्यक्ति को फ़ोन करके जानकारी लें और उसका पहचान पत्र देखें। यक़ीन होने पर ही उसे अंदर लें।

प्रवेश द्वार खोलना है तब पड़ोसी, चौकीदार या पहचान वाली महिला को फ़ोन करके अपने पास बुलायें। उसके आने के बाद ही प्रवेश द्वार खोलें और उसे उस अपरिचित व्यक्ति के जाने तक साथ में रुकने को कहें। उस व्यक्ति के जाने तक प्रवेश द्वार बंद न करें क्योंकि ख़तरे के वक़्त आप भाग सकती हैं।

घर में अगर पुलिस की वर्दी में कोई आता है तो वह पुलिस ही है इस बात का पहचानपत्र देखकर या फ़ोन करके सुनिश्चित करें। तब तक उसे घर के अंदर न लें। घर आये व्यक्ति का नाम, पता तथा मोबाइल नंबर पूछकर उसे कॉल करके देखें कि उसके द्वारा बताया गया वह नंबर सही है या नहीं।

घर पर सोने के ज़ेवरात पॉलिश करने के बहाने अनजान व्यक्ति आते हैं और आपके सोने के ज़ेवरात चोरी करके धोखेबाज़ी करते हैं। उन्हें घर के अंदर न आने दें और उनसे कोई काम न करवायें। किसी काम के बहाने घर में अपरिचित आदमी या औरत आकर आपको पानी लाने के लिए कह सकते हैं या बाथरूम कहाँ है यह पूछकर आपका ध्यान दूसरी ओर खींचते हैं और उसी वक़्त क़ीमती चीज़ें देखकर चुरा ले जा सकते हैं। इस तरह कई लोगों के घर से लाखों रुपये तथा लाखों के क़ीमती ज़ेवरात चोरी करके धोखा हुआ है। इसलिए आप सावधान रहें।

जब कोई अनजान व्यक्ति घर में आता है तब पूरा शरीर ढँकने वाले कपड़े पहनकर ही उसके सामने आयें। आपका शरीर खुला दिखा तो आदमी के मन में ग़लत विचार आ सकते हैं। घर में किसी का अपमान ना करें। कुछ ख़तरा महसूस होता है तो चौकीदार, रिश्तेदार, पड़ोसी, पुलिस या महिला वकील को कॉल करें।

घर से बाहर जाते वक़्त

बाहर जाकर शाम तक घर वापस लौटें इस तरह की तैयारी करें। जहाँ जा रहे हों उस क्षेत्र की तथा वहाँ के अपराध के प्रकार एवं ख़तरे वाली जगह और सुरक्षित जगह के बारे में जानकारी लें। आप बाहर कहाँ जा रही हैं और कब वापस आने वाली हैं इसकी जानकारी घर के सदस्य और किसी दोस्त या पड़ोसी को अवश्य दें। उसके संपर्क में रहें। सुरक्षा के लिए सरकारी लायसेंस वाली बंदूक साथ रख सकते हैं।

हो सके तो आप अकेली बाहर न जायें। बाहर जाते वक़्त हमेशा किसी को साथ लें या अकेले सुरक्षित और पहचान की जगह जायें। अँधेरा होने के बाद या रात में अकेले सुनसान या निर्जन जगह बाहर ना जायें।

घर के बाहर जाते वक़्त हमेशा पर्स में सुरक्षा के साधन, स्प्रे, सीटी, मोबाइल फ़ोन अपने पास रख सकती हैं। जब आपकी जान को ख़तरा महसूस हो इसी बीच इनका इस्तेमाल कर सकते हैं। महिला या लड़की को आत्मरक्षा के कुछ उपाय सीखने चाहिए।

ऑफ़िस में कोई परेशान करता है तो अपने मुख्य अधिकारी से शिकायत करें। बाहर अपनी बातों से किसी का अपमान ना करें या न भड़कायें। कपड़े पूरा शरीर ढँके ऐसे पहनें और वासना भड़काने वाले कपड़े न पहनें।

पर्स में क़ीमती चीज़ें या गहने हैं तो हो सके तो एक सस्ता मोबाइल फ़ोन पर्स में रखें। उसका आईएमईआई नंबर घर में डायरी में लिखकर रखें। पर्स चोरी होने पर पुलिस आईएमईआई नंबर से आपका चोरी हुआ पर्स ढूँढ़ सकती है।

आप चाहें तो नक़ली मंगलसूत्र या वेडिंग रिंग पहन सकते हैं ताकि दूसरों को लगे कि आपकी शादी हुई है, क्योंकि शादीशुदा औरत से छेड़ख़ानी

कम होती है। पहचान छिपाने के लिए आप काले ग्लास वाले गॉगल पहनें तो आपकी आँखें किसी को दिखेंगी नहीं, सिर एवं चेहरे पर बुरक़ा, दुपट्टा या स्कार्फ़ पहन सकती हैं।

शॉपिंग, यात्रा, मेला, टॉकीज़, मंदिर, रेल्वे स्टेशन, बस स्टॉप ऐसी ज़्यादा भीड़ वाली जगह या सुनसान जगह पर जाते समय अधिक रुपये किसी को ना दिखें इस पर ध्यान दें। बाहर जाते वक़्त दिखने वाले क़ीमती ज़ेवरात ना पहनें। गहनों को कपड़े से ढँकें तथा पिनअप कर सकते हैं तो अवश्य करें। पैदल चलते वक़्त फ़ोन पर अधिक बात ना करें एवं हैड फ़ोन लगाकर गाने ना सुनें। रास्ते पर पैदल चलते समय अपने गहनों पर ध्यान रखें।

रास्ते की सुरक्षित जगह पता करके रखें। वहाँ किसी महिला या प्रतिष्ठित दुकानदार से पहचान करके रखें ताकि ज़रूरत होने पर उनकी मदद मिल सके।

अनजान व्यक्ति का चेहरा भाँप लें। दायें-बायें देखें, चौकन्ने रहें, अपरिचित व्यक्ति से बातें ना करें, उन्हें टालें, आँखें या कान खुले रहें यानी आस-पास कौन है, क्या बातें कर रहे हैं यह जानें, हाथ खुले रखें। पर्स या बैग कंधे पर लटकायें। ज़रूरी नहीं है तो अपनी बातों से किसी का अपमान ना करें या न भड़कायें।

वॉकिंग, स्कूल, मार्केट या दफ़्तर जाने के रास्ते एवं वक़्त बदलते रहें ताकि कोई आप पर नज़र रखे हो तो उससे ख़तरा टल सकता है। घर में कुत्ता है तो वॉकिंग के वक़्त उसे साथ ले जायें।

बैंक लॉकर से ज़ेवरात घर लाने तक या घर से किसी शादी या अन्य कार्यक्रम में जाने तक ज़ेवरात कपड़ों के अंदर की जेब में रखने से चोरी होने से बचाए जा सकते हैं। साथ कोई पुरुष है तो गहने उसकी जेब में रखें। कार्यक्रम में पहुँचने के बाद आप गहने पहनें। रास्ते में अगर आपको डर लगता है और आप चाहती हैं तो पुलिस थाना अधिकारी से अनुरोध करके किसी महिला पुलिस कर्मचारी को अपने साथ घर तक भेजने का अनुरोध करें। पुलिस आपको घर तक छोड़ सकती है।

बाहर संदेह लगे तो मोबाइल के कैमरे का फ़्लैश बंद करके तथा आवाज़ म्यूट करके संदिग्ध या परेशान करने वाले व्यक्ति की फ़ोटो खींचें या वीडियो रिकॉर्डिंग करें।

बाहर बाइक या कार से जा रहे हों तो

वाहन में सायरन सिस्टम, सेटेलाइट व्हीकल ट्रैकिंग सिस्टम लगायें। अगर आप बाइक पर या कार में बैठे हों तो गहने और पर्स का ध्यान रखें वरना चोर उन्हें खींचकर चोरी कर सकते हैं। गहने पुरुष की जेब में रखें या अपनी जेब में रखें।

स्कूटी या बाइक चला रही हों या पीछे बैठी हों तो हेलमेट ज़रूर पहनें। हेलमेट पहनने से वाहन हादसे में आपके सिर को ज़्यादा चोट नहीं लगती जिससे जान बच सकती है। आप कार चला रही हों तो कार की सभी खिड़कियाँ बंद और दरवाज़े लॉक करें। अनजान आदमी के आवाज़ देने पर भी न खोलें। कार की चाबी हमेशा अपने पास रखें।

वाहन चलाते वक़्त किसी दूसरे वाहन से आपके वाहन को थोड़ा नुक़सान भी होता है और आप अकेली हैं तो रुकें नहीं और अधिक विवाद ना करें क्योंकि यातायात में ऐसी छोटी घटनायें होती रहती हैं। अगर आप रुक गयीं और वे अधिक लोग हैं और अपराधी क़िस्म के हैं तो बातों-बातों में झगड़ा बढ़ने के कारण ख़तरा हो सकता है। यदि आपको ऐसा लगता है कि किसी ने जान-बूझकर आपके वाहन का नुक़सान किया है तो उस वाहन का नंबर, पहचान चिन्ह लिखकर रखें और नज़दीकी पुलिस के पास शिकायत लिखवायें। पुलिस आपकी शिकायत पर क़ानूनी कार्यवाही करेगी।

आईने से वाहन के पीछे का दृश्य देखें। कोई पीछा कर रहा है तब या डर लगे तो कार रोकें नहीं। पुलिस या सुरक्षित जगह जैसे किसी बड़े अधिकारी के शासकीय कार्यालय, मिलिट्री क्षेत्र, चौकीदार वाली सोसाइटी, रिश्तेदार के घर आदि के पास जाकर ही रुकें। और ज़ोर से हॉर्न या सायरन बजायें।

वाहन सुरक्षित जगह पर ही पार्क करें। पार्क करते वक़्त यह देखें कि कोई संदिग्ध व्यक्ति आस-पास नहीं है। पार्क वाहन में वाहन की चाबी, ज़ेवरात या रुपये न रखें, चोरी हो सकते हैं। पार्क कार में बच्चे को ना रखें, उसे कोई अगवा कर सकता है। वाहन चालक है तो उससे कहें कि वह वहीं रुककर कार पर ध्यान रखकर आपका इंतज़ार करे। एक अतिरिक्त मोबाइल फ़ोन कार में रखें।

यात्रा या सफ़र करना

अकेलापन महसूस होने वाले, सुनसान, कम भीड़ वाले रास्ते असुरक्षित होते हैं। ऐसे क्षेत्रों से अकेले नहीं जाना चाहिए। अगर आप सुरक्षित जगह पर सफ़र कर रही हों तो चिंता की बात नहीं है। फिर भी एहतियात के तौर पर कुछ सावधानी बरतनी चाहिए। दूरी पर जाना है तो दो-चार महिलायें मिलकर आत्मविश्वास और साहस से सफ़र करें।

सफ़र में मोबाइल फ़ोन पर ज़्यादा बातें न करें, किताब न पढ़ें या हैडफ़ोन लगाकर गाने न सुनें। इससे आपका ध्यान बँट जाता है। अपरिचित व्यक्ति से खाने या पीने की चीज़ें ना लें उसमें नशीले पदार्थ हो सकते हैं।

अकेले हों तो पब्लिक ट्रान्सपोर्ट का इस्तेमाल करें। जहाँ और भी महिलायें हैं उनके साथ यात्रा करें। सफ़र में महिला यात्री के पास बैठें। बस के वाहन चालक या बाहर निकलने के दरवाज़े के नज़दीक बैठें या खड़े रहें। बस में सीट पर आदमी बैठा है तो विंडो सीट पर न बैठें क्योंकि वह आपको परेशान कर सकता है। जिस बस, टैक्सी या ऑटो रिक्शा से जा रहे हों तो उसके चालक की पहचान याद रखने की कोशिश करें, वाहन नंबर याद रखें या काग़ज़ पर लिखें। कोई चीज़ भूल गये हों तो मिलने में आसानी होगी। टैक्सी में चालक के बगल वाली सीट पर बैठें, क्योंकि पीछे के डोर चालक लॉक कर सकता है।

बस में भीड़ के वक़्त चोर आसानी से आपका पर्स या ज़ेवरात चोरी कर सकता है। कुछ लोग आपके बदन को छूने की कोशिश करते हैं या छूते हैं इसलिए सतर्क रहें। अपना पर्स बदन और हाथ के बीच दबाकर रखें ताकि कोई खींच न ले। बस में भीड़ के वक़्त गहने छिपाकर रखें। अपने पर्स और गहनों पर पूरा ध्यान रखें। आपके आस-पास के पुरुष और महिआओं को ग़ौर से देखें और पहचान याद रखने की कोशिश करें। अगर आपका पर्स या गहने चोरी हो गये तो उन्हें आप पहचान सकें। ज़्यादा भीड़ में न उतरें।

बस में ख़तरा महसूस होता है तो आप अपनी जगह बदल दें। डर लगता है तो बस वाहन चालक से शिकायत करें या पुलिस को कॉल करें। कोई आपका पीछा कर रहा है ऐसा लगता है तो उसी वाहन से आगे न जायें। बीच के स्थान पर ही उतर जायें और सुरक्षित जगह जायें या कुछ देर बाद दूसरे वाहन से आगे की यात्रा करें।

सफ़र में पीठ पर लटकाने वाली बैग लें ताकि आपके हाथ खुले रहें और ख़ुद का बचाव कर सकें। रास्ते, समय एवं वाहन बदलते रहें वरना कोई आप पर नज़र रखकर आपको ख़तरा पहुँचा सकता है। अच्छे लोगों के रहने के स्थान या पुलिस चौकी वाला या सुरक्षित रास्ता अपनायें।

होटल में ठहरना

रेप्यूटेड और सुरक्षित होटल में ठहरना चाहिए। अधिक रुपये जाते हैं लेकिन जान और माल की सुरक्षा के इन्तज़ाम अच्छे होते हैं और ख़तरे कम होते हैं। ग़लत कार्य होने वाले या आपराधिक व्यक्ति का आना-जाना हो ऐसे होटल में न ठहरें। आप कहाँ और किसके साथ रुकी हैं यह आपके रिश्तेदारों को अवश्य बतायें। क़ीमती दस्तावेज़ ज़रूरी न होने पर होटल में ही रखें। होटल के रूम के दरवाज़े तथा खिड़कियाँ बंद रखें। किसी को भी अंदर न आने दें या सर्विस वाला लड़का है तो ही दरवाज़ा खुला रखें और आप दरवाज़े के नज़दीक खड़े रहें ताकि कोई प्रवेश द्वार बंद ना करे। होटल में शराब या नशीली चीज़ों का सेवन करें।

ख़तरा महसूस होने पर

जिस व्यक्ति से आपको डर लगता है उसे टालें। उससे संपर्क ना करें या उससे मुलाक़ात ना हो ऐसा व्यवहार करें। ख़तरे की जगह से आप भाग सकते हैं तो तुरंत वहाँ से सुरक्षित जगह पर भाग जाना फ़ायदेमंद होता है। अपने पर्स में पेपर या वास्प स्प्रे रखें। कोई आप पर हमला कर सकता है तो भागते वक़्त या भागने से पहले उसके चेहरे पर स्प्रे करें।

आस-पास लोग हैं तो शुरू में आप परेशान करने वाले व्यक्ति का विरोध करें, उसे डाँटें और चेतावनी दें। लोगों को बुलाने के लिए ज़ोर से शोर मचायें या सीटी बजायें क्योंकि सीटी की आवाज़ दूर तक जाती है। फिर तुरंत वहाँ से भाग जायें या तो दूर कहीं पत्थर फेंककर या पुलिस आयी है उधर देखो ऐसा ज़ोर से कहकर दिशा की तरफ़ इशारा करके उसका ध्यान कहीं और खींचकर आप उस जगह से तुरंत सुरक्षित जगह भाग जायें।

अगर वह रुपयों के लिए पीछा कर रहा है तब रुपये या गहने या पर्स उसके पास फेंक दें और भाग जायें। उसकी पहचान याद रखने की कोशिश करें।

अगर खुद भाग नहीं सकते और हमलावर को भगा नहीं सकते तब आत्मरक्षा के उपाय अपनाकर अपनी जान बचायें। अपना पंच, कुहनि या घुटने का इस्तेमाल करके हमलावर की जाँघ, नाभि के ऊपर, नाक, आँख पर ज़ोर से मारें और वक़्त मिलते ही भाग जायें।

पुलिस थाने जाकर परेशान करने वाले, अत्याचारी या चोरी करने वाले की शिकायत करें और अपने माता-पिता या घर के बड़ों को बतायें। वकील की सलाह लें। अगर आपके साथ असभ्य बर्ताव या अत्याचार होता है तो इस किताब में दिये क़ानून की जानकारी पढ़ें। उसके अनुसार पुलिस ने कार्यवाही नहीं की तो जिला पुलिस अधीक्षक से मिलकर अपनी शिकायत करें।

सरकार की ओर से महिलाओं की सुरक्षा हेतु सहायता और शिकायत के लिए स्वतंत्र फ़ोन हैल्प लाइन होती है उनके नंबर लिखकर और अपने मोबाइल में सेव करके रखें जैसे 1091। सही समय पर कॉल करें।

पार्टी में सावधानी

किसी भी होटल में या रात की पार्टी एवं दावत में न जायें और शराब या नशीली चीज़ें न लें। पार्टी में कम कपड़े पहनकर न जायें। दो-तीन सहेलियों के साथ ही जायें। जहाँ नशीली चीज़ें, शराब का सेवन होने वाला हो और ख़तरे का अंदेशा है तो किसी भी हाल में पार्टी में न जायें। अगर पुलिस का छापा पड़ गया तो आपके ऊपर अपराध दर्ज होगा और पुलिस आपको गिरफ़्तार करेगी। जिससे आपकी बेइज़्ज़ती होगी और आपको कठिनाइयों का सामना करना पड़ेगा। ऐसी पार्टी में आने के किसी के अनुरोध या आग्रह को न मानें। बल्कि शुरू में ही स्पष्ट रूप से ना कह देना उचित होता है। वरना आपके पछताने की नौबत आ सकती है।

पुरुषों के साथ रिश्तों में सावधानी

लड़की या महिला को किसी जवान लड़के या आदमी के साथ रिश्ते जोड़ने से पहले पूरी तरह सोचना चाहिए। कुछ लड़के धोखा दे सकते हैं। प्यार अंधा होता है लेकिन प्यार की जाँच-पड़ताल करना व्यावहारिक जीवन में आवश्यक है। किस प्रकार के रिश्ते हों और उसका अंत क्या हो। विश्वास होने पर ही रिश्ते बनायें वरना न बनाना सबसे अच्छा है।

ख़ाली वक़्त गुज़ारने के लिए बनाये गये रिश्ते अंत में मुश्किलें पैदा कर देते हैं। जिनमें कई जानें चली जाती हैं। जैसे पुरुष द्वारा महिला के साथ बलात्कार करना, एसिड फेंककर चेहरा कुरूप करना, शस्त्र से गंभीर चोट पहुँचाना, ख़ून करना, खुद आत्महत्या करना, लड़की के रिश्तेदारों के हाथों लड़के का ख़ून होना, लड़की द्वारा आत्महत्या करना आदि। इसलिए विश्वासपात्र लड़के या पुरुष के साथ रिश्ते जोड़ें। जोड़े गये रिश्ते पवित्र होने चाहिए। नैतिकता और मर्यादा भंग न हो इस बात को निश्चित रूप से ध्यान में रखें।

एकतरफ़ा प्यार करने वाले लड़कों को पहले ही चेतावनी दें। वे न मानें तो तुरंत अपने रिश्तेदारों को बतायें और पुलिस स्टेशन में शिकायत करें।

सुनसान जगह पर न जायें। होटल के कमरे, पुरुष के घर, दोस्त के घर आदि जगह पर न मिलें। जाना ही है तो सहेली को साथ ले जायें और बस स्टॉप, रेल्वे स्टेशन, रेस्तराँ के पब्लिक हॉल या जहाँ अधिक लोग हों ऐसी जगह मिलें।

ग़लत विचार वाले एवं अपराधी प्रकार के लोगों से संबंध ना रखें। आप अपनी नज़र से पहचान सकती हैं। लालच या शादी का आश्वासन देकर लोग आपका ग़लत इस्तेमाल कर सकते हैं। बहुत सारी लड़कियाँ शादी के पहले लड़कों से शारीरिक संबंध रखती हैं, कुछ लड़कियाँ लड़कों के साथ घर से भाग जाती हैं। लड़के के शादी करने से मना करने के बाद पुलिस स्टेशन में शिकायत दर्ज कराती हैं। इसलिए आप शादी के बिना शारीरिक संबंध न बनायें वरना आपके साथ धोखा हो सकता है। इन बातों को ना भूलें। धोखा ना हो इसके लिए क्या करना चाहिए यह अभी सोचें। जो व्यक्ति अच्छे आचरण का नहीं है उसके साथ गुलछर्रे न उड़ायें वरना आप मुश्किल में पड़ सकती हैं। जिसके बाद पछतावे के सिवा कुछ नहीं बचता।

क्लास, ट्यूशन में सावधानी

ट्यूशन, प्रशिक्षण, डान्स, तालीम या नौकरी की जगह के लड़के या आदमी की पूरी जानकारी लें। वहाँ आपसे छेड़छाड़ या दुष्कर्म किये जा सकते हैं इसलिए ऐसी जगह सावधानी बरतनी चाहिए। ऐसी संस्थायें चलाने वाले के बारे में पूरी जानकारी लेकर ही क्लास जॉइन करें।

महिला मंडल के सदस्य बनें

आप जिस क्षेत्र में रहती हों उस क्षेत्र के महिला मंडल की सदस्य बनें। उस मंडल से जुड़े रहें। आपकी परेशानी के समय महिला मंडल मददगार साबित हो सकता है। आप पर हुये अपराध या अन्याय के ख़िलाफ़ लड़ने के लिए आपको हिम्मत मिलेगी।

10

बच्चों की सुरक्षा

कमांडर ने कहा कि बच्चे हमारी आँखों के तारे होते हैं। बच्चे घर का चिराग़ होते हैं। उनके बिना ज़िंदगी अधूरी होती है। बच्चे हमारे देश की सबसे क़ीमती संपत्ति हैं। बच्चे मासूम होते हैं। वे ख़ुद की सुरक्षा नहीं कर सकते। उनकी सुरक्षा करना हमारा कर्तव्य है। बड़े बच्चों को आत्मसुरक्षा के उपाय सिखाने चाहिए।

अगर हम सभी बच्चों के ख़तरे जानकर उनके सुरक्षा के उपाय करें और समझदार बच्चे भी सुरक्षा के उपायों का पालन करें तो दुर्घटनाओं को कम किया जा सकता है।

दुर्घटना में किसी बच्चे के शरीर को चोट लगकर हानि होती है तब इलाज पर ख़र्च करना पड़ता है। कभी किसी बच्चे के शरीर का अंग जैसे हाथ, पैर, आँख को क्षति होती है और वह अपाहिज़ हो जाता है। कभी बच्चे की मृत्यु भी हो सकती है। इससे पूरा परिवार शोक में डूब जाता है।

थोड़ी सावधानी बरती जाये तो बड़ी दुर्घटनाओं को टाला जा सकता है। जिससे बेवहज जाने वाली मासूम जानें बच सकती हैं। इसके लिए ज़रूरत है सुरक्षा के उपाय जानने की और उन पर अमल करने की। कई बार हम इन्हें अनदेखा करके ख़तरे को बुला लेते हैं और बाद में ख़ुद को कोसते रहते हैं।

इस किताब के पहले अध्याय में दिये गये मृत्यु के कारणों को याद करें और फिर बच्चों के बारे में सोचें। उन्हें समझायें कि जान की सुरक्षा का ख़याल रखें। ख़तरों से न खेलें। बड़े व्यक्ति का कर्तव्य है कि बच्चों को ख़तरे के बारे में जानकारी दें। पहले कोमल शब्दों में समझायें और यदि वे न मानें तो कठोर शब्दों में चेतावनी दें। बच्चों के माता-पिता या रिश्तेदार उनकी सुरक्षा संबंधी बातें ध्यान लगाकर सुनें और समझें।

बच्चों को समझना

बच्चे हमारे लिए जिगर का टुकड़ा होते हैं। छोटे बच्चे तो भगवान का रूप होते हैं। बड़े बच्चे हमारे बुढ़ापे का सहारा होते हैं। बुढ़ापे में वही सुरक्षा मुहैया करा सकते हैं। इनके साथ रहने में सुरक्षित महसूस किया जा सकता है।

बच्चों की आलोचना न करें और उनके अच्छे कार्य की तारीफ़ करें। बच्चों से कोई ग़लती हो भी गयी या चीज़ों का नुक़सान हुआ तो उन्हें डाँटें या मारें नहीं बल्कि उन्हें अच्छी तरह से समझायें। हर काम करने का तरीक़ा उसे प्यार से समझायें। किसी कार्य में बच्चों को असफलता मिली तो उनका अपमान न करें बल्कि और कोशिश करके सफलता हासिल करने के लिए हिम्मत देकर उनका हौसला बढ़ायें और मदद करें। हरेक बालक की अपनी मर्यादा होती है। कुछ बच्चे परेशान होकर तनाव की वजह से आत्महत्या कर बैठते हैं जिससे माता-पिता और असुरक्षित हो जाते हैं। बच्चों के अंदर छिपे गुणों को पहचानें और उसी में उन्नति करने के लिए प्रोत्साहित करें।

घर में बच्चों की सुरक्षा के इन्तज़ाम

बड़ों को घर में बच्चों की सुरक्षा पर ज़्यादा ध्यान देना ज़रूरी है। उनके पालन-पोषण में कोई कसर न छोड़ें। किन हरकतों से कौन सा ख़तरा हो सकता है यह उन्हें समझाना बहुत ज़रूरी है।

माता-पिता को हर महीने के अंत में बच्चों को ख़र्च के लिए दिये रुपयों का अस्सी प्रतिशत ख़र्च का हिसाब लेना चाहिए। क्या वह सही है इसकी जाँच करें।

घर के प्रवेश द्वार पर किसी अजनान व्यक्ति के आने पर घर का दरवाज़ा न खोलें।

अगर घर के बड़े लोग बाहर गये हैं और फ़ोन पर कोई अपरिचित व्यक्ति पूछता है तो उन्हें यह न बतायें कि माता-पिता घर पर नहीं हैं। नहीं तो ऐसे वक़्त पर उस अनजान आदमी से ख़तरा हो सकता है। घर में अकेले हों तब बच्चे गैस, केरोसिन, इलेक्ट्रिक के संपर्क से दूर रहें। भ्रमित करने वाले विज्ञापन से सतर्क रहें। कम्पाउंड में ऊँचे पेड़ पर या सीढ़ी पर न चढ़ें।

माता-पिता, पड़ोसी, दोस्त, रिश्तेदार, पुलिस कंट्रोल रूम, निकटस्थ पुलिस स्टेशन, पुलिस थाना मुख्य अधिकारी तथा उसके ऊपर के बड़े दो

अधिकारियों के नाम एवं मोबाइल नंबर अपनी डायरी में लिखकर रखें और यदि आपके पास मोबाइल है तो मोबाइल में सेव करें। ख़तरे के समय या संकटकाल में मदद पाने के लिए कॉल करें। चाहे तो 100 नंबर पर कॉल करके पुलिस से सहायता माँगें।

बीमारी का इलाज

माता-पिता या रिश्तेदार के बच्चे की तबीयत बिगड़ने पर उसे तुरंत पारिवारिक या अच्छे डॉक्टर के पास ले जाकर इलाज कराना चाहिए। देर होने पर हालत और बिगड़ सकती है।

बड़े बच्चे ख़ुद स्वास्थ्य पर ध्यान दें। शरीर को हमलावर से बचाने के लिए चुस्त रहना ज़रूरी है। हर दिन आधा या एक घंटा व्यायाम करें। कीटाणुओं से शरीर की सुरक्षा हेतु हमेशा साफ़-सुथरे रहें। गंदी चीज़ों को हाथ न लगायें। हर दिन तीन बार दाँतों को ब्रश करें और हाथ स्वच्छता से धोयें। पौष्टिक भोजन करें और शुद्ध पानी पियें। बाहर के खुले रखे और बासी पदार्थ नहीं खाने चाहिए क्योंकि ऐसे पदार्थ से बीमारियाँ हो सकती हैं।

इंटरनेट का इस्तेमाल

अपने बच्चों को अकेले में इंटरनेट का इस्तेमाल ना करने दें। कम्प्यूटर बच्चों के कमरे में ना रखें, बल्कि घर के हॉल में रखें जिस पर सभी का ध्यान हो। बच्चों को यह भी समझायें कि ऑनलाइन पर सामने वाला व्यक्ति कोई और भी हो सकता है और दिखायी गयी जानकारी ग़लत हो सकती है। इससे शरीर या धन का नुक़सान हो सकता है।

बच्चे इंटरनेट पर निजी जानकारी न दें और रुपये पाने की चाहत में किसी को रुपये न दें या किसी बैंक अकाउंट में रुपये न डालें। जान को ख़तरा होने वाली फ़िल्म ना देखें या स्टंट की नक़ल करने की कोशिश न करें क्योंकि वे काल्पनिक होते हैं।

इंटरनेट या टीवी, वीडियो प्लेयर पर अश्लील, क्रूरता वाले चित्र या वीडियो न देखें क्योंकि इसका असर मस्तिष्क पर होता है और आप वैसे ही सोचते हैं। ग़लत सोच से ग़लत कार्य होते हैं।

विद्युत करंट से सावधानी

विद्युत करंट लगने से कई बच्चों की जानें गई हैं। घर के बड़े लोगों को इलेक्ट्रिक फ़िटिंग देखकर उससे बच्चों को कोई ख़तरा नहीं है इस पर ध्यान देना चाहिए।

बच्चों को इलेक्ट्रिक करंट चालू रहते हुये मशीन या उपकरण जैसे कि कम्प्यूटर, डीवीडी प्लेयर, रेडियो, टीवी, पंखे, बल्ब, ए.सी., कूलर, वॉटर हीटर आदि को न छुएँ या कोई रिपेयरिंग जैसा काम नहीं करना चाहिए क्योंकि विद्युत करंट लगकर जान को ख़तरा हो सकता है। इस बारे में बच्चों को सख़्त चेतावनी दें। ऐसी चीज़ें इलेक्ट्रिशियन से ही दुरुस्त करवानी चाहिए। अगर आपने सीखा है तो पहले इलेक्ट्रिक करंट बंद करें या वायर या प्लग बोर्ड में से बाहर निकाल दें। प्लास्टिक हैंड ग्लव्ज़ पहनें और फिर चेक करें।

स्कूल के बारे में सावधानी

माता-पिता को बच्चों के स्कूल के रास्ते जाना चाहिए। बच्चों को उस रास्ते की पहचान, याद रहने वाली जगहों और सुरक्षित जगह के बारे में बतायें। उस जगह पर उसकी पहचान करवायें। इससे पहचान वाले लोग आपके बच्चों को भी जानेंगे। कभी वो अकेले जायें तो उन्हें पहचान लेंगे। कोई पीछा करता है तो बच्चों को किस जगह जाना चाहिए, किससे मिलना चाहिए यह उन्हें बतायें। आप स्कूल के बस स्टॉप पर साथ जायें और ड्राइवर से पहचान रखें।

बच्चों को स्कूल बस से ले जाने वाले चालक, उसके साथी तथा बच्चे के दोस्त आदि की जानकारी रखें। कहीं वे अपराधी या गुनहगार तो नहीं हैं? अगर अपराधी क़िस्म के हैं तो उस बस में बच्चे को न भेजें। ऐसे आदमी बच्चे को अगवा कर सकते हैं। और बच्चे की जान को ख़तरा पैदा कर सकते हैं।

बच्चे के दोस्त, उनके माता-पिता, स्कूल बस चालक और बच्चे के संपर्क में आने वाले लोगों के नाम, पते तथा मोबाइल फ़ोन नंबर लिखकर रखें।

कॉलेज में रैगिंग नहीं लेनी चाहिए। रैगिंग की वजह से कई बच्चों ने आत्महत्या की है। इस पर विशेष ध्यान दें। रैगिंग लेने वाले छात्रों पर पुलिस केस दर्ज हुये हैं और कुछ कॉलेज से निकाले गये हैं।

बच्चों को स्कूल या कॉलेज से छूटने के बाद सीधे घर आना चाहिए। घर में सभी को आप आये हैं यह बताना चाहिए। स्कूल में परीक्षा में अधिक अंक पाने के लिए ग़लत तरीक़े न अपनायें जैसे कि रुपये देकर पेपर लेना आदि। इसमें पुलिस केस बन सकता है और भविष्य को नुक़सान हो सकता है।

घर के बाहर जाते वक़्त

माता-पिता या बड़ों की सहमति के बगैर घर से बाहर न जायें। आप कहाँ और किसके साथ जा रहे हैं यह बताकर ही जाना अच्छी आदत है। घर के बाहर जाते वक़्त अपने साथ एक मोबाइल फ़ोन ले जायें उससे आपको ढूँढ़ना आसान हो सकता है। संकटकाल में आप कॉल कर सकते हैं। रुपये, गहने या क़ीमती चीज़ें अपनी शर्ट की जेब में न रखें बल्कि उन्हें पैंट की जेब में रखें।

बच्चों को सुरक्षा के बारे में अच्छे-बुरे की पहचान करनी चाहिए। दूर जाने के लिए पब्लिक ट्रान्सपोर्ट का इस्तेमाल करें। बड़े बच्चों को बाहर जाना है तो वे बस या ऑटो रिक्शा या टैक्सी से सफ़र करें। इसमें ख़र्च होता है लेकिन सुरक्षा रहती है। सड़क पार करते समय पहले दोनों तरफ़ देखें कि कोई वाहन तो नहीं आ रहा है। जल्दी में रास्ता पार न करें। चलती ट्रेन या बस के बाहर न झाँकें, उसमें दौड़कर न चढ़ें तथा ट्रेन या बस जब तक पूरी तरह न रुक जाये तब तक उसमें से न उतरें। रेल्वे पटरी के पास चलते या फाटक क्रॉस करते समय मोबाइल फ़ोन पर बातें नहीं करनी चाहिए। इससे हादसा हो सकता है और जान जा सकती है।

पैदल चलते समय रास्ते के दाहिनी तरफ़ चलें। सामने से कोई वाहन आने पर रास्ते के एकदम किनारे पर चले जायें। पैदल चलते वक़्त मोबाइल फ़ोन पर बातें ना करें। इससे वाहन दुर्घटना हो सकती है। रास्ते पर पड़ी हुयी लावारिस चीज़ों को न छुएँ उनमें बॉम्ब हो सकता है। युवा बच्चों को रुपये जुआ, सट्टा, लॉटरी, शराब या लड़की पर ख़र्च नहीं करने चाहिए।

छोटे बच्चों को अपना पूरा नाम, माता-पिता के फ़ोन नंबर, मोबाइल नंबर, रहने का पता, पहचान की जगह याद रखनी चाहिए। किसी को सहायता करने के लिए अकेले नहीं जाना चाहिए।

अकेले खेलने के लिए न जायें। हमेशा पहचान वाले दोस्तों के साथ खेलने जायें। रास्ते पर पतंग ना उड़ायें और पतंग के पीछे न भागें। पहाड़ की चोटी पर सँभलकर रहें वरना नीचे गिरकर जान जा सकती है।

छोटे बच्चों को यातायात वाले रास्ते पर साइकिल न चलाने की चेतावनी दें। वरना किसी वाहन की टक्कर से बच्चे की जान को ख़तरा हो सकता है। साइकिल घर के आस-पास ही चलाने को कहें।

घर के बाहर परेशान करने वाले या पीछा करने वाले या दोस्ती बढ़ाने वाले लोगों की पूरी जानकारी माता-पिता या शिक्षक को तुरंत दें। अगर कोई जबरन पकड़ने की कोशिश करता है तो ज़ोर से 'बचाओ, बचाओ' ऐसा शोर मचायें तथा दूसरों को बुलायें। ख़तरा महसूस हो तब वहाँ से भाग जायें या रिश्तेदार या पुलिस को मदद के लिए फ़ोन करें या लोगों को बुलायें।

मोटर साइकिल या कार चलाते वक़्त सावधानी

मोटर साइकिल चलाते वक़्त हमेशा हेलमेट पहनें। वाहन दुर्घटना होने पर जान बच सकती है।

बड़े बच्चों में वाहन सीखने या चलाने का उत्साह रहता है। वाहन चलाने का प्रयास करते हैं। लेकिन किसी भी हालत में अठारह वर्ष की आयु से कम उम्र वाले बच्चों को कार या मोटर साइकिल चलाने को न दें। कार या मोटर साइकिल जब तक अच्छी चलानी नहीं आती तब तक उन्हें अकेला चलाने न दें बल्कि आप साथ रहें तभी चलाने दें। बड़ी चिंता की बात है कि कुछ माता-पिता अठारह वर्ष से कम उम्र वाले बच्चों को मोटार साइकिल ख़रीदकर दे देते हैं। अधिक स्पीड से मोटर साइकिल या कार चलाने से मना करें। हेलमेट पहने बिना तेज़ रफ़्तार से वाहन चलाने से दुर्घटना में कई युवा लडकों की जानें गयी हैं। मोटर साइकिल या कार चलाते वक़्त मोबाइल फ़ोन पर बातें ना करें।

पानी से सावधान

गहरे पानी में उतरने से पहले ख़तरों के बारे में सोचें। क्या पानी में डूबने या नहाने का आनंद आपके जीवन से ज़्यादा महत्त्वपूर्ण और क़ीमती है? नहीं। तो पूरी सुरक्षा न होने पर पानी में न उतरें। डूबने से कई होनहार बच्चों की जानें गयी हैं। कई माता-पिता का सहारा छिन गया है।

बच्चों के माता-पिता को बच्चों को जहाँ गहरा पानी है वहाँ उतरने से मना करना चाहिए। बड़े बच्चे पानी की जगह जाने वाले हैं तो हमेशा दो या तीन बुज़ुर्ग व्यक्ति उनके साथ होने चाहिए। साथ में लाइफ़ जैकेट, तैरने वाले

बचावकर्मी, लंबी रस्सी, हवा भरा ट्यूब, लंबी लकड़ी हो। पानी में जाने से पहले लंबी लकड़ी से अंदाज़ा लें कि पानी कितना गहरा है। अगर पानी चार फुट से अधिक गहरा है तब जिन्हें तैरना नहीं आता है वो पानी में ना उतरें। वरना पानी में डूबकर मृत्यु हो सकती है। जिन्हें तैरना आता है वे ही गहरे पानी में जायें। ज़्यादा दूर तक न जायें। संध्या के समय में पानी में न उतरें क्योंकि डूबने के बाद अँधेरे की वजह से बचाव करना मुश्किल हो जाता है।

बच्चों को टूर या घूमने जाते वक़्त नदी, तालाब, कुआँ, समंदर या नहर के पानी में उतरना मज़ेदार लगता है। लेकिन जान को ख़तरे के बारे में पहले सोच लें।

स्विमिंग टैंक में अकेले ना जायें। गिरकर जान जा सकती है। शराब पीकर या नशीली चीज़ का सेवन किया है तो पानी में न उतरें।

अपहरण की वारदातें रोकना

अपहरण के मामले में बच्चे निशाना होते हैं। आम जगह, स्कूल, सड़क, मोटर वाहन, पार्क, जंगल वाले क्षेत्र से बच्चे अगवा किये जाते हैं। इसलिए बच्चों की सुरक्षा पर ज़्यादा ध्यान देना ज़रूरी है। हर छह महीने के बाद बच्चे का कलर फ़ोटोग्राफ़ लें। आप चाहें तो बच्चे के फ़िंगर प्रिंट की कॉपी रखें।

अपहरण जैसी घटना रोकने के लिये माता-पिता या रिश्तेदारों को बच्चों से अधिक बातें करनी चाहिए। बच्चों की पसंद एवं परेशानी को समझें। बच्चों की खेलने, घूमने की जगह निश्चित करें।

बच्चों को समझायें कि अपरिचित आदमी या औरत से सावधान रहें। अपहरण कहाँ, किस तरह से और किसलिए किया जाता है। अपहरण से बचने के लिए क्या सावधानी बरतनी चाहिए यह भी बच्चे को समझाना ज़रूरी है। बच्चे कब, कहाँ जाते हैं, किससे मिलते हैं इसकी जानकारी रखनी चाहिए। उन पर नज़र रखें।

बच्चे अकेलापन महसूस न करें इसलिए उनके साथ में घर या पड़ोस में खेल खेलें ताकि बच्चे बाहर न जायें। बगीचे में बच्चे खेलते हैं तब उन पर ध्यान दें। बच्चों को किसके घर जाना है और किसके घर नहीं जाना इसके बारे में उन्हें बताना ज़रूरी है। बाज़ार, मॉल, सिनेमा, थियेटर, मेले या भीड़ वाली जगह में छोटे बच्चों की जेब में मोबाइल नंबर, अपने नाम

और पते की चिट्ठी और एक मोबाइल फ़ोन रखें। उसे अकेला न छोड़ें। उसे चेतावनी दें कि वह आपके साथ ही रहे और इधर-उधर न जाये। फ़ोन का उपयोग किस प्रकार करना चाहिए यह छोटे बच्चों को समझायें। फ़ोन में पहले तीन-चार नंबर आपके या रिश्तेदार के होने चाहिए क्योंकि डर लगने की वजह से फ़ोन नंबर याद नहीं आते।

बच्चों को यह समझायें कि बच्चों को घर के बाहर जाने से पहले घर में बताना चाहिए। किसी अनजान व्यक्ति के साथ न जायें। किसी अपरिचित आदमी से अधिक बातें न करें। अपरिचित व्यक्ति से चॉकलेट या खाने की चीज़ें न लें क्योंकि इसमें नशीले पदार्थ हो सकते हैं जिन्हें खाने के बाद बच्चा बेहोश हो जाता है। और वह व्यक्ति बच्चे का अपहरण करते हैं।

बच्चों के साथ की सभी चीज़ें कपड़े, लंच बॉक्स, साइकिल पर इनीशिअल लिखें। उनका पूरा नाम ना लिखें वरना अगवा करने वाला नाम से आसानी से पहचान लेगा।

बच्चा गुम जाता है तो एक-एक कोना छान मारना चाहिए। पुलिस स्टेशन में तुरंत ख़बर करनी चाहिए।

दोस्त कैसे हों

जिससे हमारा संपर्क होता है वह हर कोई दोस्त नहीं होता। यह जीवन के लिए रिश्ते होते हैं। ख़ास दोस्तों की संख्या कम होती है। ऐसे दोस्त के साथ हम ज़्यादातर वक़्त गुज़ारते हैं। सकारात्मक सोच, अच्छे आचरण वाले, मेहनती, प्रसन्न रहने वाले, आप पर विश्वास रखने वाले, आपकी भलाई के बारे में सोचने वाले बच्चों या व्यक्ति से दोस्ती करनी चाहिए। ख़ास दोस्त आपके कठिन समय में आपका साथ देकर आपकी मदद करने वाले होने चाहिए।

ग़लत और नकारात्मक सोच वाले, ग़ैरक़ानूनी कार्य करने वाले, शराब या नशीली चीज़ें लेने वाले, मारपीट करने वाले, लड़कियों को परेशान करने वाले, बड़ों का अपमान करने वाले लड़के या व्यक्ति को दोस्त नहीं बनाना चाहिए। ऐसे लोगों से दूर ही रहें वरना आपका भविष्य बर्बाद हो सकता है।

नशीली चीज़ों से सावधान

बच्चों को पढ़ाई पूरी होने तक या नौकरी लगने तक शराब, ड्रग नहीं लेनी चाहिए। वैसे तो कभी भी नहीं लेनी चाहिए। साथ ही जुआ या लॉटरी में

रुपये न लगायें। इन बुरी आदतों के अंजाम बुरे होते हैं।

दोस्त की बर्थडे पार्टी, परीक्षा ख़त्म होने के बाद की पार्टी, या किसी संगठन द्वारा आयोजित पार्टी हो, जहाँ नशीली चीज़ें, शराब का सेवन होने वाला हो और ख़तरे का अंदेशा है तो किसी भी हाल में ऐसी पार्टी में न जायें। आपको ग़लत आदत लग सकती है। अगर पुलिस का छापा पड़ गया तो आप पर अपराध दर्ज हो सकता है या आपको पुलिस गिरफ़्तार कर सकती है। जिससे आपकी बदनामी होगी और आपको सरकारी नौकरी मिलना मुश्किल हो सकता है।

लड़कियों से रिश्ते

युवा लड़कों में लड़कियों के प्रति एक आकर्षण होता है। यह प्राकृतिक है। लेकिन हम इन्सान हैं और हमें भगवान ने सोचने की शक्ति दी है। इसलिए मन में आयी हर बात करने से पहले सोचें। सही और नैतिक रिश्ते रखने चाहिए। लड़की पर ज़्यादा रुपये ख़र्च न करें।

किसी लड़की को परेशान न करें या उसके साथ कोई ग़लत काम न करें। लड़की से एक तरफ़ा प्यार की वजह से झगड़े होते हैं और जान का नुक़सान होता है। इसलिए लड़के चोहें तो अल्टरनेटिव गर्लफ़्रेंड पॉलिसी अपना सकते हैं। लड़कियाँ भी प्यार के मामले में सावधान रहें। भावनावश होकर या लालच में आकर ग़लत काम न करें। प्यार के मामले में समझने से अच्छा है कि हर बात स्पष्ट रूप से बोली जाये ताकि किसी के मन में शंका न रहे या आचरण का ग़लत मतलब न निकाला जाये। जो लड़का या लड़की आपसे रिश्ता नहीं चाहते उनसे दूर ही रहें।

ग़ैरक़ानूनी कार्य न करें

बड़े बच्चों को कोई भी ग़ैरक़ानूनी कार्य नहीं करने चाहिए। जैसे वाहन चोरी, रुपये या माल की चोरी, मारपीट करना, लड़कियों को परेशान करना या चोट पहुँचाना आदि।। लडकों पर अपराध दर्ज होने के बाद केस से बरी होने तक सरकारी नौकरी नहीं मिलती और अच्छी नामी कंपनी में भी नौकरी नहीं मिलती। पासपोर्ट निकलवाने में या वीज़ा मिलने में भी दिक़्क़तें आती हैं। इसलिए बच्चों को अपराध में शामिल नहीं होना चाहिए।

कुछ पढ़ाई करने वाले लड़के मज़े करने के लिए रुपये जमा करने के लिए मोटर साइकिल या कार चुराते हैं और गैराज वाले को बेचते हैं। पकड़े जाने के बाद पछताते हैं।

उदास होने पर

माता-पिता को बच्चों से अच्छे अंकों की अपेक्षा करनी चाहिए लेकिन ज़्यादा दबाव न डालें। हर वक़्त समझाने की भूमिका लें लेकिन बच्चों की आलोचना करना ठीक नहीं है। आलोचना से बच्चे के मन पर बुरा असर पड़ सकता है। बच्चा जैसा भी है वह आपका है। उसे उसकी भलाई-बुराइयों के साथ स्वीकार करें, उससे प्यार करें। कठिन वक़्त में उसका साथ दें।

परीक्षा में कामयाबी नहीं मिलती है तो निराश होने से बचें, दुबारा कोशिश करके सफल हो सकते हैं या आपमें जितना टेलेंट है उसी में कोई न कोई नौकरी मिल सकती है इसलिए उदास न हों। उदास होकर आत्महत्या के बारे में न सोचें और ख़ास दोस्त, माता-पिता या टीचर को उदासी की वजह बताकर सलाह और सहायता लें। क्योंकि हर समस्या का कोई न कोई उपाय होता है। बस उस उपाय को ढूँढ़ना पड़ता है और कुछ समय के बाद सब सामान्य हो जाता है लेकिन आत्महत्या न करें या ग़लत कार्य न करें।

हैल्पलाइन या सहायता केंद्र

बच्चों की सहायता, देखभाल और विकास के लिए सरकारी तथा निजी सेवाभावी संस्थायें मुफ़्त में कार्य करती हैं। इनके हैल्पलाइन नंबर जैसे 1098 याद रखें और आवश्यकता पड़ने पर सहायता लें।

11

वरिष्ठ नागरिकों की सुरक्षा

वरिष्ठ नागरिकों के प्रति आदर व्यक्त करते हुये कमांडर ने विनम्रता से सतर्कता संबंधी महत्त्वपूर्ण बातें बताईं जो इस प्रकार हैं। इस उम्र में मन और धन की सुरक्षा मायने रखती है।

वरिष्ठ नागरिक

आमतौर पर उस नागरिक को सीनीयर सिटीज़न या वरिष्ठ नागरिक कहा जाता है जिनकी उम्र पैंसठ साल या अधिक होती है। वरिष्ठ नागरिकों को मदद और सुविधा मुहैया कराने के लिए सरकार की एक पॉलिसी होती है।

वरिष्ठ नागरिक पॉलिसी के तहत रेल्वे किराये में छूट, इलाज के लिए सुविधा, सरकारी कार्य में प्राथमिकता, बैंक में निवेश पर ज़्यादा ब्याज, आदि विशेष सुविधायें मुहैया कराई जाती हैं। पालन-पोषण के लिए विशेष क़ानून बनाये गये हैं। बच्चे आपका भरण-पोषण नहीं करते तब आप पेरेंट्स मेन्टेनन्स एक्ट के तहत न्यायालय में मामला दर्ज करा सकते हैं।

सेवानिवृत्त जीवन की योजना

अगर आप वरिष्ठ नागरिक नहीं हैं लेकिन कुछ साल गुज़र जाने के बाद या सेवा से मुक्त होने के बाद आप वरिष्ठ नागरिक होने वाले हैं। अब आप नौकरी या कारोबार कर रहे हैं लेकिन जब आप नौकरी या व्यवसाय में नहीं रहेंगे तब अपने मन, शरीर और धन की सुरक्षा विषयी ज़रूरतें सोचकर आज ही प्रावधान करके रखना चाहिए।

आप रिटायर होने से क़रीब आठ-दस साल पहले से ही सेवानिवृत्ति के बाद की लिखित योजना बनायें। पत्नी, दोस्त, सहयोगी या रिश्तेदार से

चर्चा करें और ज़रूरी संशोधन करके अंतिम रूप दें।

आमतौर पर बच्चों के साथ रहने वाले वरिष्ठ नागरिक सुरक्षित होते हैं। बच्चे नौकरी या कारोबार करेंगे लेकिन अगर उन्होंने आपकी तरफ़ ध्यान नहीं दिया तो आप क्या करेंगे? इसके बारे में सोचें। आपके पास कितने रुपये जमा होने चाहिए?

इस योजना के तहत आप सेवानिवृत्त होने के बाद आपका हर महीने का पूरा ख़र्च कितने रुपये होगा? उतना मिल सकेगा? क्या सरकारी नौकरी की पेंशन की रक़म काफ़ी होगी? अगर नहीं है तो आमदानी के कौन से स्त्रोत तैयार करने चाहिए? क्या कोई व्यवसाय अभी से शुरू करना चाहिए? ज़मीन या दुकान ख़रीदकर रखने चाहिए? निवेश की रक़म बढ़ानी चाहिए? कितनी? स्वास्थ्य के इलाज के लिए पर्याप्त व्यवस्था की गयी है?

रिटायर होने के बाद आप कौन सा कार्य करने वाले हैं? किस तरह वक़्त गुज़ारने वाले हैं? रिटायर होने के बाद बच्चों या पोते की देखभाल करना, लड़के के कारोबार में मदद करना, दूसरी नौकरी करना, दुकान या कारोबार शुरू करना, समाजसेवा करना, राजकारण में भाग लेना, किसी संगठन के लिए काम करना, खेती करना ऐसे कई विकल्प हैं। आप इनमें से कुछ करेंगे या कुछ और कार्य करना चाहेंगे? यह निश्चित करें। जिनसे आपका जीवन सुरक्षित और ख़ुशहाल होगा।

सुरक्षित क्षेत्र में रहना

आप जहाँ रहने वाले हैं वहाँ के पहचान वाले व्यक्ति, पड़ोसी या पुलिस स्टेशन अधिकारी से उस क्षेत्र की आपराधिक गतिविधियों और अपराध के स्थान के बारे में जानकारी लें। आपके आस-पास किस प्रकार के अपराध होते हैं, अपराधी व्यक्ति कौन है इसकी जानकारी रखना ज़रूरी है। अपराधी व्यक्ति से ज़्यादा नज़दीकी न रखें। संदेह है तो आस-पास के तथा बाक़ी लोगों से सावधान रहें। किसी पर ज़्यादा भरोसा न करें।

जहाँ आप और आपके परिवार के सदस्यों की जान और माल को ख़तरा महसूस होता है उस जगह न रहना आपके लिए फ़ायदेमंद होगा। सुरक्षित क्षेत्र में ही रहें। जो क्षेत्र सुरक्षित नहीं लगता है वह तुरंत बदलें। नये और सुरक्षित क्षेत्र में रहें।

ख़तरों की सूची

अगर आप सुरक्षित जीवन गुज़ारना चाहते हैं तो घर में, बाहर, नौकर, रिश्तेदार या विरोधी से जान को होने वाले ख़तरे, घर या बाहर रुपये या गहनों की चोरी, छल, ज़मीन ख़रीदी में धोखा, दस्तावेज़ में धोखा आदि ख़तरों के बारे में शांति से परिवार के सदस्यों से चर्चा करके विचार करें। इन सभी ख़तरों की एक सूची बनायें। उन एक-एक ख़तरों से बचने के उपाय सोचें। ख़तरे टालने के लिए आवश्यक उपाय अपनायें और उन उपायों के ज़रिये सुरक्षित जीवन जियें।

घर के अंदर सुरक्षा के उपाय

इस किताब में घर, गहने और क़ीमती चीज़ों की सुरक्षा के अध्याय में दिये गये सावधानी के उपाय पढ़ें। घर में सुविधाजनक तथा सुरक्षित लगे ऐसे परिवर्तन एवं सुधार करें या ज़रूरी उपकरण, चीज़ें ख़रीदें।

आपको कौन से ख़तरे हो सकते हैं इसकी लिस्ट बनायें तथा सुरक्षा के इन्तज़ाम करें। सुरक्षा के लिए सरकारी लायसन्स वाली बंदूक रख सकते हैं।

ज़्यादा रुपये, ज़ेवरात या क़ीमती चीज़ें बैंक लॉकर में ही रखना सबसे सुरक्षित है। हर दिन रुपये निकालने न पड़ें इसलिए ख़र्च के लिए कुछ रुपये निकालकर रखें। सभी रुपये एक जगह न रखें। पाँच-छह जगह पर थोड़े-थोड़े रखें। घर में गहने छिपाकर रखें। कोई अनजान व्यक्ति घर पर आता है तब उसे गहने न दिखायें।

अधिकतर चीज़ें जैसे किराने का सामान अच्छी और पहचान वाली दुकान से होम डिलिवरी के माध्यम से लें और महीने के अंत में चैक से बिल का भुगतान करें।

बच्चों की ज़िम्मेदारी

वरिष्ठ लोगों द्वारा बताये कार्य कई बार उनके पुत्र भी करने से मना कर देते हैं। काम करना तो दूर की बात, परंतु कई बार तो सुनने से भी मना कर देते हैं। इससे बूढ़े लोग असुरक्षित महसूस करते हैं। उनका मन दुखी होता है। उनकी आगे जीने की इच्छायें कम होती हैं।

क्या वक़्त के साथ आदमी का इतना बदल जाना अच्छी बात है, कि

अपने ही माता-पिता जब बूढ़े हो जाते हैं तो वे मुसीबत जैसे लगने लगें? उन माता-पिता ने उन्हीं बच्चों की परवरिश के लिए अपने दिन-रात एक किये हैं। उनकी तमन्नाओं को पूरा करने के लिए अपनी मेहनत से कमाया हुआ पैसा बिना झिझक ख़र्च किया है। बच्चा बीमार हो तब रात को सोये नहीं। आज यही बच्चे अपने ही माता-पिता को मुसीबत समझकर वृद्धाश्रम में रखने की बात करते हैं। इनके पास पैसे होते हैं लेकिन वक़्त और प्यार ख़त्म हो चुका होता है। प्यार है तो बस उनकी अपनी पत्नी और बच्चों के लिए। इस बात पर आज के नौजवानों को गंभीरता से सोचने की ज़रूरत है।

अगर हम अपने माता-पिता को नहीं सँभालेंगे तो हमें कौन सँभालेगा? क्या यही नया रिवाज़ बनेगा? क्या इसके लिए भी सरकार को क़ानून बनाने की ज़रूरत है कि अपने माता-पिता का पालन-पोषण करो। यह एक चिंता का विषय है और सोचने का भी है। क्या हम बच्चों को यह मंजूर है? अच्छे आदमी के लिए अपने माता-पिता को सँभालना ही ईश्वर की पूजा है। यही रिवाज़ है और होना चाहिए। हाँ, अगर माता-पिता क्रूर हों या बच्चों से प्यार नहीं करते हैं तो ऐसे मामलों में कुछ अपवाद हो सकते हैं परंतु आमतौर पर बच्चों को अपनी ज़िम्मेदारी निभानी ही चाहिए।

आपकी मदद करने कौन आयेगा?

आप अकेले रहते हैं तब आपके संकटकाल में अचानक ज़रूरत पड़ने पर आपको आधार देने, मदद करने कौन आने वाले हैं यह पहले ही तय करके रखें तो वक़्त पर बुलाना आसान होता है। इनकी सूची बनायें। उन सभी से अच्छे रिश्ते बनाकर रखें।

आपको मदद करने लिए सबसे पहले आपका चौकीदार या आपके पड़ोसी आ सकते हैं। इसलिए पड़ोसी अच्छे हैं तो उनसे अच्छे रिश्ते बनाकर रखें। अगर पड़ोसी अच्छे नहीं हैं तो भी काम आ सकें इतने अच्छे रिश्ते बनाकर रखें। पड़ोसियों की निंदा न करें या उन्हें ग़लत साबित न करें। उनसे बेवजह झगड़ा ना करें। आप अकेले रहते हैं इसकी जानकारी दें।

विश्वासपात्र वकील से पहचान रखनी चाहिए। वह आपकी क़ानूनी मदद करेंगे। ज़रूरत पर आप उनका मशवरा और मदद लें। डॉक्टर भी अचानक तबीयत बिगड़ने पर आपका इलाज करके मदद कर सकता है। एम्बुलेंस आपके काम आ सकती है।

बच्चों और परिवार के सदस्यों से अच्छे रिश्ते

आपने ख़ूब मेहनत की लेकिन आपका ज़माना बीत चुका है। यह सच्चाई जान लें और मान भी लें। अब नया ज़माना है। अगर आप दूसरों से प्यार चाहते हैं तो आप अपने कुछ उसूल भूलकर आज की पीढ़ी से लगाव रखें। इससे आप मन और शरीर की सुरक्षा महसूस करेंगे।

अपने बेटे, बहू, बेटी, दामाद, पोते इन सभी को बहुत प्यार करें। छोटे बच्चों को खिलौने, चॉकलेट, नये कपड़े दें। उनकी देखभाल करें। बगीचे में खेलने ले जायें। अपने बेटे, बहू, बेटी, दामाद इनकी आलोचना न करें। किसी बात पर विवाद या झगड़ा न करें। आपका नुक़सान नहीं होता है तो आप उनकी राय मानें। इससे वे भी आपसे प्यार करने लगेंगे, आपको चाहने लगेंगे। आख़िर ज़रूरत आपको है तो आपके आचरण पर नियंत्रण रखना ज़रूरी है। वे संकटकाल में आपकी मदद कर सकते हैं।

अगर बेटे से रिश्ते बिगड़ गये हैं तो अलग रहें लेकिन संबंध रखें। अपने बच्चों से प्यार करें।

नौकर से सतर्कता

वरिष्ठ नागरिकों की जान और धन की हानि उनके नौकर या चौकीदार से हो सकती है इसलिए विश्वासपात्र नौकर ही रखें। नौकर की हरकतों पर ध्यान दें। नौकर को आपके रुपये या गहनों के बारे में जानकारी नहीं होनी चाहिए। नौकर का अपमान न करें या उसे परेशान न करें। अगर नौकर के मन में दुश्मनी की भावना पैदा हो गई तो वह आपका नुक़सान कर सकता है। इस किताब में बताये गये घर पर नौकर रखने के बारे में लिखे सुझाव पढ़ें।

पुलिस की सहायता लेना

आपके नौकर, किरायेदार और संदिग्ध व्यक्ति की जानकारी सोसाइटी के चेयरमैन और पुलिस को अवश्य दें।

अगर आप अकेले रहते हों तो उस क्षेत्र के पुलिस थाने जाकर पुलिस थाना अधिकारी से मिलकर जानकारी दें और सुरक्षा के इन्तज़ाम करने का अनुरोध करें। आपको कोई परेशान करता है या डराता है या किसी से आपको ख़तरा महसूस होता है तो तुरंत पुलिस को ख़बर करें और सहायता माँगें।

पुलिस कंट्रोल रूम, निकटस्थ पुलिस स्टेशन, पुलिस थाना मुख्य अधिकारी तथा थाना मुख्य अधिकारी के ऊपर के बड़े दो अधिकारियों के नाम तथा मोबाइल नंबर घर पर डायरी में लिखकर रखें तथा अपने मोबाइल में सेव करें। संकटकाल में मदद पाने के लिए कॉल करें या 100 नंबर पर कॉल करके पुलिस से सहायता माँगें। पुलिस के संपर्क में रहना चाहिए।

स्वास्थ्य का ख़्याल रखें

कोई बीमारी है तो नज़रअंदाज़ न करें। तुरंत अच्छे डॉक्टर से इलाज करवाकर दवाइयाँ लें। ज़रूरी दवाइयाँ घर पर रखें और सही समय पर लें। हर महीने नियमित मेडिकल जाँच करानी चाहिए। इससे रोग या तकलीफ़ें बढ़ती नहीं हैं। समय पर इलाज किया जा सकता है। आवश्यक दवाइयाँ अपने पास रखें, पारिवारिक डॉक्टर या एम्बुलेंस के फ़ोन नंबर अपने पास रखें ताकि स्वास्थ्य ख़राब होने पर कॉल कर सकें।

आपके संकट के समय पर ज़रूरत होने पर आपकी मदद के लिए कौन आ सकेगा इसकी पहले से ही जानकारी लेकर रखें और उन्हें पहले कॉल करें।

व्यायाम करें

अपने स्वाथ्य का ख़्याल रखना बहुत महत्त्वपूर्ण है। तंदुरुस्त और चुस्त रहने के लिए हर दिन क़रीब आधा या एक घंटा पैदल चलें, धीरे से रनिंग करें, योग या दूसरे हल्के व्यायाम करने चाहिए। घर साफ़-सुथरा रखें। ताज़े फल खायें तथा पौष्टिक भोजन ग्रहण करें और शुद्ध पानी पीना चाहिए। शरीर स्वच्छ रखना चाहिए। खुश रहें और ज़्यादा चिंता न करें।

घर के बाहर जाते वक़्त

घर के बाहर जाने से पहले सभी खिड़कियाँ, दरवाज़े बंद करें। प्रवेश द्वार पर मज़बूत ताला लगायें। घर में कम वोल्टेज वाली लाइट जलती रखें और रेडियो चालू रखें या संगीत की धुन चालू रखें। इससे आपके घर पर कोई है या आप कुछ वक़्त में घर पर लौटने वाले हैं यह समझकर चोर चोरी नहीं करेगा। अपरिचित व्यक्ति को घर की चाबी न दें।

साथ में मोबाइल फ़ोन रखें। ज़्यादा रुपये साथ में न रखें, आप बाहर

हैं तो पड़ोसी को बोलकर अपनी चीज़ों की डिलिवरी लेने को कहें। बाहर जाते वक़्त अकेले ना जायें, किसी को साथ में ले जायें। यात्रा करते वक़्त अपने पहचान पत्र, ज़रूरी फ़ोन नंबर की डायरी साथ में रखें। सुबह वॉकिंग के लिए सुरक्षित जगह जायें या घर में ही व्यायाम करें। अपने विश्वासपात्र व्यक्ति के संपर्क में रहना चाहिए। अपरिचित व्यक्ति से सहायता ना लें।

बाज़ार, यात्रा, टॉकीज़, मंदिर, रेल्वे स्टेशन, बस स्टॉप ऐसी ज़्यादा भीड़ वाली जगह या सुनसान जगह पर अकेले जाते वक़्त सोने के गहने न पहनें तो अच्छा होगा। ऐसी जगह पर आपके रुपये या गहने चोरी किये जा सकते हैं। इस बात का ध्यान रखकर आवश्यक सावधानी बरतें। आपके साथ कोई है तो सभी साथ में रहें। आप बैग को अपने सामने हाथ से थामकर रखें ताकि कोई खींच ना ले। सभी कपड़ों में अंदरूनी जेब बना लें और उसमें रुपये या क़ीमती चीज़ें रखें। अगर ख़तरा महसूस होता है तो ज़ोर से चिल्लायें एवं भीड़ वाले या सुरक्षित क्षेत्र में चले जायें।

पैसे का व्यवहार

बिल भरना, रुपये देना ऐसे रुपये के व्यवहार चैक से करें या ऑनलाइन करें। अपनी बैंक चैक बुक, एटीएम कार्ड सुरक्षित रखें। चैक साइन करके न रखें। अपने ख़ून-पसीने की कमाई और पूँजी बैंक या सुरक्षित संस्था में रखें ताकि आप बिस्तर पर पड़े रहकर भी गुज़ारा कर सकें। रुपये सेविंग करते वक़्त आपको सुरक्षित लगे ऐसी बैंक या सरकारी संस्था में ही सेविंग करें। निजी संस्था में धोखा या छल हो सकता है और आपके रुपये मिलना मुश्किल हो सकता है। ज़्यादा लाभ का लालच दिखाकर आपसे धोखा किया जा सकता है। इसलिए भ्रमित करने वाले विज्ञापनों से सतर्क रहें। आप पर नज़र रखकर आपको रास्ते में लूटा जा सकता है इसलिए आपको अपने बैंक जाने के रास्ते तथा वक़्त बदलते रहना चाहिए। बैंक में किसी अनजान व्यक्ति को रुपये गिनने न दें, वह धोखा दे सकता है।

दस्तावेज़ के बारे में

उम्र बढ़ने के बाद बच्चे और रिश्तेदार आपने जो संपत्ति जमा की है उसे बाँटने का सोचते हैं। हो सकता है कोई आपको बताये बिना या सच्चाई

बताये बिना किसी महत्त्वपूर्ण दस्तावेज़ पर आपके हस्ताक्षर ले ले। इसलिए हर दस्तावेज़ ठीक से पढ़ें, उचित है तो ही दस्तख़त करें या पहचान वाले वकील की सहायता लेनी चाहिए।

संगठन से जुड़ें

अधिक आयु वाले संगठन से जुड़ें तथा कार्यक्रम में भाग लें। सदस्यों के संपर्क में रहें क्योंकि समस्या आने पर वे आपकी मदद कर सकते हैं। उस संगठन के ज़रिये उच्च पदों के सरकारी अधिकारी से मिलते रहना चाहिए ताकि संकटकाल में वे मदद कर सकेंगे।

हेल्पलाइन या सेवा संगठन की सहायता लें

वरिष्ठ नागरिकों की सहायता करने के लिए सरकारी हेल्पलाइन या संस्थायें कार्यरत होती हैं। उनके बारे में जानकारी रखें। और ज़रूरत पड़ने पर उनकी सहायता लें।

12

नौकर रखते समय सावधानियाँ

कमांडर ने इस समस्या से जुड़े सवालों के जबाब में विस्तार से कहा कि नौकरी या कारोबार करने वाले लोग या अमीर लोग घर के काम के लिए समय नहीं निकाल सकते हैं। तब खाना बनाना, कपड़े धोना, घर की साफ़-सफ़ाई करना, बच्चों की देखभाल करना, बूढ़े बीमार लोगों की सेवा करना, बच्चों को स्कूल में पहुँचाना और वापस लाना, वाहन चलाना, कार्य में मदद करना, मकान या चीज़ों की सुरक्षा करना ऐसी ज़रूरतों को पूरा करने के लिए नौकर या नौकरानी, चौकीदार, बावर्ची, ड्रायवर, केयरटेकर, ऑफ़िस बॉय रखते हैं। अपनी जान और माल की सुरक्षा के लिए नौकर कैसा हो और कैसा न हो यह सोचना आवश्यक है। जानकारी इकट्ठा करके सावधानी से नौकर चुनें।

नौकर रखने के पहले जानकारी इकट्ठी करना

घर में नौकर रखने से पहले उसके पते पर जायें, उसका मकान देखें, उसके रिश्तेदार, पड़ोसी, पूर्व मालिक, पहचान वालों से मिलकर उसका चरित्र, स्वभाव, उसके द्वारा किये गये अपराध, कामकाज तथा बीमारी के बारे में जानकारी लें। उसने पहले जहाँ नौकरी की उस विभाग के पुलिस स्टेशन से उसके आपराधिक रिकॉर्ड की जानकारी लेनी चाहिए। पुलिस से उसका चरित्र प्रमाणपत्र प्राप्त करें। उसके नाम-पते के बारे में दस्तावेज़, रंगीन फ़ोटो हासिल करें। पूरी जानकारी निकालें क्योंकि ग़लत व्यक्ति को नौकरी पर रखा तो धोखा तथा नुक़सान हो सकता है। इस बारे में अनजान रहना महँगा पड़ सकता है।

आपके पहचान वाले डॉक्टर से उसकी मेडिकल जाँच करायें या इलाज

के पेपर देखें। अगर उसे कार्य पर या दूसरे के स्वास्थ्य पर बुरा असर करने वाली बीमारी है तो उसे काम पर न रखें।

इस छानबीन के बाद प्राप्त जानकारी पर आप घर के सदस्यों या भागीदार से चर्चा व विचार-विमर्श करें। इसके बाद अगर आप संतुष्ट हैं तो उसे नौकरी पर रख सकते हैं।

अगर आप खुद छानबीन नहीं कर सकते हैं तो जान-पहचान या देखे-समझे व्यक्ति को नौकर रखें। रिप्यूटेड एवं अच्छे नाम वाली कंपनी, ऐजंसी या संस्था से ही घर के लिए नौकर लें।

नौकर ऐसा हो

नौकर कुशल हो। उसकी नियत साफ़ हो। वह ईमानदार हो। साफ़-सुथरा रहने वाला हो। नौकर नमकहराम नहीं, बल्कि नमकहलाल हो। वह पढ़ा-लिखा, अपने कार्य के प्रति ज़िम्मेदार, शांत स्वभाव का, खुलकर लेकिन कम बोलने वाला, कार्य पर सतर्क रहने वाला, मालिक और परिवार के सदस्यों के प्रति वफ़ादार होना चाहिए। चौकीदार युवा या बुज़ुर्ग लेकिन चोर का विरोध करने वाला चुस्त, दिन और रात में सतर्क रहने वाला हो।

नौकर ऐसा न हो

नौकर के स्वभाव और आदतों के बारे में जानकारी लें। वह गुस्सा करने वाला, चिढ़ने वाला, शराब पीने वाला, नशा करने वाला, रुपयों के लालच वाला, जुआ खेलने वाला, खुद पर ज़्यादा क़र्ज़ लिए हुए, परिवार की ज़्यादा चिंता वाला, अपराधी लोगों से पहचान या दोस्ती रखने वाला, बुरी नज़र से महिलाओं की तरफ़ देखने वाला, उसके कार्य या दूसरों पर असर करने वाली लंबी बीमारी से ग्रस्त व्यक्ति न हो।

नौकर पर चोरी, मारामारी, ख़ून, फ़िरौती माँगना, बच्चे का अपहरण करना, महिलाओं से अश्लील हरकतें करना, बलात्कार, लूट, रुपये या माल का ग़बन आदि जैसे आपराधिक मामले दर्ज न हों। अगर नौकर रखने के बाद ऐसे मामले दर्ज होते हैं तो उसे तुरंत काम से निकाल दें। मतलब नौकर या चौकीदार अपराधी क़िस्म का, धोखा देने वाला, नमक हरामी करने वाला न हो।

नौकरी का क़रारनामा या एग्रीमेंट

नौकर रखना तय होने के बाद नौकर या उसकी ऐजंसी से कार्य का समय, कार्य का प्रकार और तरीक़ा, शर्तों, चोरी या नुक़सान होने पर नौकर या ऐजंसी से मिलने वाली मुआवज़े की रक़म, छुट्टी के दिन, बीमारी का ख़र्च, दुर्घटना में ज़िम्मेदारी, लंबी छुट्टी के दौरान दूसरे नौकर की व्यवस्था या वेतन में कटौती करना, नौकर को निकालने की या नौकरी छोड़ने की प्रक्रिया आदि के बारे में चर्चा करें। अपने वकील की सहायता से इन बातों का एक लिखित क़रारनामा करना चाहिए।

नौकर रखने के बाद

नौकर रखने के बाद लिखित तौर पर उसकी जानकारी पुलिस को दें। वक़्त पर उसकी तनख़्वाह दें। नौकर को एक माह से अधिक तनख़्वाह एडवान्स न दें वरना काम छोड़ने पर रुपये वापस मिलना मुश्किल हो सकता है।

नौकर के पास एक डायरी रखें जिसमें आपकी मदद के लिए रिश्तेदारों के फ़ोन नंबर, नज़दीकी पुलिस थाना मुख्य अधिकारी एवं थाना मुख्य अधिकारी से बड़े पद के दो अधिकारियों के नाम एवं मोबाइल नंबर, पुलिस कंट्रोल रूम के फ़ोन नंबर लिखकर रखें और मोबाइल में सेव करें। संकटकाल में मदद पाने के लिए कॉल कर सकते हैं।

नौकर के कार्य

नौकर कसौटी पर खरा उतरना चाहिए। काम की पूरी जानकारी दें। काम करने का तरीक़ा समझायें। काम वक़्त पर पूरे करें। उसे कौन सी बातें नहीं करना यह भी समझायें। अपनी अपेक्षायें उसे समझायें। घर की निजी बातें दूसरों को न बतायें। बाहर की घटनाओं की जानकारी मालिक को बताते रहें।

घर में आते ही काम करने से पहले नौकर पहले अपने हाथ साबुन से साफ़ करे। उसका साबुन तथा तौलिया अलग रखें। नौकर कार्य की जगह छोड़कर दूसरी जगह या कमरे में ना जाये, किसी दोस्त को घर में ना लाये। घर की चीज़ें अनुमति के बगैर इस्तेमाल ना करे। कार्य के सिवाय बाक़ी बातों में ध्यान न दे। आचरण अच्छा रखे। उसे अपने बेडरूम में आने से मना करें। अपरिचित व्यक्ति को घर के अंदर न आने दें।

कार्यालय में वक़्त पर आयें। कार्यालय की चीज़ें मालिक को पूछे बगैर किसी को न दें या इस्तेमाल करने न दें।

चौकीदार है तो वह रात के वक़्त सोये नहीं बल्कि चौकन्ना रहे। उसके पास वीडियो या डिजिटल कैमरा, टॉर्च रखें और आने-जाने वाले के नाम व पते की जानकारी के लिए एक पुस्तिका रखें। पूछताछ के बगैर मैकेनिक, सेल्समैन या किसी को गेट के अंदर ना छोड़ें।

वॉचमैन को बतायें कि वह घर के आस-पास घूमने वाले या शंकास्पद व्यक्ति का नाम व पता जान लें। उसका फ़ोटो खींचें और पड़ोसी के साथ पूछताछ करें। संदेह होने पर पुलिस को इसकी जानकारी तुरंत दें। ख़तरा लगे तो 100 नंबर या निकटस्थ पुलिस स्टेशन या पुलिस कंट्रोल रूम का फ़ोन नंबर डायल कर पुलिस की मदद लें। चोरी या गुनाह के बारे में तुरंत पुलिस को ख़बर करें।

नौकर से ख़तरे

कुछ नौकर ईमान बेचकर आपको नुक़सान पहुँचा सकते हैं। नौकर आपको धोखा दे सकता है। वह आपका ख़ून कर सकता है, रुपये चोरी कर सकता है और बच्चों का अपहरण कर सकता है।

छोटे बच्चों की देखभाल करते समय जब नौकर परेशान होते हैं तो बच्चे को नशीली चीज़ें या गोली खिलाते हैं ताकि बच्चा तीन-चार घंटे सो जाये और चिल्लाये या रोये नहीं। मालिक की ग़ैरमौजूदगी में उनकी चीज़ें इस्तेमाल करते हैं। आपराधिक प्रकार के दोस्त को चोरी करने में मदद हो इस उद्देश्य से मालिक के धन या आने-जाने की जानकारी देते हैं।

नौकर पर ज़्यादा भरोसा न करें

नौकर से होने वाले ख़तरों को ध्यान में रखकर सावधानी बरतनी चाहिए। नौकर पर आँख बंद करके विश्वास न करें। उससे सतर्क रहें।

बेडरूम के सामान की जानकारी नौकर को नहीं होनी चाहिए। इस रूम में वह कभी न आये इसलिए बेडरूम की सफ़ाई आप ख़ुद करें। आपके बेडरूम में आपके बुलाये बगैर नौकर अंदर ना आये इसकी उसे चेतावनी दें।

उसके सामने मोटी रक़म न गिनें। क़ीमती गहने न दिखायें। आपके

रुपये, चैक बुक, क्रेडिट कार्ड, ज़ेवरात, लॉक की चाबी, कार की चाबी रखने की जगह का पता नौकर को ना चले। नौकर से बैंक खाते के व्यवहार ना करायें। नौकर को निजी और ख़ास बातें ना बतायें।

उसके साथ अकेले छोटे बच्चे, अकेली लड़की या महिला को कभी न रहने दें या तो ज़्यादा वक़्त के लिए साथ न रहने दें। ऐसे वक़्त आप संपर्क में रहें। किसी विश्वासपात्र पड़ोसी को नौकर पर ध्यान रखने के लिए कहें।

आपके गोपनीय कार्य, कमज़ोरियों, ग़लत कार्य की जानकारी नौकर को नहीं होनी चाहिए वरना वह उसका ग़लत फ़ायदा उठा सकता है।

नौकर का क्या भरोसा कि कब उसकी नियत बदल जाये और वह अपराध के बारे में सोचे।

नौकर से व्यवहार

नौकर की आलोचना न करें, नौकर से अनुचित व्यवहार न करें, नौकर से अच्छा व्यवहार करें और उसे बेवजह नाराज़ ना करें। ग़लतियाँ समझाकर बतायें। उस पर चिल्लायें नहीं और अपमान न करें वरना उसके मन में आपके बारे में ग़लत विचार आ सकते हैं और वह बदला लेने की सोच सकता है।

अच्छे और प्रशंसनीय कार्य करने पर या दिवाली, उसका या उसके बच्चे का जन्मदिन आदि मौक़ों पर उसे मिठाई, कपड़े, गिफ़्ट या कुछ रुपये देने चाहिए। इससे उसके मन में मालिक के प्रति विश्वास बढ़ेगा। उसकी परेशानी में हमदर्दी दिखायें, मदद करें।

नौकर पर देखरेख

नौकर पर कड़ी नज़र रखें, वरना वह गोलमाल कर सकता है। पड़ोसी या दूसरे नौकर या वॉचमैन से अपने नौकर के काम तथा आचरण के बारे में जानकारी लेते रहें। वॉचमैन को रात को चैक करें कि वह सतर्क रहता है या नहीं। आपके घर के बाहर नौकर क्या काम करता है, उसकी हरकतें, आदतें, उसकी बातें, आपके बच्चों तथा परिवार के सदस्य के प्रति रवैया इन बातों की जानकारी निकालें। इन बातों पर सभी सदस्य आपस में चर्चा करें। ज़रूरी सुरक्षा उपाय करें। नौकर पर से विश्वास उठ गया तो काम पर न रखें।

अगर रात को चौकीदार सतर्क नहीं रहता है और दुबारा वही बात दिखे तो काम से निकाल दें। घर में सीसीटीवी कैमरे की व्यवस्था करें। गेट तथा दरवाज़े पर स्पीकर सिस्टम लगायें। सीसीटीवी लगायें ताकि घर और बाहर का दृश्य देख सकें। गार्ड रूम में इंटरकॉम सिस्टम लगायें। अगर आप बाहर हैं तो गश्त पुलिस नौकर को चैक करे।

रात की गश्त करने वाली पुलिस के संपर्क में रहें। बड़ी कॉलोनी होने पर पुलिस विज़िट बुक रखें और पुलिस अधिकारी से उस बुक पर हस्ताक्षर करने का अनुरोध करें।

नौकर से धोखा होने के बाद

अगर आपके नौकर ने अपराध किया या धोखा दिया है तो आप अपने विश्वासपात्र वकील, सामाजिक कार्यकर्ता, पड़ोसी, मदद करने वाले रिश्तेदार, दोस्त को बतायें और पुलिस स्टेशन में शिकायत दर्ज करें। पुलिस नौकर पर क़ानूनी कार्यवाही करेगी।

13

यात्रा के दौरान सुरक्षा

इस विषय पर कमांडर ने अपने और मित्रों के कुछ अनुभव लोगों से बाँटकर विस्तार से मार्गदर्शन दिया जो इस प्रकार है।

सफ़र या यात्रा का महत्त्व

दफ़्तर जाना, चीज़ें ख़रीदने जाना, रिश्तेदार से मुलाक़ात, त्यौहार मनाने के लिए जाना आदि कार्य के लिए हम सफ़र करते हैं। साथ ही छुट्टियों में प्राकृतिक सौंदर्य, सूर्य की रोशनी से नहाये रेतीले तट देखने, वन्यजीव, हरियाली, जंगल, पहाड़, समुद्र तट, ऐतिहासिक स्थान, लोकप्रिय स्थान, ईश्वर की मूर्ति के दर्शन करने आदि के लिए हम यात्रा करते हैं। यात्रा के नाम से मुख कमल खिल उठता है। कमांडर की इन बातों से लोगों में भारी उत्साह दिखा।

हरेक व्यक्ति को जीवन में कई बार सफ़र करना पड़ता है। लेकिन सफ़र या यात्रा में कई बार हमारे रुपये या गहने चोरी हो जाते हैं। कभी जान भी चली जाती है। जीवन में निराश लोगों को मन की सुरक्षा हेतु और तरोताज़ा महसूस करने के लिए नयी जगह घूमना फ़ायदेमंद होता है।

सफ़र या यात्रा के दौरान रुपये, गहने, क़ीमती चीज़ें या जान की सुरक्षा हेतु कौन सी सावधानी बरतनी चाहिए इसकी जानकारी होना आवश्यक है।

जगह की जानकारी

जिस जगह पर जाने वाले हैं उस जगह की पूरी जानकारी पहले से पता करके रखें। इससे समस्या हल करना आसान होगा।

जहाँ जाने वाले हैं उस जगह कैसे जाना है, कौन सा रास्ता सुरक्षित है, कौन से वाहन से जाना सुरक्षित होगा, शॉपिंग कहाँ करनी है, वहाँ कौन से ख़तरे हैं, किस जगह चोरी होती है, किस जगह महिला या बच्चों के साथ ग़लत व्यवहार हो सकता है, आपकी पहचान के व्यक्ति कौन हैं, संकट के समय पर आपकी मदद के लिए कौन आ सकते हैं, वहाँ की पुलिस के फ़ोन नंबर क्या हैं, ख़र्च कितना आयेगा आदि की जानकारी पता करनी चाहिए।

वहाँ के रीति-रिवाज़, मौसम, पोशाक, भाषा, भोजन आदि की जानकारी लें। वहाँ ठहरने के लिए सुरक्षित होटल कौन से हैं, सुरक्षित जगह कौन सी हैं, किस वक़्त तक घूमना चाहिए इसकी भी जानकारी रखना ज़रूरी है।

साथ में चीज़ें, सूची, रूटमैप और डायरी

सफ़र में आवश्यक चीज़ों की एक सूची बनायें जैसे आवश्यक रुपये, यात्रा टिकिट, बैंक एटीएम या क्रेडिट कार्ड, मोबाइल फ़ोन, ड्राइविंग लायसन्स, कार के पेपर्स, पहचान पत्र, पासपोर्ट कैमरा, पीने का पानी, खाने की चीज़ें, दवाइयाँ, कपड़े आदि ज़रूरी चीज़ें अपने साथ अवश्य लें।

कार्य की एक सूची के साथ रूटमैप बनायें। पहले किस जगह जाने वाले हैं, कितना समय बिताने वाले हैं, वहाँ क्या करने वाले हैं। वहाँ से आगे कहाँ जाने वाले हैं। इससे वक़्त बचता है।

अपना मोबाइल फ़ोन साथ लेना न भूलें क्योंकि वह आपको संपर्क करने के काम आ सकता है। पुलिस, दोस्त, वकील, रिश्तेदारों के फ़ोन नंबर डायरी में लिखकर साथ रखें और मोबाइल फ़ोन में सेव करें। अगर मोबाइल फ़ोन चोरी हुआ तो डायरी के नंबर से आप संपर्क कर सकते हैं।

घर से बाहर जाने से पहले

किसी अपरिचित व्यक्ति को अपने बाहर जाने की योजना न बतायें। घर के बाहर के क़ीमती सामान घर के अंदर रखें। एलपीजी गैस का वॉल्व सिलिंडर से बंद करें। क़ीमती ज़ेवरात या दस्तावेज़ बैंक लॉकर या किसी रिश्तेदार के पास रखें या घर में छिपाकर रखें। जब आपके साथ ज़्यादा रुपये या क़ीमती ज़ेवरात हों तो विश्वासपात्र व्यक्ति को साथ में रखें।

घर से बाहर जाने से पहले सभी दरवाज़े और खिड़कियाँ अच्छी तरह से बंद करके मज़बूत ताला लगायें। आपके घर एवं दुकान का अलार्म सिस्टम तथा सीसीटीवी चालू रखें। घर तथा दुकान में कम वॉल्टेज वाली एक लाइट चालू रखें और कम आवाज़ वाली धुन या रेडियो चालू रखें। दूध तथा न्यूज़ पेपर को बंद कर दें। अपने नज़दीकी पुलिस स्टेशन के अधिकारी को जानकारी दें। अपने अच्छे पड़ोसी को आप बाहर जा रहे हैं इसलिए घर एवं दुकान पर ध्यान रखने के लिए कहें और उन्हें अपना मोबाइल नंबर दें।

सफ़र पर निकलने से एक घंटे पहले सूची देखें। क्या आपने सभी ज़रूरी चीज़ें साथ ली हैं, यदि नहीं तो अभी ले लें।

अपनी कार से बाहर जा रहे हों तो साथ चल रहे वाहन चालक ने अपना लायसेंस साथ लिया है या नहीं यह सुनिश्चित करें। कार में आवश्यक पेट्रोल या डीज़ल की जाँच कर लें और यदि नहीं है तो भरवा लें। कार में कोई ख़राबी है तो कार मैकेनिक से जाँच करवायें।

नियोजित समय से आधा या एक घंटा पहले घर से निकलें

आपको सफ़र में जितना वक़्त लगने वाला है उस हिसाब से आप जिस समय घर से निकलने वाले हैं उस समय से आधा या एक घंटा पहले निकलें। इससे आप समय पर या पहले पहुँचेंगे। पहले निकलने से सफ़र में जल्दबाज़ी नहीं होती और सफ़र आरामदेह होता है।

बैगेज

यात्रा में कम सामान लें। पीठ पर लटकने वाले या पहियों पर चलने वाले दो या तीन बैग ही लें। बैग हल्के रखें ताकि उठाने में आसानी हो और उठाने वाले भारी बैग ना लें। अपने सामान पर अपने घर का पता ना लिखें। सामान या बैग के अंदर नाम और पते, फ़ोन नंबर की चिट्ठी रखें।

यात्रा टिकिट, क्रेडिट कार्ड, ड्राइविंग लायसेंस, कार के पेपर्स, पहचान पत्र, पासपोर्ट या अन्य दस्तावेज़ की एक रंगीन फ़ोटोकॉपी बैग में रखें। ऑरिजिनल गुम या चोरी हो जाने पर फ़ोटोकॉपी से मदद हो सकती है।

पब्लिक ट्रान्सपोर्ट में सफ़र के दौरान सावधानी

आप सही वाहन में सफ़र कर रहे हैं यह सुनिश्चित कर लें। वाहन चालक से पूछ लें। आप जिस वाहन से यात्रा कर रहे हैं उस वाहन का नंबर, वाहन चालक का नाम, नंबर लिखकर रखें।

यात्रा में दरवाज़े के क़रीब खड़े रहकर यात्रा ना करें। आप गिर सकते हैं या कोई आदमी सामान या गहने चोरी कर सकता है या लूट सकता है। महिलाओं को वाहन चालक, पुलिस या दूसरी महिला या पहचान वाले व्यक्ति के पास बैठना या खड़े रहना चाहिए। अपने आस-पास के लोगों को देखें, उनकी हरकतों पर ध्यान दें। उनकी पहचान याद रखने की कोशिश करें।

अपरिचित व्यक्ति से खाने की चीज़ें न लें। किसी अपरिचित चीज़ को न छुएँ, उसमें बॉम्ब हो सकता है और इसकी जानकारी तुरंत पुलिस को दें। ख़तरा लगे तो आप सुरक्षित जगह उतरें और दूसरे वाहन से आगे की यात्रा करें।

रुपये और गहनों की सुरक्षा के लिए

ज़्यादा भीड़ वाली जगह जैसे यात्रा, टॉकीज़, मंदिर, रेल्वे स्टेशन, बस स्टॉप, बस या ट्रेन में आपके रुपये, गहने की चोरी, जेब कटने की संभावना अधिक होती है। इससे बचने के लिए सफ़र में दूसरों को दिखाई दें इस प्रकार से अधिक क़ीमती ज़ेवरात न पहनें। गले की चेन चोरी करने में सबसे आसान होती है। किसी को दिखे इस तरह इसे न पहनें। आस-पास में कौन बैठा है या खड़ा है यह ग़ौर से देखें और उनकी पहचान याद रखने की कोशिश करें। बेवजह किसी से बहस या झगड़े को टालना चाहिए।

महिलायें रुपये या गहने ब्लाउज़ या अंदरूनी जेब या पेंट के आगे की जेब में रखें। पुरुष हमेशा ही जेब में रुपये ना रखें तो अच्छा है। वे पेंट के आगे की या अंदरूनी जेब में पैसे रखें। रुपये ज़्यादा हैं तो थोड़े-थोड़े दो-तीन जेब में रखें। सफ़र के वक़्त पहनने वाले कपड़ों में दो-तीन अंदरूनी जेब बना लेना अच्छा होता है। हो सके तो डुप्लीकेट गहने पहनें। सुनसान क्षेत्र में शाम के समय अकेले सफ़र न करें। पहचान वाले व्यक्ति को साथ लेना चाहिए।

महिलाओं को बटन या चेन वाले पर्स या बैग का इस्तेमाल करना चाहिए, कुछ रुपये पर्स या बैग में रखें बाक़ी रुपये तथा क़ीमती ज़ेवर पुरुष

के पास रख दें। दूसरे के सामने मोटी रक़म ना गिनें।

अपना सामान अपने पास ही रखें। आस-पास के लोगों को ग़ौर से देखें। यात्रा में रात में सोने से पहले अपने सामान को मज़बूत जगह पर चेन और ताला लगायें। उस पर ध्यान रखें। दूसरों से बेवजह झगड़ा ना करें। दूसरे व्यक्ति के सामने क़ीमती चीज़ों या रुपये वाला बैग ना खोलें। अपरिचित पुरुष या स्त्री को अपने बारे में अधिक जानकारी ना दें। रात को सोते वक़्त रुपये, एटीएम कार्ड, गहने और छोटी क़ीमती चीज़ें पेंट या शरीर के कपड़ों के अंदर की जेब में रखें।

चोरी हो जाती है तो तुरंत निकटस्थ पुलिस स्टेशन या पुलिस कंट्रोल रूम और पहचान वाले पुलिस अधिकारी को ख़बर करें और चोरी हुये सामान की और संदिग्ध व्यक्ति की पूरी जानकारी दें।

बैग, पर्स, पार्क किये गये वाहन में एक मोबाइल फ़ोन रखें। मोबाइल फ़ोन के आईएमईआई नंबर से उसे ढूँढ़ना पुलिस के लिए आसान होता है।

संदिग्ध व्यक्ति से सावधानी

किसी से आपको डर लगता है तो उसके पास या संदिग्ध व्यक्ति के पास ना रुकें। वहाँ से दूर सुरक्षित जगह जायें या किसी को पास बुलायें या सीट बदल दें। अच्छे व्यक्ति, परिवार वाले व्यक्ति या पुलिस या लोकसेवक या दुकानदार से पता पूछें या कुछ जानकारी लें।

संदिग्ध व्यक्ति से सलाह ना लें, वह आपको ग़लत जानकारी दे सकता है। जहाँ आप उतरने वाले हैं उस जगह आपको लेने के लिए किसी को बुलायें।

संदेह वाला या अनजान व्यक्ति आपको खाने या पीने की चीज़ें देता है तो मना कर दें और उन चीज़ों को न खायें। खाने-पीने की चीज़ें अच्छी दुकान से ही लें। एटीएम केबिन से बाहर निकलते वक़्त कोई आप पर नज़र नहीं रखे है यह सुनिशिचित कर लें।

पैदल चलते वक़्त सावधानी

रास्ते पर पैदल चलते वक़्त तथा रास्ता पार करते वक़्त थोड़ा रुककर रास्ते के चारों तरफ़ देखें, वाहन आ रहा है तो रुकें। जब वाहन न हों तब रास्ता

पार करें। चलते वक़्त मोबाइल फ़ोन या इयरफ़ोन का इस्तेमाल न करें। फ़ोन पर बातें करना है तो रास्ते से दूर जाकर बातें करें, क्योंकि रास्ते पर चलते या रास्ता पार करते वक़्त बहुत सी जानें जाती हैं। अपनी क़ीमती जान को दाँव पर न लगायें।

वाहन दुर्घटना से बचना

अपना वाहन हमेशा नियंत्रित रफ़्तार से ही चलायें। ख़तरनाक ओवरटेक टालना अच्छा है। कार में सीट बेल्ट और मोटार साइकिल पर हेलमेट ज़रूर पहनें। हो सके तो रात के वक़्त सफ़र न करें। आप जिस वाहन में बैठे हों वह वाहन चालक अगर ज़्यादा तेज़ रफ़्तार से वाहन चलाता है तो उसे चेतावनी दें और रफ़्तार कम करने के लिए कहें। अन्य यात्रियों की मदद लें। अगर वह रफ़्तार कम नहीं करता है और आपको ख़तरा लगता है तो आप वाहन रुकवाकर सुरक्षित जगह पर उस वाहन से उतर जायें।

रात एक बजे से सुबह छह बजे के दौरान सफ़र करना जानलेवा हो सकता है क्योंकि इस समय चालक को नींद आने की संभावना होती है। हादसे के वक़्त मदद मिलने में देरी होती है। इसलिए अत्यंत आवश्यक न हो तो इस समय के दौरान सफ़र न करें।

जिस महामार्ग से जा रहे हों उस महामार्ग पुलिस के सहायता फ़ोन नंबर लिख लें। संकटकाल में कॉल करें।

वाहन चालक को सूचना

वाहन चालक ने अपना लायसन्स, वाहन के पेपर्स साथ लिए हैं यह सुनिश्चित कर लें। मोटर वाहन नियमों का पालन करें। ज़्यादा तेज़ रफ़्तार से वाहन न चलायें और दुर्घटना वाले रास्ते पर ज़ुबान न लड़ायें, गाने न सुनें, मोबाइल फ़ोन पर बात न करें, नींद आने पर बतायें, वाहन चालक शराब पीकर या नशे में वाहन न चलाये ऐसी चेतावनी दें। अगर चालक नशे में है तो आप उसे वाहन चलाने न दें या आप उस वाहन में ना बैठें।

आप पार्टी में शराब पीने वाले हैं तो आप वाहन न चलायें दूसरा चालक साथ लें और उसे वाहन चलाने दें। शराब पीकर वाहन चलाना अपराध है और जानलेवा भी है।

अनजान क्षेत्र में संदिग्ध व्यक्ति को अपनी कार में लिफ़्ट न दें क्योंकि वह आदमी चोर हो सकता है।

कार या वाहन में एक हॉकी स्टिक रखें। जब कोई हमला करे तब जान बचाने के काम आ सकती है। सामान सुरक्षित जगह रखें और सुरक्षित जगह पर ही ठहरें जैसे सरकारी दफ़्तर के पास या पुलिस चौकी के पास या अच्छे लोगों के पास।

महिला और बच्चों को सतर्क करना

महिला के ज़ेवर या पर्स चोरी हो सकते हैं या उनसे छेड़छाड़ हो सकती है। बच्चे बिछड़ सकते हैं या तो उनका अपहरण हो सकता है। बच्चों पर विशेष ध्यान दें। वो आपके पास ही रहें और अकेले कहीं न जायें इसकी चेतावनी पहले ही दे दें।

सफ़र के दौरान बच्चों की जेब में एक चिट्ठी रखें। उस पर अपना नाम, पता और संपर्क के चार-पाँच नंबर लिखें। हो सके तो बच्चों के पास एक मोबाइल फ़ोन रखें। बच्चों को बतायें कि अगर वे गुम गये तो पुलिस के पास जायें या किसी बड़ी दुकान में जाकर आपसे संपर्क करें और आपके आने तक वहीं रुकें।

चोर की चालाकी से सावधानी

चोर आपके पास भीड़ जमाकर या आपसे किसी बात पर झगड़ा शुरू करके आपका ध्यान कहीं और खींचकर आपके रुपये या गहने चोरी करते हैं। इसलिए यात्रा में बिना वजह किसी से अधिक बहस न करें।

चोर आपको ज़हर या नशीली चीज़ें खिलाकर बेहोश करके आपके रुपये या गहने चोरी कर सकता है या बच्चों का अपहरण कर सकता है। इसलिए संदिग्ध या अनजान व्यक्ति के पास से खाने की चीज़ें न लें।

सुनसान रास्ते पर चोर आपके वाहन में लिफ़्ट माँगता है और कुछ देर बाद आपको डरा-धमकाकर लूटपाट करता है। रात के वक़्त चोर हमला करके लूटपाट करते हैं। मोटर साइकिल से आकर पर्स छीनकर भाग जाते हैं। चोर आपसे चंदा माँगने के बहाने या लिफ़्ट लेने के बहाने आपको रोककर आपके गले की चैन या ज़ेवर या चीज़ें चुरा सकते हैं।

चोर कभी आप पर थूककर या गंदा पानी डालकर बताते हैं कि आपके कपड़े गंदे हो गये हैं तब आप बैग नीचे रखते हैं और उसी वक़्त चोर वह बैग उठाकर भाग जाते हैं। इसलिए सुरक्षित जगह आने तक रुकें नहीं।

रुपये या ज़ेवरात लेकर आप जा रहे हैं तो कोई आपके पास रुपये गिराकर वह नोट आपका है यह बताता है या आपकी कार में कुछ ख़राबी है या सामने पुलिस सामान चैक कर रही है ऐसा बताकर आपका ध्यान दूसरी तरफ़ खींचता है और उसी वक़्त वह आदमी या उसका दूसरा साथी आपके रुपये या ज़ेवरात चुराकर ले जाता है। इसलिए ऐसी वारदातों के वक़्त सतर्क रहें और दूसरों को भी सावधान करें।

रास्ते में बूढ़ी महिलायें देखकर चोर उन्हें आगे पुलिस गहने चैक कर रही है ऐसा बताकर गहने अपने पास रखते हैं या रुमाल में बाँधते हैं और गहनों के साथ भाग जाते हैं।

वाहन चोरी रोकना

आप अपने वाहन से सफ़र कर रहे हों तो सुरक्षित वाहन पार्किंग में ही वाहन पार्क करें। चालक को वाहन में या पास रहने की चेतावनी दें। नहीं तो वाहन चोरी हो सकता है।

14

सुरक्षित वाहन चलाना और दुर्घटना से बचाव

कमांडर ने वाहन दुर्घटना संबंधी सवालों पर चिंता व्यक्त करते हुए गंभीर भाव से विस्तार से समझाया कि वाहन दुर्घटना में दुनिया भर में भारत में सबसे ज़्यादा लोगों की मृत्यु होती है। भारत में क़रीब एक लाख लोग हर वर्ष वाहन दुर्घटना में दम तोड़ देते हैं। इसमें बच्चों से लेकर बूढ़ों तक का समावेश होता है। हर वाहन चालक यदि नियंत्रित तरीक़े से वाहन चलाये और कुछ सावधानियाँ बरते तो नब्बे प्रतिशत वाहन हादसे टाले जा सकते हैं। जिससे हज़ारों मासूम लोगों की जानें बच सकती हैं। इसलिए खुद सुरक्षित रहें और दूसरों को सुरक्षित रखें। आप किसी की मौत के निमित्त नहीं बनेंगे इस बात को ध्यान में रखें।

वाहन दुर्घटना मानव द्वारा निर्मित की हुयी समस्या है। इसका इलाज भी चालक के हाथ में है। बस ज़रूरत है समझदारी और सावधानी बरतने की।

वाहन हादसों की वजह से परिवार के सदस्यों की आँख से नींद उड़ जाती है। दुर्घटना से परिवार पर आसमान टूट पड़ता है। वाहन दुर्घटना में किसी के शरीर को चोट पहुँचती है। उसके इलाज के लिए बहुत सारे रुपये ख़र्च करने पड़ते हैं। शरीर को चोट की वजह से कोई अपाहिज़ हो जाता है, किसी का हाथ या पैर काटना पड़ता है। फिर उसे पूरी ज़िंदगी हाथ या पैर के बगैर रहना पड़ता है। किसी की आँख चली जाती है, तो कोई ज़िंदा तो रहता है पर ढंग से जी नहीं सकता। जब वाहन हादसे में किसी व्यक्ति की मृत्यु हो जाती है तो उसके माता-पिता, भाई, बहन, पत्नी, बच्चे या दोस्त को भारी क्षति होती है। मरने वाला अगर घर का मुख्य व्यक्ति हो और कमाई

का कोई दूसरा साधन ना हो तो परिवार पर बहुत बड़ी मुश्किल आ जाती है। जिससे उभरना आसान नहीं होता। अगर मरने वाला बच्चा या जवान लड़का या लड़की हो तो माता-पिता के जीवन का आधार चला जाता है। उनकी अपेक्षा पर पानी फिर जाता है।

ऐसे हादसों से निबटने की तैयारी करके रखनी चाहिए। एक-दो लाख रुपये बैंक में सेव करके रखें। अचानक समय पर ज़रूरत पड़े तो एक-दो लाख रुपये तक उधार मिल सकें या खुद आकर ख़र्च करें ऐसे रिश्तेदार या दोस्त से पहले ही अच्छे संबंध बनाकर रखें। इस विषय में खुली बात करके रखें। एक-दूसरे को संकटकाल में तुरंत मदद करनी चाहिए। यह बात परिवार के सदस्यों को भी बताकर रखें क्योंकि उन्हें भी मालूम रहे कि सहायता किससे माँगनी है।

लंबी दूरी पर जाना है तो पब्लिक ट्रान्सपोर्ट से जायें या अच्छे कार चालक से कार चलवायें। मोटर साइकिल पर हेलमेट ज़रूर पहनें।

वाहन हादसे के कारण

तेज़ रफ़्तार से गाड़ी चलाना, उतावलेपन से या शरारती तरीक़े से वाहन चलाना, शराब पीकर वाहन चलाना, मोबाइल फ़ोन पर बातें करते हुए वाहन चलाना, रास्ते पर दौड़ लगाना, नींद के वक़्त वाहन चलाना, ओवरलोड माल भरा वाहन चलाना, वाहन का इंजन या हिस्से सही न होना, वाहन चलाने के प्रशिक्षण के बगैर वाहन चलाना, अठारह वर्ष से कम उम्र के लड़कों का गाड़ी चलाना, रास्ते की ख़राब हालत आदि वाहन हादसे के कारण होते हैं। इनमें ज़्यादातर वाहन चालक के नियंत्रण में ही हैं।

वाहन हादसे टालने के लिए उपाय

सड़क की स्थिती सुधारना

जब रास्ते की हालत अत्यंत ख़राब हो तब वाहन दुर्घटना के आसार ज़्यादा होते हैं। लोक निर्माण विभाग या संबंधित सरकारी प्रशासन को सड़कों की मरम्मत करनी चाहिए। ज़रूरी निशान, सूचना बोर्ड लगाने चाहिए। बस्ती के ज़्यादा आवाजाही वाले कुछ रास्तों पर कुछ समय के लिए भारी वाहनों का यातायात रोकना चाहिए।

वाहन की स्थिती

वाहन चलाने के पहले वाहन का निरीक्षण करें। हो सके तो मैकेनिक से जाँच करवायें। वाहन में पर्याप्त ईंधन हो। वाहन शुरू करके देखें कि इंजन सही से काम कर रहा है या नहीं। आवाज़ में कुछ नयापन तो नहीं है।

गाड़ी के हिस्से, पहिये, टायर सही स्थिती में हों, ब्रेक ठीक से काम कर रहे हों, टायर प्रेशर, ईंधन टंकी ठीक है यह सुनिश्चित करें। गाड़ी की सभी लाइट जैसे आगे वाली, पीछे वाली, साइड इंडीकेटर ठीक से चल रहे हों यह देख लें। वाहन के आगे, पीछे लाल रंग के रिफ़्लेक्टर लगायें। हॉर्न ठीक है यह जाँच लें। वाहन में अलार्म सिस्टम लगायें तथा सेटेलाइट व्हीकल ट्रैकिंग सिस्टम लगायें। बारिश के समय विंडशील्ड वाइपर ठीक काम कर रहे हैं यह सुनिश्चित करें।

नियमित रूप से और समय पर इंजन तथा वाहन की मरम्मत करें ताकि रास्ते पर वाहन अचानक बंद ना पड़े। साथ में पानी, फुट एयर पंप, टूल किट, मैकेनिक, स्टेपनि रखें। जिस जगह जा रहे हों वहाँ के दो-तीन मैकेनिक के फ़ोन नंबर अपने पास रखें। ताकि वाहन ख़राब होने पर मदद ली जा सके।

वक़्त से आधा या एक घंटा पहले घर से निकलें

सफ़र में जितना वक़्त लगने वाला है उस हिसाब से जिस वक़्त पर घर से निकलने वाले हैं उस वक़्त से आधा या एक घंटा पहले निकलें। इससे आप वक़्त पर आराम से पहुँचेंगे। कहीं बाहर जाते वक़्त हमेशा नियोजित वक़्त से आधा या एक घंटा पहले निकलने की आदत डालें। जल्दबाज़ी में वाहन चलाने से दुर्घटना हो सकती है।

ट्रैफ़िक या ख़राब रास्ते की वजह से कहीं पहुँचने में आधा या एक घंटा देरी भी होती है तो भी चिंता की बात नहीं क्योंकि आपकी जान आपके और आपके परिवार के लिए क़ीमती है। उसे बचाना पहला कर्तव्य होता है यह याद रखें। दुसरों के कहने पर न जायें।

वाहन दुर्घटना से बचना

सबसे पहली बात है कि हमेशा सतर्क रहकर नियंत्रित रफ़्तार से या धीरे से वाहन चलायें, दूसरी कि ओवरटेक ना करें और तीसरी कि नशे में या

नींद के वक़्त वाहन ना चलायें। इन बातों से ज़्यादातर वाहन हादसे टाले जा सकते हैं।

कार में सीट बेल्ट पहनें। कार चलाते वक़्त चालक तथा सभी बैठे लोगों को सीट बेल्ट लगाने चाहिए। सभी दरवाज़े तथा खिड़कियाँ बंद रखें। कार में बच्चों को पीछे की सीट पर बिठायें। बच्चों को चालक के पास की सीट पर न बिठायें क्योंकि बच्चों की हरकतों से चालक का ध्यान दूसरी तरफ़ जा सकता है।

आप जिस वाहन में बैठे हों वह वाहन चालक अगर ज़्यादा तेज़ रफ़्तार से वाहन चलाता है तो उसे चेतावनी दें और रफ़्तार कम करने के लिए कहें। हादसे की संभावना है तो वाहन रुकवाकर नीचे उतर जायें।

अठारह वर्ष से कम उम्र के व्यक्ति या जिसके पास ड्राइविंग लायसन्स नहीं है या जिसे वाहन ठीक से चलाना नहीं आता उसे अपना वाहन चलाने ना दें और उसके वाहन में आप ना बैठें।

कई बार रास्ते की हालत देखकर रफ़्तार नियंत्रित रखना ज़रूरी है। बारिश के मौसम में रास्ते पर गड्ढे होते हैं ऐसे में वाहन धीरे चलाना चाहिए। रास्ते की स्थिती या रफ़्तार के बारे में ट्रैफ़िक सूचना या साइन बोर्ड देखें जैसे दुर्घटना क्षेत्र, स्कूल, गति सीमा आदि और उनका उल्लंघन न करें।

क्रॉसिंग या टर्निंग पर गाड़ी धीमी गति से चलायें, हैड लाइट चालू रखें, सिग्नल दें और हॉर्न बजायें। रास्ते की लेन बदलते समय सिग्नल अवश्य देना चाहिए। ख़राब मौसम में वाहन धीरे चलायें। जिस गाड़ी का इंजन चालू है ऐसी गाड़ी के पीछे अपनी गाड़ी खड़ी नहीं करनी चाहिए।

पैदल चलने वाले लोग तथा बच्चों को रास्ता पहले देना चाहिए। वाहन चलाते वक़्त चालक को किताब या समाचारपत्र या लेख नहीं पढ़ना चाहिए। ज़्यादा आवाज़ में गाने न सुनें। मोबाइल फ़ोन पर बात न करें। हो सके तो रात के वक़्त सफ़र न करें।

वाहन चालक को सूचना

वाहन चालक को अपना लायसेंस, गाड़ी के पेपर साथ रखने चाहिए। चालक को यातायात के नियमों का तथा पुलिस के निर्देश तथा ट्रैफ़िक संबंधी सूचनाओं का पालन करना चाहिए। अपनी सीट पर किसी को बैठने न दें क्योंकि वाहन चलाने में दिक़्क़त पैदा होने के कारण वाहन पर नियंत्रण

खो सकता है। कहीं रुकने के बाद वाहन को देखें कि सभी हिस्से, लाइट, रिफ़्लेक्टर सही हैं।

रास्ते के बायीं तरफ़ से वाहन चलायें। फ़ोन पर बात करना है, पानी पीना है, दिशा पूछना है तो वाहन रोककर यह कार्य करें। सड़क पर पार्किंग ना करें।

चालक का ध्यान

चालक का ध्यान वाहन चलाने के बजाय दूसरी तरफ़ जाना और नियंत्रण खो देना यह एक वाहन हादसे का महत्त्वपूर्ण कारण है। चालक फ़ोन पर बातें न करें। दूसरी बातों के बारे में न सोचें। चालक का पूरा ध्यान हमेशा वाहन के आगे, रियर और साइड मिरर पर होना चाहिए। आगे, पीछे और आस-पास के वाहन पर नज़र होनी चाहिए। दुर्घटना वाले रास्ते पर ज़ुबान ना लड़ायें और सावधानी से वाहन चलायें।

ओवरटेक से सावधानी

ज़्यादातर हादसे ओवरटेक करते वक़्त होते हैं क्योंकि इस वक़्त वाहन की रफ़्तार ज़्यादा रहती है और नियंत्रण समय पर नहीं होता या वाहन को बचाने के लिए जगह नहीं रहती। भारी और तेज़ रफ़्तार वाले वाहन से बचें। उसे ओवरटेक करने की कोशिश ना करें या ज़्यादा नज़दीक ना जायें। बचने के लिए सामने वाले वाहन से कुछ अंतर रखकर ही अपना वाहन चलायें। जिन्हें जल्दी जाना है उन्हें आगे जाने दें।

पूरा रास्ता खुला है और आगे वाला वाहन धीरे चल रहा है और सामने या पीछे से कोई वाहन नहीं आ रहा है तभी हॉर्न और सिग्नल देकर, हैड लाइट चालू करके ओवरटेक करें।

सड़क पर रेस ना लगायें, ओवरटेक करने की कोशिश ना करें। दूसरा वाहन आपके नज़दीक आये तो लाइट डिम करें वरना दूसरे चालक को रास्ता नहीं दिखेगा।

ऐसी स्थिती में वाहन न चलायें

वाहन चालक को शराब पीकर वाहन नहीं चलाना चाहिए क्योंकि वाहन पर नियंत्रण नहीं रहता और हादसा हो सकता है। अगर चालक की मानसिक

स्थिती ठीक नहीं है, वह किसी तनाव में है, मौसम ख़राब है तो वाहन नहीं चलाना चाहिए। अगर उम्र अठारह साल से कम है या उसे वाहन ठीक से चलाना नहीं आता है तो वाहन चलाने न दें। जब चालक को नींद आ रही है या तबीयत ठीक नहीं है तब वाहन नहीं चलाना चाहिए। कहीं रुककर नींद लेनी चाहिए और फिर वाहन चलाना चाहिए। रात दो से छह बजे कार या बाइक नहीं चलानी चाहिए, इस वक़्त ज़्यादा वाहन हादसे होते हैं और मदद नहीं मिलने से ज़ख़्मी व्यक्ति दम तोड़ देते हैं।

मोटर साइकिल चालक के लिए सावधानी

वाहन हादसों में साइकिल, मोटर साइकिल या बाइक पर बैठे लोगों के सिर पर हुई चोट के कारण अधिकतर व्यक्तियों की मृत्यु होती है। मन में ठान लें कि हेलमेट पहने बिना मोटर साइकिल नहीं चलाना है। अगर आप पीछे बैठै हों तो भी हेलमेट पहनें। पार्किंग के बाद लॉक से हेलमेट मोटर साइकिल हैंडल से लॉक कर सकते हैं।

मोटर साइकिल चलाते वक़्त सभी हिस्से, पेट्रोल, साइड मिरर, ब्रेक, टायर की हवा चैक कर लेनी चाहिए। चालक अपनी सीट पर आराम से बैठे। एक हाथ से वाहन न चलायें। साइड स्टैंड खुला नहीं है इसकी जाँच करें। पेट्रोल टंकी पर बच्चों को न बिठायें क्योंकि आगे के वाहन दिखने में मुश्किल होती है। पीछे अगर महिला बैठी है तो पैर या साड़ी, कपड़ा पीछे के पहिये में न आ जाये इस पर ध्यान दें।

रास्ते की बायीं तरफ़ चलें। ओवरटेक करने से बचें। मोटर साइकिल चालक को रोड क्रॉसिंग के समय पैदल वाले या दूसरे वाहनों को रास्ता देना चाहिए। किसी वाहन का पीछा करने या रेस लगाने की ग़लती न करें वरना यह जानलेवा हो सकता है। शराब पीकर या ट्रिपल सीट न चलायें इससे वाहन पर नियंत्रण नहीं रहता। पगडंडी यानी फुटपाथ पर से मोटर साइकिल न चलायें। चालक किसी तेज़ चलने वाले वाहन को न पकड़े। मोड़ पर वाहन धीरे चलायें, दोनों ब्रेक एक साथ लगायें। मोटर साइकिल चालक चालीस से साठ किमी प्रति घंटा की गति से ही चलें तो नियंत्रण अच्छा होता है।

रात के वक़्त अकेले मोटर साइकिल न चलायें। मोटर साइकिल चलाते वक़्त पीछे किसी को साथ बिठाना चाहिए। रात के वक़्त लाइट चालू रखें।

रफ़्तार पर नियंत्रण रखें

कहते हैं दुर्घटना से देर भली। किसी को तेज़ रफ़्तार से वाहन चलाने की ख़ुमारी चढ़ जाती है। क्या आपकी जान क़ीमती नहीं है। यदि है तो तेज़ रफ़्तार से वाहन न चलायें। याद रखें कि इससे मृत्यु हो सकती है या अपाहिज़ हो सकते हैं। वाहन को भी क्षति पहुँचती है।

कार या गाड़ी चलाते वक़्त नियंत्रित रफ़्तार से चलायें ताकि आप वक़्त पर रुक सकें। सामने वाले वाहन से आप सुरक्षित दूरी रखें ताकि अगर सामने वाला वाहन अचानक रुक जाये तो आपका वाहन आप रोक सकें। रास्ते पर अचानक न रुकें। रफ़्तार कम करके बायीं तरफ़ वाहन लेकर रुकें। ज़ेब्रा क्रॉसिंग पर स्पीड कम करें या रुक जायें।

परमिट से अधिक माल ना भरें या यात्री ना बिठायें

आरटीओ कार्यालय से जारी वाहन परमिट से अधिक माल या सामान ना भरें इससे ओवरलोड वाहन का वज़न बढ़कर इंजन पर असर होता है। ऐसे चालक को वाहन नियंत्रित करने में परेशानियाँ हो सकती हैं और हादसे में जान या माल एवं वाहन का नुक़सान हो सकता है।

यात्री वाहन में परमिट की संख्या से अधिक यात्रियों को नहीं बिठाना चाहिए। चालक की सीट पर यात्री को न बिठायें। इससे चालक के लिए वाहन नियंत्रण करना मुश्किल होता है और हादसे होते हैं।

अधिक माल भरना या यात्री बिठाने पर पुलिस कार्यवाही तथा जुर्माना हो सकता है। कुछ चालक अपने लाभ के लिए मालिक को पूछे बिना रास्ते में ज़्यादा माल भरते हैं या अधिक यात्री बिठाते हैं। वाहन मालिक को हमेशा माल या यात्री वाहक वाहन के चालक पर देखरेख करनी चाहिए और ऐसा नहीं करने की चेतावनी चालक को देनी चाहिए। लेकिन कई बार मालिक लालच में आकर ख़ुद ऐसे कार्य चालक से करवाते हैं। जिससे वे दूसरों की जान से खेलते हैं। इस बात पर वाहन मालिकों को ध्यान देना ज़रूरी है।

बीमा पॉलिसी निकालें

दुर्घटना में होने वाले जान और वाहन के नुक़सान की क्षतिपूर्ती करने वाली वाहन की बीमा पॉलिसी निकालें। पॉलिसी की अवधि पूरी होने से पहले रिन्यू करें। जो व्यक्ति हमेशा वाहन चलाते हैं या सफ़र करते हैं उन्हें भी अपने

जीवन की बीमा पॉलिसी निकालनी चाहिए। नुक़सान होने पर बीमे की रक़म का दावा करें।

वाहन हादसा होने पर

किसी वाहन ने आपके वाहन का नुक़सान किया तो नंबर लिखकर रखें और पुलिस को ख़बर दें या शिकायत लिखवायें। पुलिस आपकी शिकायत पर क़ानूनी कार्यवाही करेगी लेकिन उसी जगह झगड़ा न करें।

क़रीबी रिश्तेदार, दोस्त, पुलिस कंट्रोल रूम, ट्रैफ़िक पुलिस, निकटस्थ पुलिस स्टेशन, पुलिस थाना मुख्य अधिकारी तथा थाना मुख्य अधिकारी के ऊपर के बड़े दो अधिकारियों के नाम एवं मोबाइल नंबर अपनी डायरी में लिखकर रखें और यदि मोबाइल है तो मोबाइल में सेव करें। ख़तरे के समय या संकटकाल में मदद पाने के लिए कॉल करें। चाहे तो 100 नंबर पर कॉल करके पुलिस से सहायता माँगें।

वाहन हादसा या दुर्घटना न हो इसकी पूरी सावधानी बरतें लेकिन वाहन दुर्घटना हुयी तो डरें नहीं क्योंकि यह ज़्यादा गंभीर अपराध नहीं है। हादसे में जिसे चोट लगी हो उस व्यक्ति को तुरंत अस्पताल ले जाना क़ानून के तहत चालक का कर्तव्य है। ज़ख़्मी व्यक्ति को नज़दीकी डॉक्टर के पास ले जायें। आपकी ग़लती हो या न हो आप वाहन हादसे की ख़बर पुलिस को दें। अगर दुघर्टना की जगह अधिक जमाव है और लोगों से आपकी जान को ख़तरा हो सकता है ऐसा लगता है तो वहाँ से भागकर सीधे नज़दीकी पुलिस स्टेशन जायें और जानकारी दें।

अपराध दर्ज होने पर अपने वकील की मदद लें। वाहन हादसे में कोई ज़ख़्मी होता है या किसी की मृत्यु होती है तो भी यह ज़मानतीय अपराध है। इस अपराध में आरोपी चालक को पुलिस स्टेशन से ज़मानत मिल सकती है। वाहन या जीवन बीमा कंपनी अपराध के बारे में पुलिस को लिखित जानकारी दे।

15

वाहन की चोरी से सुरक्षा

कमांडर ने बताया कि जीवन में कार्य, कारोबार की जगह या कुछ चीज़ें ख़रीदने के लिए या रिश्तेदार के यहाँ जाने-आने एवं घूमने-फिरने के लिए सुविधा हो इसलिए हम कार या मोटर साइकिल ख़रीदते हैं। जिनका परिवहन का कारोबार है वे टेम्पो, ट्रक जैसे वाहन का इस्तेमाल करते हैं। सवारी परिवहन या यात्रा का धंधा करने वाले ऑटो, टैक्सी या बस रखते हैं। ज़्यादातर वाहन मालिक मेहनत करके बचाये हुये रुपये लगाकर या क़र्ज़ लेकर वाहन ख़रीदते हैं। मेहनत करके हर माह वाहन क़र्ज़ की क़िश्त अदा करते हैं। वाहन से मिली आमदानी से परिवार का पालन-पोषण करते हैं। हर मालिक के लिए उनका वाहन क़ीमती होता है।

गाड़ी चोरी न हो इसके लिए सुरक्षा इंतज़ाम बहुत ज़रूरी हैं लेकिन मालिक परवाह नहीं करते हैं। जब गाड़ी चोरी हो जाती है तो बहुत बड़ी मुसीबत आ जाती है। कई बार ऐसे चोरी किये वाहन अपराध करने के लिए इस्तेमाल किये जाते हैं। जिसे पुलिस ज़ब्त करती है। चोरी हुआ वाहन कभी वापस मिलता है और कभी मिलता भी नहीं है। मिला तो कुछ हिस्से नहीं रहते। चोरी हुआ वाहन ढूँढ़ने में और वापस लेने में पैसे ख़र्च करने पड़ते हैं। इसलिए वाहन चोरी ना हो इसके लिए हरेक को सतर्क रहकर सावधानी के उपाय करने होंगे। कमांडर की यह बातें सभी को पसंद आयीं। आगे की बातें भी लोगों ने ध्यान से सुनीं।

वाहन चोरी होने की जगह

उस हर जगह के बारे में जानकारी रखें जहाँ से वाहन चोरी होते हैं। जैसे आम रास्ता, आम जगह, पार्किंग स्थल, वाहन का गोडाउन, मकान का

कम्पाउंड, सुनसान जगह आदि। ऐसी जगह बिना सुरक्षा के वाहन पार्क न करें।

वाहन की पहचान

अगर नंबर प्लेट निकाली जाये तो आप अपना वाहन कैसे पहचानेंगे? गाड़ी की पहचान के लिए नंबर प्लेट के अलावा बॉडी पर सामने और पीछे पेंट से वाहन आरटीओ नंबर लिखें या छोटा चित्र निकालें या नाम लिखें या रेडियम चिपकायें या वाहन के विन्डो ग्लास पर नंबर अंकित करें। चोर वाहन चोरी करने के बाद नंबर प्लेट निकालकर फेंक देते हैं। कभी-कभी नंबर का कोई अंक बदल देते हैं।

वाहन के पहिये व बैटरी पर पहचान के लिए नाम लिखें या निशान लगायें।

वाहन में सुरक्षा सुविधा

वाहन का लॉक दूसरे वाहन की चाबी से खुलने वाला न हो। वाहन में जीपीएस व्हीकल ट्रैकिंग सिस्टम लगायें। इससे वाहन की लोकेशन मालूम हो सकती है। वाहन में अलार्म सिस्टम लगायें इससे अगर किसी ने वाहन को छेड़ा तो ज़ोर से अलार्म या सायरन बजेगा। वाहन में डिटैचबल (अलग होने वाला) म्यूज़िक सिस्टम लगायें ताकि पार्किंग के बाद आप इसे अपने साथ ले जा सकें। कार के दरवाज़े के काँच टूटे-फूटे न हों और उन्हें हमेशा बंद रखें।

बाज़ार में मिलने वाली नई तकनीक या साधनों का इस्तेमाल करें। कम क़ीमत वाला एक मोबाइल फ़ोन चालू स्थिती में वाहन में हमेशा रखें। उसे गाड़ी से बाहर न निकालें क्योंकि गाड़ी चोरी होती है तो मोबाइल फ़ोन की लोकेशन या कॉल डिटेल से गाड़ी ढूँढ़ने में आसानी होती है।

घर या कंपाउंड में सावधानी

दिन या रात के वक़्त जब हम वाहन घर के कंपाउंड में पार्क करते हैं तब लॉक करके चाबी अपने साथ रखें। कंपाउंड का गेट मज़बूत हो और रात के वक़्त उसे मज़बूत ताला लगायें। उस जगह रात में प्रकाश की व्यवस्था करें। अगर गैराज है तो वाहन रखने के बाद गैराज के दरवाज़े पर मज़बूत लॉक लगायें।

रात में वाहन कंपाउंड दीवार के बाहर या आम रास्ते पर पार्क ना करें। खुली जगह या कंपाउंड में वाहन पार्क करते हों तब बाहर से दिखाई

देने वाली क़ीमती चीज़ें वाहन में न रखें।

अगर मोटर साइकिल है तो हैंडल लॉक के अलावा दोनों पहियों में पाइप ताला लगायें या चैन ताला लगायें ताकि चोरी करना आसान न रहे। अगर पास कोई लोहे का खंभा या ज़मीन में फ़िक्स रॉड है तो उसके साथ बाइक को ताला लगायें। बाइक घर के बाहर रहती है तो दीवार में यू आकार की सलाख़ या रॉड फ़िक्स करके उसे और पहिये को साथ में चैन से ताला लगायें।

ट्रक जैसे बड़े वाहन को खुली जगह में पार्क करते हैं। मालिक ध्यान नहीं देते या चालक को चेतावनी नहीं देते इसलिए चालक जब दूसरे क्षेत्र में जाते हैं तो उन्हें उस क्षेत्र की जानकारी नहीं होती। वो जहाँ जगह मिली वहीं वाहन पार्क करते हैं और रात को सोने के लिए दूसरी जगह चले जाते हैं और वहाँ से वाहन चोरी होते हैं। इसलिए चालक को भारी वाहन को छोड़कर नहीं जाना चाहिए। वाहन बंद करने के बाद चाबी अपने साथ रखनी चाहिए और क्लीनर या दूसरे आदमी को वाहन सुरक्षा के लिए वाहन में ही रखना चाहिए।

आम जगह पर सावधानी

ज़्यादातर वाहन आम जगह से चोरी होते हैं। इसलिए ज़्यादा समय के लिए आम जगह पर वाहन पार्क न करें। अगर नज़दीक में पेड पार्किंग नहीं है तब जहाँ अधिक लोग आते-जाते हैं, अच्छा प्रकाश है या सीसीटीवी लगा है ऐसी जगह पर पार्किंग करें। किसी पहचान वाले दुकानदार की दुकान के सामने वाहन पार्क करें और उसे ध्यान रखने के लिए कहें। आप नज़दीक हैं तब वाहन पर ध्यान रखें या एक व्यक्ति वाहन के पास रुके। कार पार्क करने के बाद सभी दरवाज़े और खिड़कियाँ बंद करके लॉक करें। चाबी अपने पास रखें। मोटर साइकिल या बाइक चलाने वाले पार्किंग करने के वक़्त हैंडल लॉक करें और साथ ही एक चैन या यू पाइप से आगे या पीछे के पहिये को बॉडी के साथ लॉक करें। इससे वाहन चोरी करना आसान नहीं होगा।

वाहन कहाँ पार्क करें

हमेशा सुरक्षित जगह पर वाहन पार्क करना चाहिए। भीड़ वाले रास्ते या बाज़ार की जगह पर जहाँ आपके वाहन की देख-रेख करने वाला कोई नहीं

हो ऐसी जगह वाहन पार्क न करें। सीसीटीवी या चौकीदार है ऐसी पेड पार्किंग की जगह पर वाहन पार्क करना सुरक्षित होता है। जहाँ चौकीदार है उस कंपाउंड में वाहन पार्क करें। आप वाहन से नज़दीक हैं और ध्यान रख सकते हैं तभी वाहन आम जगह पार्क करें।

पार्किंग में वाहन चोरी से सावधानी

चौकीदार या देख-रेख करने वाले व्यक्ति हैं ऐसी जगह पर ही वाहन पार्क करें। पार्किंग में कार के ग्लास हमेशा पूरे बंद करें और वाहन लॉक करें। इग्निशन चाबी अपने साथ रखें। पार्किंग की जगह पर वाहन पार्क करने पर उसे चाबी न दें। अगर सुरक्षित जगह है तो वाहन पार्क करने तक ही सिर्फ़ वाहन चालू करने की चाबी दें और बाद में वापस ले लें। चालक है तो वह पास खड़े रहकर वाहन की देख-रेख करे।

वाहन सुरक्षा के लिए चौकीदार रखें

आम रास्ते पर या एक जगह अधिक वाहन पार्किंग करते हैं तो सभी मालिक मिलकर वाहनों की सुरक्षा के लिए दिन और विशेषतः रात के समय के लिए चौकीदार रखें। चौकीदार नहीं है तो चालक एक-एक करके एक रात को सुरक्षा करें। इससे वाहन चोरी होने के आसार कम होंगे।

पार्क की हुई गाड़ी के पास कोई व्यक्ति संदेह की स्थिती में दिखता है तो तुरंत पुलिस को जानकारी दें। ज़्यादा वाहन पार्किंग के स्थान पर एक रजिस्टर रखें और नज़दीकी पुलिस को नियमित गश्त करने का अनुरोध करें।

पुराने या सैकंडहैंड वाहन ख़रीदते समय सावधानी

वाहन चोरी करने के बाद वाहन चोर उस वाहन को किसी मैकेनिक या पुराने वाहन बेचने का धंधा करने वाले व्यक्ति को बेचते हैं। ऐसे वाहन सस्ती क़ीमत में बेचे जाते हैं। इसलिए जब आप पुराना वाहन ख़रीद रहे हों तब आप सतर्क रहें। वरना आपका वाहन चोरी का हो सकता है और पुलिस को पता चला तो पुलिस वह वाहन ज़ब्त कर सकती है। ऐसे छल से बचना चाहिए। आपके रुपये भी जायेंगे और वाहन भी जायेगा।

इसलिए पुराने वाहन ख़रीदते समय सतर्कता बरतें। पहचान वाले मालिक से वाहन ख़रीदें। जब आप कोई पुराना या सैकंडहैंड वाहन ख़रीदते

हैं तब वाहन नंबर, मालिक और आरसी बुक, पेपर असली हैं, इंजन, चेसिस नंबर जाँच लें। इसकी जानकारी संबंधित आरटीओ कार्यालय से ज़रूर लें। असली नंबर एवं मालिक की जानकारी सही निकलने के बाद वह वाहन चोरी या गुम हुआ नहीं है यह सुनिश्चित करें। उस पर कोई क़र्ज़ नहीं है यह बेचने वाले मालिक से लिखवाकर लें। सरकारी कार्यालय से जानकारी मिलने के बाद वकील की मदद से क़रारनामा लिखकर लें। रुपये चैक से ही दें। चैक के पीछे व्यवहार लिखें। वाहन ख़रीदने के बाद तुरंत आरटीओ रिकॉर्ड पर आपका नाम दर्ज करने की कार्यवाही करें। ज़रूरी पेपर पर बेचने वाले मालिक के दस्तख़त लें। वाहन की इग्निशन किट, चाबी के साथ बदल लें क्योंकि किसी के पास डुप्लीकेट चाबी हो सकती है।

बीमा पॉलिसी निकालें

वाहन चोरी से होने वाली हानि की क्षतिपूर्ती करने वाली बीमा कंपनी से वाहन बीमा पॉलिसी निकालें। पॉलिसी की अवधि पूरी होने से पहले रिन्यू करें। आरसी बुक, ड्राइविंग लायसन्स तथा बीमा पॉलिसी की तीन कॉपी निकालें। एक कॉपी घर में सुरक्षित रखें, दूसरी कार्यालय में और तीसरी कॉपी वाहन में असली पेपर के साथ रखें।

मैकेनिक से सावधानी

जानकार एवं विश्वासपात्र मैकेनिक के गैराज में ही वाहन मरम्मत के लिए दें। अगर नया मैकेनिक या कारीगर है तो वाहन की मरम्मत होने तक आप नज़र रखें या नौकर को नज़र रखने के लिए रखें क्योंकि नये मैकेनिक क़ीमती तथा असली पुर्ज़े चोरी करके नक़ली पुर्ज़े डाल देते हैं। आपके वाहन की डुप्लीकेट इग्निशन चाबी बनाई जा सकती है जिससे कुछ दिन बाद आपका वाहन चोरी हो सकता है।

वाहन चालक पर देख-रेख

वाहन चालक के पहले मालिक, पुलिस स्टेशन से जानकारी लेकर वह अपराधी नहीं है यह सुनिश्चित करें। अगर अपराधी क़िस्म का है तो काम पर न रखें।

वाहन चालक पर देख-रेख रखना ज़रूरी है। कई बार चालक ख़ुद

ट्रक या भारी वाहन चोरी करता है या चोर को वाहन के बारे में जानकारी देता है। डुप्लिकेट चाबी बनाता है। चोर दूसरे ज़िले या राज्य में वाहन ले जाकर बेच देते हैं। चालक को समझायें कि आपकी सहमति के बगैर वाहन किसी को चलाने के लिए न दे और कहीं और ना ले जाये।

वाहन चोरी होने पर

जब वाहन पार्क की गई या रखी जगह तथा आस-पास दिखाई नहीं देता है तब पहले तुरंत नज़दीकी पुलिस स्टेशन और पुलिस कंट्रोल रूम को वाहन चोरी की जानकारी दें। पुलिस स्टेशन जाकर शिकायत दर्ज करें। शिकायत की कॉपी लें। कोई पहचान वाला पुलिस अधिकारी है तो उसे बतायें ताकि तुरंत छानबीन आरंभ होकर वाहन जल्दी मिल सके।

वाहन बीमा कंपनी को लिखित जानकारी दें। और वाहन नहीं मिला तो बीमे की रक़म का दावा करें।

16

रुपयों की बचत या पूँजी निवेश के बारे में सावधानियाँ

कार्य करने वाले नागरिकों के प्रति आदर व्यक्त करते हुये कमांडर ने इस विषय संबंधी महत्त्वपूर्ण बातें अच्छी तरह बताईं। जो इस प्रकार हैं।

धन का महत्त्व

भारत के संविधान के भाग तीन की धारा इकतीस ए के तहत हर भारतीय नागरिक को संपत्ति पाने या रखने का हक़ है। धन को सँभालकर रखना सुरक्षित जीवन के लिए महत्त्वपूर्ण है। क्योंकि रुपयों से हमारी आवश्यकतायें पूरी होती हैं। रुपयों से हम खाने-पीने पर ध्यान दे सकते हैं जिससे शरीर तंदुरुस्त रहता है और बीमारी से सुरक्षा होती है। बीमारी का इलाज अच्छे अस्पताल में करा सकते हैं।

सुरक्षा विषयी चीज़ें, मशीनें या तकनीक, सुरक्षागार्ड या साधनों का इस्तेमाल करके सुरक्षा के इंतज़ाम कर सकते हैं। रुपये से दूसरों की सहायता कर सकते हैं। रिश्तेदार और समाज में प्रतिष्ठा प्राप्त होती है। धन मनुष्य को स्वाभिमानी बनने में मदद करता है। लालच से दूर रहें तो चिंता कम होती है। धन व्यक्ति को लाचार होने से बचाता है और इससे मानसिक सुरक्षा होती है। हमारे कार्य से देश की अर्थव्यवस्था को बढ़ावा मिलता है। अगर क़ानूनी तरीक़े से धन बढ़ता रहेगा तो भविष्य के बढ़ते ख़र्च का तनाव नहीं होगा। रुपयों व पर्याप्त संपत्ति से आप एक ख़ुशहाल ज़िंदगी जी सकते हैं।

बचत और पूँजी निवेश की आवश्यकता

हर वर्ष महँगाई बढ़ती रहती है। इससे परिवार चलाने का ख़र्च भी बढ़ता रहता है। जी-तोड़ मेहनत करके ईमानदारी से हम धन कमाते हैं। भविष्य के लिए धन निवेश करके रखते हैं क्योंकि बचत का पैसा समय पर काम आता है। पास में पैसा हो तो आप जो चाहे कर सकते हैं। धन सोच-समझकर ख़र्च करना चाहिए वरना खाने के लाले पड़ सकते हैं।

जीवन में चार पैसे हाथ में होने चाहिए जिससे बच्चों की पढ़ाई, बेटी की शादी, ज़रूरी चीज़ें, बीमारी के ख़र्च, देश-विदेश यात्रा, बीमारी का इलाज, कारोबार शुरू करना, लक्ज़री चीज़ें, नई कार, क़ीमती कपड़े, हीरे, सोने या चाँदी के आभूषण, घर, दुकान, ज़मीन, खेती, मशीनरी ख़रीदना। क़र्ज़ की हर महीने किश्त अदा करना या कर चुकानाए वेकेशन में घूमना, रिटायर होने के बाद या नौकरी जाने पर घर चलाना आदि इन सभी ज़रूरतों और होने वाले ख़र्च के बारे में पहले ही सोचकर निवेश कर प्रबंध करके रखना चाहिए।

छोटे-छोटे ख़र्चे से सावधान रहें। एक छोटा सा छेद भी टंकी का पूरा पानी निकाल सकता है। इस तरह हम बेवजह के छोटे ख़र्चों पर नियंत्रण नहीं रखेंगे तो हमारी बचत नहीं हो पायेगी।

ज़रूरत के बगैर क्रेडिट कार्ड का इस्तेमाल न करें क्योंकि ब्याज दर ज़्यादा रहती है और अनावश्यक चीज़ें ख़रीदी जाती हैं।

भविष्य में सुरक्षा हेतु महत्त्वपूर्ण कार्य तथा लक्ष्य पूरे करने के लिए बचत करना, सुरक्षित फ़ंड तैयार करना आवश्यक होता है। इसके लिए हम मेहनत से कमायी हुयी पूँजी या जीवन भर की कमाई सुरक्षित रखकर कुछ बढ़ने के लिए और वक़्त पर काम आने के उद्देश्य से निवेश करते हैं।

आमदनी के रुपये या एक-एक कंकड़ जोड़कर जमा की गई पूँजी हम पोस्ट ऑफ़िस, बैंक, कंपनी या शेयर में निवेश करते हैं। जिन पर ब्याज मिलता है और रक़म बढ़ती है। ख़रीदी हुयी ज़मीन, गहने की क़ीमत बढ़कर ज़्यादा रक़म मिलती है जो वक़्त पर दूसरे काम में आ सकती है।

आर्थिक व्यवहार करते वक़्त ध्यान रहे कि अस्सी की आमद और चौरासी का ख़र्च न हो। वरना निवेश के लिए रुपये नहीं बचेंगे और आप ऋण से लदे रहेंगे। योग्य बचत नहीं की तो ज़रूरत पर रुपयों के लिए किसी के सामने हाथ फैलाने की नौबत आ सकती है।

आने वाले वक़्त में आवश्यक धन जमा करने की योजना बनायें

❖ **दैनंदिन ख़र्च** - घर पर किराना, मेहमान आने पर, सफ़र करना, खाने-पीने की चीज़ें ख़रीदना, अचानक तबीयत बिगड़ने पर इलाज, दवाई के लिए दो से पाँच हज़ार नक़द रुपये हमेशा पास रखने चाहिए। यह रुपये माता या पत्नी के पास रखें। यह रक़म कम न हो और अगर ख़र्च होता है तो कुछ दिन बाद उतनी ही रक़म जमा करें।

❖ **महीने का ख़र्च** - सुरक्षा संबंधी मकान, दरवाज़े, खिड़कियाँ या साधनों की मरम्मत, नये लॉक ख़रीदना, चौकीदार का वेतन, किराने का सामान, गैस, विद्युत बिल, मकान मेंटेनेंस ख़र्च, घर चलाने का ख़र्च, फ़ोन बिल, बच्चों की स्कूल या कॉलेज की फ़ीस, त्यौहार मनाना, कपड़े ख़रीदना, आदि के लिए दस से तीस हज़ार रुपये। यह रक़म छोड़कर बाक़ी रुपयों की बचत या निवेश कर सकते हैं। यह रुपये माता या पत्नी के पास रखें।

❖ **आपका ख़ुद का ख़र्च** - दफ़्तर जाना-आना, चाय-नाश्ता, सुरक्षा संबंधी चीज़ें ख़रीदना, बाहर भोजन करना आदि ख़र्च के लिए महीने के दो से पाँच हज़ार रुपये लग सकते हैं।

❖ **बच्चों की पढ़ाई, शादी** - इसके लिए कौन से समय पर ख़र्च होने वाला है यह निश्चित करें। संतान संबंधी दायित्वों की पूर्ति के लिए क़रीब दो से दस लाख रुपये लग सकते हैं। इसका प्रबंध करने के लिए लड़का या लड़की एक या दो साल के होते हैं तभी सोचना चाहिए। यह रक़म जमा करने के लिए पाँच से दस साल लग सकते हैं। संतान जब बारहवीं कक्षा में यानी सोलह साल की होती है तब यह रक़म हाथ में रहनी चाहिए। इस रक़म को दूसरे कार्य के लिए ख़र्च न करें। इसके लिए आप आरडी या फ़िक्स डिपॉज़िट में बचत या बीमा पॉलिसी, एनएससी, म्यूचुअल फ़ंड, सोने, ज़मीन आदि में निवेश कर सकते हैं।

❖ **क़र्ज़ की क़िश्त** - हर महीने मकान, वाहन, शिक्षण, या निजी काम के लिए निकाली क़र्ज़ की क़िश्त अदा करने के लिए, ब्याज के साथ ऋण चुकाने के लिए, क़र्ज़ के अनुसार यह रक़म अलग रखनी चाहिए।

❖ **आकस्मिक ख़र्च** - इसके लिए घर में पच्चीस हज़ार से एक लाख रुपये अलग से सुरक्षित रखने चाहिए। यह रक़म एक पॉकेट या डिब्बे में एकदम अलग रखें। इस रक़म को दैनंदिन के काम के लिए ख़र्च न

करें। समझ लें कि आपके पास यह रक़म है ही नहीं।

आकस्मिक घटना जैसे किसी हादसे में शरीर को चोट आना, अत्यंत आवश्यक चीज़ का नुक़सान होना, वाहन दुर्घटना में इलाज के लिए, आकस्मिक बीमारी जैसे हार्ट अटैक, बीपी बढ़ने के इलाज आदि के समय जब आपको बैंक जाने का भी वक़्त नहीं मिलता तब आप यह रक़म ख़र्च करें। यह रक़म ख़र्च होने के बाद उतने ही रुपये वापस जमा करें ताकि कुछ दिन बाद आकस्मिक ख़र्च के लिए वापस काम आ सके और किसी से उधार माँगने की ज़रूरत नहीं पड़ेगी।

अगर आपने आकस्मिक ख़र्च का प्रावधान नहीं किया है तो वक़्त पर आपको दूसरों से रुपये उधार माँगने पड़ सकते हैं। लेकिन जब आपका समय ख़राब होता है तब भरोसेमंद व्यक्ति भी आपसे दूर चले जाते हैं। वक़्त पर मदद नहीं मिल पाती या बाद में भी नहीं मिल पाती।

इससे आकस्मिक ख़र्च ज़्यादा लगा तो इसके लिए बैंक खाते या पोस्ट की एक से दो लाख रुपये की एफ़डी या एनएससी जो कभी भी तोड़ी जा सके, बैंक अकाउंट में क़रीब एक लाख रुपये, पचास हज़ार से पाँच लाख रुपये क़ीमत के सोने के गहने ख़रीदकर रखें।

❖ **घर या फ़्लैट** - हर व्यक्ति का अपने खुद के घर का एक सपना होता है। अगर आपके पास घर नहीं है तो आपकी आमदनी के अनुसार घर की क़ीमत क्या होगी इसका अंदाज़ा लगायें। क्षेत्र के अनुसार क़रीब पाँच लाख से एक करोड़ रुपये तक लग सकते हैं। पाँच-छह साल पहले से निवेश करके कुछ रुपये जमा करने होंगे और बाक़ी क़र्ज़ ले सकते हैं। कुछ लोग घर में ही व्यवसाय शुरू कर सकते हैं।

❖ **सुरक्षा संबंधी साधन** - घर पर सुरक्षित और मज़बूत दरवाज़े, खिड़कियाँ, सेफ़, अलार्म, सायरन, सीसीटीवी ऐसे साधन ख़रीदना। बैंक में लॉकर की सुविधा प्राप्त करने के लिए कुछ रक़म डिपॉज़िट रखना। वाहन में जीपीएस सिस्टम लगाना। चौकीदार रखना। डिजीटैक कैमरे, वीडियो कैमरे ख़रीदना।

❖ **दुकान या ज़मीन** - कारोबार के लिए सुरक्षित क्षेत्र में दुकान, गोडाउन या ज़मीन की ख़रीदारी के लिए क्षेत्र के अनुसार पाँच लाख से करोड़ों रुपये तक लग सकते हैं। आप यह कैसे जमा करने वाले हैं इसकी

योजना पाँच या दस साल पहले ही करें। कुछ क़र्ज़ लेकर आप इसकी ख़रीदारी कर सकते हैं।

❖ **कार** – कार ख़रीदने के लिए पाँच से पचास लाख रुपयों की आवश्यकता पड़ सकती है। आप पुरानी या नयी, कौन सी कंपनी या मॉडल ख़रीदने वाले हैं इस बात पर क़ीमत कम या ज़्यादा हो सकती है। दो से पाँच साल पहले ही बचत या निवेश करना चाहिए तब यह रक़म जमा हो जायेगी।

❖ **व्यवसाय में मशीनरी या वाहन** – आपके व्यवसाय के लिए मशीनरी, वाहन ख़रीदने के लिए रुपयों का प्रबंध करें। निवेश और क़र्ज़ से रक़म इकट्ठी कर सकते हैं।

❖ **यात्रा करना** – हर साल या दो-तीन साल में एक बार परिवार के साथ यात्रा करना या घूमने जाना है तो पचास हज़ार से एक लाख और विदेश जाना है तो एक से पाँच लाख रुपये लग सकते हैं। तीन से पाँच वर्ष तक रक़म आरडी, एसएससी या सोने में निवेश करके आप लंबी यात्रा कर सकेंगे।

❖ **रिटायरमेंट या सेवानिवृत्ति के बाद घर चलाने के लिए** – जब आप काम नहीं करेंगे तब आपका घर ख़र्च, बीमारी के इलाज का ख़र्च कितना होगा और रुपये कहाँ से मिलेंगे यह दस से पंद्रह साल पहले सोचें और तैयारी करें। हर महीने का ख़र्च क़रीब दस से तीस हज़ार हो सकता है। आपकी पेंशन, निवेश पर ब्याज और अन्य आमदानी का हिसाब करें। हर महीने ब्याज मिलने के लिए क़रीब पाँच से पचास लाख रुपये निवेश करके रखने चाहिए।

❖ **रुपयों की मदद कौन करने वाले हैं** – जीवन में दो या तीन ऐसे व्यक्ति हों जो हर वक़्त मदद कर सकें। अचानक समय पर ज़रूरत पड़े तो एक लाख रुपये तक उधार मिल सकें या वे खुद आकर ख़र्च करें ऐसे रिश्तेदार या दोस्त से पहले ही अच्छे विश्वासपूर्ण संबंध बनाकर रखें और रुपये के बारे में स्पष्ट रूप से बात करके रखें। आप वापस कब और कैसे करेंगे यह भी बताकर रखें। उसे या आपको ज़रूरत पड़े तो एक-दूसरे को तुरंत मदद कर सकें। यह बात परिवार के सदस्यों को भी बताकर रखें क्योंकि उन्हें भी पता रहे कि सहायता किससे माँगनी है।

- **डॉक्टर से पहचान** – अच्छे फ़ैमिली डॉक्टर एवं अस्पताल से पहले ही पहचान करके रखें और अच्छे भरोसेमंद संबंध बनाकर रखें। आप या परिवार के किसी भी सदस्य की तबीयत अचानक बिगड़ती है और आपके पास रुपये की कमी है तो वह रुपये के बारे में सोचे बिना इलाज करेंगे। उन्हें इसका विश्वास रहेगा कि आप कुछ दिनों में रुपये दे सकेंगे। यह करना बहुत ज़रूरी है।

सुरक्षित निवेश

हानि करने वाले ख़तरों को पहचानकर उनसे सावधान रहना चाहिए। कई बार ख़तरे सामने दिखते हैं लेकिन हम बिना सोचे कहीं पर भी बचत या निवेश करते हैं। जब हानि होती है तब समझ में आता है। उस वक़्त पछतावे के सिवा हमारे हाथ में कुछ नहीं बचता इसलिए अत्यंत सचेत रहकर निर्णय लें।

अच्छे सलाहकार की सलाह लेकर खुद निर्णय लें ताकि आपका नुक़सान ना हो। बचत या निवेश की शुरुआत जल्दी करें। जब आमदनी शुरू होती है तभी से बचत या निवेश शुरू करना चाहिए। इससे कुछ सालों बाद मोटी रक़म जमा हो सकती है।

कंपनी या बैंकिंग वित्तीय कंपनियों में निवेश करने से पहले परफ़ॉर्मेंस देखें। आम तौर पर कॉर्पोरेट एफ़डी के तहत ग्राहकों को तुलनात्मक रूप से अधिक ब्याज दरों की पेशकश की जाती है लेकिन ध्यान दें कि इनसे जुड़ा जोखिम भी अधिक होता है। कई कंपनियाँ एफ़डी के परिपक्व होने पर निवेशकों का पैसा वापस नहीं कर पाई हैं। ट्रिपल ए रेटिंग वाली कॉर्पोरेट एफ़डी में निवेश करना तुलनात्मक रूप से सुरक्षित रहता है।

जानकार कहते हैं कि जोखिम न उठाने के इच्छुक निवेशकों को व्यावसायिक बैंकों की एफ़डी में निवेश करना चाहिए, क्योंकि उनमें रिटर्न भले ही थोड़ा कम मिले लेकिन पूँजी वापस मिलने की गारंटी रहती है। यही नहीं बैंकों की एफ़डी के मामले में तो निवेशकों को रिज़र्व बैंक द्वारा भी जोखिम सुरक्षा प्रदान की जाती है।

आम आदमी को जानकारी न होने पर ख़तरे मोल नहीं लेने चाहिए। जिनको कंपनी, बचत संबंधी क़ानून या जोखिम के बारे में ज़्यादा जानकारी नहीं है उन्हें अच्छे और विश्वासपात्र मित्र, एजेंट या सलाहकार के माध्यम से

ही बचत करनी चाहिए। वरना कुछ स्वार्थी एजेंट अपने कमीशन या फ़ायदे के लिए कुछ ख़ास कंपनी में बचत करने के लिए ग़लत सलाह दे सकते हैं। जिससे आपको नुक़सान ज़्यादा या लाभ कम होता है। जिन लोगों को धंधे की पूरी जानकारी है वे ख़तरे उठा सकते हैं।

लॉटरी या जुए में रुपये नहीं लगाने चाहिए। इसमें अधिकतर लोगों को नुक़सान ही होता है।

बैंक व्यवहार करते समय अपरिचित व्यक्ति का खाता खोलने के लिए बैंक में आप पहचान न दें। साथ ही किसी अपरिचित व्यक्ति के चैक या ड्राफ़्ट अपने बैंक खाते में जमा न करें। बैंक खाते के व्यवहार लंबे समय तक बंद न रखें। बचत या निवेश संबंधी चैक, बैंक ड्राफ़्ट के रुपये आपके खाते में जमा हुये या नहीं इसकी जानकारी लें। अपने बैंक खाते का मासिक विवरण हर महीने जाँचें। सुनिश्चित करें कि वह सही है और यदि नहीं है तो बैंक में शिकायत करें।

सावधानी की बातें

रक़म की बचत या निवेश करते समय ध्यान देने की सबसे पहली बात यह है कि आपकी रक़म सुरक्षित रहे। पूँजी वक़्त पर वापस मिलने की पूरी गारंटी होनी चाहिए। इसलिए योजना, कंपनी की पूरी जानकारी मालूम करें और फिर बचत या निवेश करें। जहाँ रक़म सुरक्षित नहीं है वहाँ निवेश न करें।

दूसरी बात यह है कि सिर्फ़ लाभ हो इसी उद्देश्य से निवेश करना चाहिए। लाभ कम मिले तो भी ठीक है। लेकिन नुक़सान न हो और हो तो अधिक रक़म का न हो, इस बात पर सभी संभावनाओं के साथ पाँच-छह बार सोचें, गहन चर्चा करें। परिवार के सदस्यों की राय लें। भविष्य में जिन बातों का मूल्य बढ़ने वाला हो उन बातों में रुपये लगायें।

तीसरी बात यह है कि एक ही संस्था या प्रकार में पूरी रक़म की बचत या निवेश न करें। अच्छा है कि पाँच से दस प्रकार में रक़म बाँटकर बचत या निवेश करना चाहिए क्योंकि एक संस्था डूब गयी तो आपका ज़्यादा नुक़सान होगा और दूसरी संस्था या प्रकार से मिलने वाले लाभ नहीं मिलेंगे।

चौथी बात यह है कि निवेश शॉर्ट और लॉन्ग टर्म दोनों प्रकार का होना चाहिए ताकि आपकी हर ज़रूरत के समय रुपये मिल सकें।

पाँचवीं बात यह है कि स्थायी संपत्ति ख़रीदते समय सतर्क रहें। आप खुद और अपने वकील के द्वारा दस्तावेज़ और मालिक की पूरी जाँच करने के बाद, संतुष्ट होने पर ही ज़मीन, घर या फ़्लैट की पूरा सोच-विचार करके ख़रीदारी करें। व्यवहार जल्दबाज़ी में न करें। ऐसे व्यवहार में आपके साथ छल ना हो इस पर विशेष ध्यान दें। पेमेंट बैंक चैक से ही करें क्योंकि बाद में रुपये वापस मिलना मुश्किल हो जाता है।

बचत या निवेश कहाँ करें

बचत या निवेश ज़रूरत के मुताबिक शॉर्ट टर्म या लॉन्ग टर्म के हो सकते हैं।

बचत यानी हम आमदनी की कुछ रक़म ख़र्च नहीं करते हैं बल्कि अलग रखते हैं। जो भविष्य में वक़्त पर काम आ सके। जैसे सरकारी या ग़ैरसरकारी बैंक के बचत खाते में रक़म रखते जाना जिस पर ब्याज मिलता रहता है। इससे रक़म बढ़ती है। हम ज़रूरत के हिसाब से इस रक़म को निकाल सकते हैं।

एक से तीन साल के लिए सरकारी या ग़ैरसरकारी बैंक या ग़ैरबैंकिंग कंपनी में रक़म फ़िक्स डिपॉज़िट रखें, म्यूचुअल फ़ंड में पैसे डालें, बैंक या कंपनी या सर्राफ़ा व्यापारी से सोना ख़रीदें, गोल्ड सर्टीफ़िकेट्स ख़रीदें आदि।

निवेश यानी लंबे समय के बाद रक़म बढ़कर ज़्यादा रक़म इकट्ठी हो इसलिए पाँच या दस या इससे अधिक वर्ष के लिए रक़म एक साथ निवेश की जाती है। कभी हर महीने कुछ हिस्सा निवेश करते हैं। ब्याज की रक़म मिलकर या ख़रीदी गई चीज़ों के मूल्य बढ़कर मोटी रक़म मिलने के उद्देश्य से निवेश करते हैं।

निवेश के लिए बैंक या पोस्ट ऑफ़िस में आरडी में पैसे जमा करें, पाँच से दस साल के नेशनल सेविंग सर्टीफ़िकेट्स लें, पीपीएफ़ में रुपये जमा करें, नया व्यवसाय शुरू करें, कारोबार बढ़ाने के लिए चीज़ें ख़रीदें, घर या ज़मीन ख़रीदें, कंपनी के शेयर, बॉण्ड्स ख़रीदें, सोना ख़रीदें, कंपनी के म्यूचुअल फ़ंड में बैंक द्वारा पैसे जमा करें, सरकारी या ग़ैरसरकारी कंपनी की जीवन, आरोग्य या शेयर से जुड़ी या अन्य बीमा पॉलिसी निकालें, नेशनल सेविंग सर्टीफ़िकेट्स, पीपीएफ़ आदि।

स्टॉक मार्केट से कंपनी के शेयर्स ख़रीदना, बॉण्ड्स लेना, गोल्ड में भी निवेश कर सकते हैं।

इस लालच से सावधान रहें

याद रखें लालच का फल बुरा होता है। दो या कुछ महीनों में रक़म दोगुनी करके देना, रुपये के निवेश पर बाज़ार से दोगुना या ज़्यादा ब्याज देने की पेशकश, आगे की तारीख़ के चैक देना, निवेश करने के लिए आपको बड़ी-बड़ी बातें बताना या दिखाना, मन बहलाने वाले उदाहरण दिखाना। कुछ उपहार भी देते हैं ताकि आपका विश्वास अर्जित कर सकें। गल्फ़ या दूसरे देशों में ज़्यादा तनख़्वाह की नौकरी दिलाने की पेशकश करना, भ्रमित करने वाले विज्ञापन, चैन मार्केटिंग से सावधान रहें। इनसे आपके साथ छल हो सकता है और आपकी रक़म वापस नहीं मिलेगी। आपके रुपये सुरक्षित हैं यह वादा भी करते हैं पर समय पूरा होने के बाद वे लोग आपको मिलेंगे ही नहीं। वे दफ़्तर बंद कर देते हैं। पुलिस के पास शिकायत करने में आपको परेशानियाँ उठानी पड़ती हैं इसलिए ऐसी कंपनी में बचत न करें।

कुछ लोग ऐजंसी लेकर आपको बड़े सपने दिखाकर आपसे रुपये बचत या निवेश करने के लिए आग्रह करते हैं किन्तु नुक़सान हुआ तो आपका ही होता है। इसलिए किसी रिश्तेदार, बड़े अधिकारी या अन्य लोगों के बहकावे में आकर जल्दबाज़ी में बचत न करें।

इंटरनेट पर अपरिचित व्यक्ति के कहने पर बचत न करें। इंटरनेट पर छल करने वाले नई-नई आकर्षक योजना बताते हैं। आप किसी कारण से मोटी रक़म के लिए चुन लिए गये हैं ऐसा बताते हैं और आपको लालच दिखाते हैं। जैसे आपको 50 लाख या करोड़ों रुपये इनाम में मिले हैं। इसे पाने के लिए वो अलग-अलग तरीक़े से आप से लाखों रुपये निकालते हैं। उनके दिये बैंक खाता नंबर में हज़ारों या लाखों रुपये निवेश करने के लिए कहते हैं। बाद में और कुछ समस्या बताकर और कुछ रक़म निवेश करने के लिए कहते हैं। आप इस छल के जाल में फँस जाते हैं। आप रुपये निवेश करते रहते हैं ऐसा एक या दो बार होने के बाद वो आदमी आपसे संपर्क नहीं रखता और बाद में आप पछताते हैं। आपको कुछ भी नहीं मिलता और रुपये निकालकर वो लोग भाग जाते हैं। उनके नाम-पते झूठे होते हैं और अंत में आपका ही नुक़सान होता है।

ज़्यादा क़र्ज़ से बचें

अत्यंत आवश्यक जैसे स्थायी संपत्ति, दुकान, बच्चों की शिक्षा, बीमारी का इलाज आदि बातों के लिए क़र्ज़ लेना ठीक है। बाक़ी चीज़ों के लिए पहले से निवेश करें और फिर चीज़ें ख़रीदें।

क़र्ज़ लेने से पहले दो या तीन संस्थाओं से जानकारी लें। ब्याज की दर क्या है। विश्वासपात्र व्यक्ति की सलाह लें। ज़्यादा ब्याज वाले क़र्ज़ न लें। एक या दो क़र्ज़ लेना ठीक है लेकिन इस बात पर ध्यान दें कि आपके हर महीने की आमदानी से घर का ख़र्च निकालकर क़र्ज़ की किश्त अदा हो सके। हर महीने घर के ख़र्च के लिए दस से तीस हज़ार रुपये आपके पास हों। इससे ज़्यादा क़र्ज़ नहीं लेना चाहिए। क्योंकि हर साल ब्याज की दर बढ़ती जाती है और आपकी क़िश्त का समय या रक़म बढ़ती जाती है। आपकी आमदानी के आधे हिस्से से ज़्यादा रक़म क़र्ज़ की क़िश्त की नहीं होनी चाहिए।

ज़्यादा क़र्ज़ लेने से अच्छा है तंगी में जीवन जियें। क़िश्त समय पर न भरने पर कंपनी घर या वाहन क़ब्ज़े में ले लेती है। कुछ लोग ज़्यादा क़र्ज़ लेते हैं और तनाव में जीवन गुज़ारते हैं या आत्महत्या करते हैं।

छल होने पर

चैक बाउंस हुआ तो उस व्यक्ति को वकील के द्वारा नोटिस दें। रुपये मिलने के लिए धारा 138 निगोशियेबल इन्स्ट्रूमेंट एक्ट 1981 के अनुसार सिविल कोर्ट में केस कर सकते हैं। छल या धोखेबाज़ी की क़ानूनी कार्यवाही के लिए संबंधित पुलिस स्टेशन में लिखित शिकायत करें। पुलिस आरोपी के ख़िलाफ़ अपराध दर्ज करके कार्यवाही करेगी।

17

घर या ज़मीन ख़रीदना और बिक्री व्यवहार में धोखाधड़ी से बचना

कमांडर ने बड़ी खुशी से विस्तारपूर्वक उत्तर दिया कि घर, दुकान, ज़मीन को हम स्थायी संपत्ति कहते हैं। हर व्यक्ति का एक सपना होता है कि उसका खुद का घर हो। स्थायी संपत्ति के उद्देश्य अलग-अलग हो सकते हैं जैसे परिवार के रहने के लिए घर, व्यवसाय शुरू करने के लिए दुकान या ज़मीन, खेती के लिए ज़मीन, निवेश के लिए घर, दुकान या ज़मीन। कुछ लोग रुपयों के लिए मकान बनाना और बिक्री करने का व्यवसाय करते हैं।

इस व्यवहार में लोग अपने ख़ून-पसीने की कमाई या बचत या निवेश की अधिकतर पूँजी लगा देते हैं। क्योंकि यह आवश्यक लेकिन सबसे महँगा व्यवहार होता है। इस संपत्ति के व्यवहार में अधिक लाभ मिलने की वजह से इस क्षेत्र में धोखा या छल ज़्यादा होते हैं। इससे ख़रीदने वाले या बेचने वाले को भी नुक़सान हो सकता है।

ऐसे नुक़सान से उस व्यक्ति के मन और शरीर पर बुरा असर पड़ता है जिससे उसकी और परिवार के सदस्यों की सुरक्षा को ख़तरा उत्पन्न होता है। इसलिए ऐसे व्यवहार में पूरी जानकारी, सोच और सावधानी से क़दम बढ़ाना चाहिए।

स्थान की प्रारंभिक जाँच

स्थायी संपत्ति ख़रीदने का व्यवहार करने से पहले प्रारंभिक जाँच करें। अलग-अलग स्थान देखें। क़ीमत का पता करें। इसमें आपके उद्देश्य और

बजट के अनुसार दस-बारह स्थानों पर ग़ौर करें। सभी स्थानों के पड़ोसी, आस-पास के क्षेत्र के पाँच-छह लोग, पहचान वाले लोग, जानकार लोगों से पूछकर उस स्थान की ज़मीन की आज की क़ीमत की जाँच करें। उस जगह की रीसेल वेल्यू अच्छी है या नहीं इसका पता करें।

बेचने वाला या विकासकर्ता रिप्युटेड तथा विश्वासपात्र है या नहीं, धोखेबाज़ तो नहीं है, उसका पिछला रिकॉर्ड कैसा है, व्यवहार, जगह के विवाद, कोर्ट मैटर आदि के बारे में जानकारी अवश्य लें। पड़ोसी, आस-पास में रहने वालों की जानकारी लें। उनका व्यवहार कैसा है यह जानें ताकि ख़रीदारी के बाद परेशानियाँ न हों।

उस स्थान के आस-पास के स्कूल या कॉलेज, रिश्तेदार के घर, खेल का मैदान, गार्डन, बाज़ार, नौकरी, कार्यालय या दफ़्तर, कारोबार की जगह, आने-जाने के लिए सुविधा, पुलिस स्टेशन, रेल्वे स्टेशन, बस स्टॉप, एयरपोर्ट इनसे दूरी पर ध्यान दें। उस स्थान का वातावरण, प्रदूषण, पीने के पानी की सुविधा, पानी की गुणवत्ता, बारिश में पानी जमना, ड्रेनेज आदि के बारे में जानकारी लें। ताकि आपके परिवार को अच्छी सुविधाएँ मिलें।

पुलिस स्टेशन से उस स्थान के अपराध के प्रकार की और विक्रेता या विकासकर्ता या बिल्डर पर दर्ज अपराध या व्यवहार की जानकारी लें। सुरक्षित क्षेत्र में ही रहें। भ्रमित करने वाले विज्ञापनों से सतर्क रहें। विज्ञापन की हर बात जाँच लें। आपको ग़लत जानकारी देकर, लालच दिखाकर या आपसे झूठे वादे करके आपको फँसाया जा सकता है इसलिए सावधान रहें। जल्दबाज़ी में व्यवहार न करें।

स्थान निश्चित करना

प्रारंभिक जाँच पूरी होने पर हर स्थान की अच्छी और बुरी बातों की सूची बनायें। इस सूची पर अनुभवी व्यक्ति, पार्टनर और परिवार के सदस्यों की राय लें। आपके बजट में, फ़ायदेमंद और सुविधाजनक हो साथ ही व्यवहार में छल न हो ऐसी जगह ख़रीदने का निर्णय लें।

चार-पाँच दिन बाद अपना निर्णय फिर एक बार जाँच लें। अगर किसी बात पर संदेह नहीं है और आप तथा आपके परिवार के सदस्य के लिए सुरक्षित है तो निर्णय लें।

पूरी क़ीमत का अंदाज़ा

ज़मीन या घर की पूरी क़ीमत, बुकिंग रक़म, स्टैम्प ड्यूटी, रजिस्ट्रेशन शुल्क, इलेक्ट्रिक मीटर बिल शुल्क, जल प्रदाय शुल्क, पार्किंग शुल्क, सोसायटी शुल्क, हर महीने का मेंटेनन्स शुल्क, वकील की फ़ीस, बाक़ी चार्जेस, ट्रान्सफ़र फ़ीस, रिपेयरिंग काम के ख़र्च आदि इन सबका पूरा हिसाब करें। कुल कितने रुपये होते हैं यह निश्चित करें।

रुपयों का इन्तज़ाम

कुल क़ीमत आप किस प्रकार से जमा करने वाले हैं इसकी योजना बनायें। आपके नक़द रुपये, बचत, निवेश से मिलने वाले क़र्ज़, उधार, सोना या संपत्ति गिरवी रखने या बेचने आदि से कुल कितने रुपये जमा होते हैं। वक़्त पर अधिक रुपये लगते हैं इसलिए दो से तीन लाख रुपये अतिरिक्त रखें।

आपकी आमदानी से क़र्ज़ की क़िश्त की रक़म छोड़कर घरख़र्च, बच्चों की पढ़ाई के लिए कम से कम पंद्रह से तीस हज़ार रुपये हाथ में रहने चाहिए।

अगर रुपयों का इन्तज़ाम नहीं हो सकता तो कुछ वर्ष के बाद व्यवहार करें। या कम क़ीमत की संपत्ति ख़रीदें।

क़रारनामा करने से पहले

स्थायी संपत्ति ख़रीदने का स्थान निश्चित होने के बाद उस संपत्ति के मालिक का पता करें। क्या वह सही मालिक है। क्या उसी का क़ब्ज़ा है। मालिक एक है या भागीदार हैं। भूमी अभिलेख संबंधी सरकारी कार्यालय उस संपत्ति या जगह के अन्य दस्तावेज़ प्राप्त करें। दस्तावेज़, भूमि टैक्स बिल पर मालिक का नाम सही है यह सुनिश्चित करें।

फ़्लैट ख़रीद रहे हों तो ज़मीन मालिक और विकासकर्ता का क़रारनामा, इमारत का स्ट्रक्चर, मज़बूती, सरकारी कार्यालयों से मंजूरी, कार्पेट या सुपर बिल्टअप क्षेत्र, ऊँचाई, सुविधायें, दिशा, आर्किटेक्ट या सिविल इंजीनियर, ज़मीन या फ़्लैट का टैक्स, इलेक्ट्रिक बिल पर नाम, इलेक्ट्रिक बिल अदा किया है या नहीं, सोसाइटी चार्जेस का भुगतान किया गया है या नहीं आदि बातों के बारे में जानकारी लेनी चाहिए।

यदि आपने संपत्ति ख़रीदने का निर्णय किया है तो तुरंत अख़बार में

विज्ञापन दें कि आपके द्वारा ली जाने वाली जगह पर किसी का कोई हक़ या अधिकार है तो वह सात दिन के अंदर आपसे संपर्क करे या प्रतिक्रया दे।

दस्तावेज़ जाँच लें

जब आपने संपत्ति ख़रीदने का निश्चय किया है तब व्यवहार पूरा करने के लिए अनुभवी और विश्वासपात्र वकील की सहायता लेनी चाहिए। वकील की फ़ीस आप ख़ुद दें। बिल्डर के वकील पर अधिक भरोसा ना करें। अपने वकील से संपत्ति, मालिक संबंधी सभी दस्तावेज़ देखने के लिए कहें और सलाह लें। ज़मीन नॉन-एग्रीकल्चरल है यह सुनिश्चित करें। सर्वे कार्यालय से और सरकारी विभाग से विकासकर्ता या बिल्डर को सभी आवश्यक एनओसी मिली हैं यह सुनिश्चित कर लें। समस्त सर्टिफ़िकेट देख लें, जगह निवासी है या व्यावसायिक उपयोग की है यह सुनिश्चित कर लें, एफ़एसआई के बारे में जानकारी लें।

सोसाइटी सेक्रेटरी से एनओसी लें। बिल्डिंग है तो प्लान देखें। वह सरकारी कार्यालय उचित अधिकारी ने मंज़ूर किया है, ज़मीन या फ़्लैट के संबंध में कोई विवाद नहीं है या न्यायालय में कोई केस है जिसका अभी निर्णय होना बाक़ी है इसकी जानकारी लें। ऑक्यूपेशन सर्टिफ़िकेट देखें, सरकारी कार्यालय से आवश्यक दस्तावेज़ सूचना अधिकार अधिनियम के तहत माँग सकते हैं और जाँच लें कि आपको दिये गये दस्तावेज़ असली हैं या नहीं।

कहीं उस ज़मीन को बैंक या अन्य संस्था में गिरवी तो नहीं रखा गया है। क्या किसी दूसरे व्यक्ति से बिक्री का व्यवहार हुआ है? यदि हुआ है तो क्या वह व्यवहार रद्द या निरस्त कर दिया गया है? जिसने पहले व्यवहार किया है उससे जानकारी लेनी चाहिए। उस संपत्ति पर सरकारी लोन तो नहीं है, उस ज़मीन पर बैंक लोन मिल सकता है यह पता करें।

क्या दिखाये गये सभी दस्तावेज़ असली और क़ानूनी तौर पर सही हैं। वे जाली तो नहीं हैं वरना धोखा हो सकता है। संपत्ति किसी विवाद में नहीं है इसकी प्रॉपर्टी क्लिअरन्स नोट अपने वकील को तैयार करके माँगें। क्या वह सही है। अगर व्यवहार में नुक़सान होने का ख़तरा नहीं है तो आप ख़रीदने का सोचें।

अंतिम बिक्री क़रारनामे की तैयारी

अपने वकील से अंतिम बिक्री क़रारनामा तैयार करायें। बेचने वाले व्यक्ति के वकील द्वारा तैयार किये गये बिक्री क़रारनामे की कॉपी प्राप्त करें। उसे ठीक से पढ़ें। अपने वकील को दिखायें। उसमें सभी बातें सही हैं एवं आपका नुक़सान करने वाली नहीं हैं यह सुनिश्चित करें। अगर कुछ शर्तों में सुधार चाहिए तो वह सुधार करने के लिए कहें। फ़्लैट ख़रीदने के बारे में वक़्त पर क़ब्ज़ा नहीं मिला तो आपको क्या राहत मिलने वाली है? कितना मुआवज़ा मिलेगा? फ़्लैट ख़रीद रहे हों तो ज़मीन का हिस्सा अपने नाम होना चाहिए। यह सुनिश्चित करें। अगर किसी बात पर आप सहमत नहीं हैं तो उसके बारे में बिल्डर या दूसरी पार्टी से बातचीत करें तथा शंकाओं का समाधान करें। आपका पूरा समाधान होने पर ही आप बयाना राशि दे सकते हैं।

बयाना राशि या डाउन पेमेंट देते वक़्त सावधानी

प्रतीक मुद्रा या डाउन पेमेंट देते वक़्त स्टैम्प पेपर पर लिखकर लें। रुपये लेने वाले के हस्ताक्षर तथा अँगूठे का निशान लें, पेमेंट चैक से रक़म का भुगतान करें। उस वक़्त की एक फ़ोटो खींचें।

बिक्री क़रारनामा

यह क़रारनामा सबसे महत्त्वपूर्ण होता है। इस पर दस्तख़त करने से पहले अपने वकील से राय लें। सभी शर्तें बराबर लिखी हैं इसका ख़ुद यक़ीन करें। जब क़रारनामे का कोई मुद्दा आपका नुक़सान करने वाला नहीं है तब आप दस्तख़त करें। अपने पक्ष के दो गवाहों के सामने दस्तख़त करें। उस समय की एक फ़ोटो निकालें।

पूरा पेमेंट चैक से करना अच्छा होता है। कैश देते हैं तो रसीद लें। पैसे किसलिए मिले हैं इसका ज़िक्र रसीद पर लिखा होना चाहिए। एग्रीमेंट सरकार द्वारा नियुक्त रजिस्ट्रार या कलेक्टर कार्यालय में ही रजिस्टर करें। अपने वकील को साथ में रखें।

सतर्क रहें

कई लोग ज़मीन बेचने के बाद दूसरों को दोबारा बेच देते हैं। इसलिए बीच-बीच में ख़रीदी हुई जगह पर जाते रहें। पड़ोसी या पहचान वालों के

संपर्क में रहें और जानकारी लेते रहें। मिल सकता है तो तुरंत क़ब्ज़ा लेना अच्छी बात है।

धोखा होने पर

अगर आपके द्वारा ख़रीदी हुई संपत्ति पहले या बाद में किसी को बेची गयी है या आपको क़ब्ज़ा नहीं मिल रहा है तो आपके साथ धोखा हो गया है। ऐसे में आप तुरंत वकील का सुझाव लेकर बेचने वाले को नोटिस दें। क़रीबी पुलिस स्टेशन में शिकायत दर्ज करें। ग्राहक हित के लिए काम करने वाले संगठन की सहायता लें। आपकी रक़म तथा मुआवज़ा मिलने के लिए वकील के ज़रिये जिला ग्राहक शिकायत केंद्र या न्यायालय में शिकायत कर सकते हैं।

सम्पत्ति बेचते वक़्त सावधानी

आपकी सम्पत्ति ख़रीदारी करने वाले व्यक्ति के व्यवहार, आचरण के बारे में पूरी जानकारी लेनी चाहिए। रुपये पोस्ट डेटेड चैक द्वारा न लें, नक़द या बैंकड्राफ़्ट द्वारा लेने चाहिए। अनुभवी और विश्वासपात्र वकील के द्वारा पूरा व्यवहार करें वरना आपका नुक़सान हो सकता है। पूरे रुपये देने की समय सीमा तय करें। पूरे रुपये प्राप्त किये बिना लेने वाले का ज़मीन या फ़्लैट या सम्पत्ति पर क़ब्ज़ा या कोई मालिकाना अधिकार नहीं होगा ऐसा क़रारनामे में लिखना ज़रूरी है। कुछ रक़म लेकर बाक़ी रक़म समय पर नहीं मिली तो आप उस सम्पत्ति को दूसरे को बेच सकें इस प्रकार का प्रावधान क़रारनामे में होना चाहिए। परिवार के सदस्य और वकील की सलाह लें। आपका समाधान होने पर पूरी रक़म मिलने के वक़्त या बाद में दो साक्षियों के सामने ही बिक्री क़रारनामे पर दस्तख़त करें।

18

इंटरनेट तथा मोबाइल फ़ोन पर धोखाधड़ी से बचना

कमांडर ने इस समस्या से संबंधित महत्त्वपूर्ण बातें बताईं जो इस प्रकार हैं। आज के बदलते संसार की ज़रूरतों के मुताबिक तेज़ी से संपर्क या व्यवहार करने के लिए इंटरनेट और मोबाइल फ़ोन का इस्तेमाल काफ़ी बढ़ गया है। हर व्यक्ति के दैनंदिन कार्य में इनका इस्तेमाल हो रहा है। मोबाइल फ़ोन की संख्या में दुनिया में चाइना के बाद भारत दूसरे स्थान पर है।

इंटरनेट और मोबाइल फ़ोन का महत्त्व

मोबाइल फ़ोन से हम रिश्तेदार या दूसरे के फ़ोन नंबर पर संपर्क करना, मैसेज भेजना, फ़ोटो खींचना, दृश्य की वीडियो रिकॉर्डिंग करना, गाने सुनना, गेम खेलना, इंटरनेट आदि के लिए उपयोग करते हैं।

इंटरनेट से चाहे वह जानकारी ढूँढ़ना, गेम खेलना, मैसेज या फ़ोटो या वीडियो भेजना, ख़बरें देखना, सोशल मीडिया में हिस्सा लेना, परीक्षा के लिए आवेदन करना, नौकरी ढूँढ़ना, आदि कार्य में उपयोग होता है।

इंटरनेट से कंपनियाँ अपने उत्पाद या सेवा की जानकारी लोगों तक पहुँचाती हैं। कारोबार करना, बैंक व्यवहार करना, उत्पाद या सेवा के विज्ञापन देना, कारोबार बढ़ाना, यात्रा के बारे में जानकारी देखना, हवाई या रेल या बस यात्रा के टिकिट निकालना आदि में इंटरनेट काम आता है। जिससे समय बचता है। इससे ज्ञान में बढ़ोतरी हो सकती है। संशोधन या शिक्षण संबंधी जानकारी आसानी से उपलब्ध होती है।

इंटरनेट इस्तेमाल के बारे में सावधानी

आज के व्यवहार में मोबाइल फ़ोन और इंटरनेट का इस्तेमाल ज़रूरी हो गया है। लेकिन बेवजह इस्तेमाल से समय की बर्बादी हो सकती है। अनचाही बातों का मन पर बुरा असर होता है और मन असुरक्षित हो सकता है। मन की असुरक्षा का बुरा असर शरीर पर पड़ सकता है। ख़र्च बढ़ सकता है। छल हो सकता है। इसलिए ज़रूरी हो उतना ही इस्तेमाल करना चाहिए। इससे होने वाले धोखे से बचने के लिए सावधानी बरतनी बहुत ज़रूरी है।

इंटरनेट पर छल जैसे अपराध रोकने के लिए कंप्यूटर या मोबाइल फ़ोन में प्रभावी ऐंटी वायरस एक्टिव होना चाहिए। फ़ायरफ़ॉक्स सॉफ़्टवेयर लोड करें। अपराध संबंधी, ग़लत या अश्लील साइट बंद करें या फ़िल्टर सॉफ़्टवेयर का उपयोग करें।

इंटरनेट तथा मोबाइल फ़ोन के बेवजह इस्तेमाल की लत से बच्चे या युवाओं पर बुरा असर हो सकता है। बच्चे पढ़ाई में कम ध्यान देते हैं। ग़लत बातें देख सकते हैं जिससे नुक़सान हो सकता है। इसलिए घर का कंप्यूटर हॉल में रखें ताकि सभी का ध्यान पड़े। कम्प्यूटर बच्चों के रूम में न रखें। अपने बच्चों के इंटरनेट के इस्तेमाल पर और संपर्क पर ध्यान दें। इंटरनेट का किस तरह इस्तेमाल हो इसकी चर्चा घर के सभी सदस्य अवश्य करें। कुछ समय के लिए इस्तेमाल होना चाहिए। ज़्यादा समय ख़ाली हैं तो अच्छी किताबें पढ़ें।

आपके ईमेल अकाउंट, सोशल मीडिया साइट एवं क्रेडिट कार्ड का पासवर्ड या पिन नंबर अंदाज़ लगाने में कठिन हो ऐसा रखें। उन्हें हर तीन महीने बाद बदलते रहें ताकि दूसरों को पता न चले। सोशल साइट पर ख़ुद की अधिक जानकारी न दें और अधिक उपयोग न करें। सेव माय पासवर्ड पर क्लिक ना करें। अपनी सीक्रेट या ख़ास जानकारी कम्प्यूटर में ना रखें, किसी दूसरी बुक में लिखकर रखें। ज़रूरत न होने पर अश्लील साइट्स के पॉपअप या विज्ञापन दिखते हैं जिन्हें क्लिक करने को मन चाहता है लेकिन क्लिक न करें।

इंटरनेट के ज़रिये व्यापार करते समय उस व्यक्ति या कंपनी की पूरी जानकारी दूसरे व्यापारियों से लें। ऑफ़र को समझें और सावधानी से कारोबार या सेवा या उत्पाद के बारे में पूरी जानकारी इकट्ठी करें। कहीं

आप धोखा तो नहीं खायेंगे इसके बारे में सोचें, कारोबार की हर शर्त लिखित रखें। भुगतान नक़द ना करें, चैक से ही करें, जब तक पूरी जानकारी नहीं मिलती तब तक आप अपने बैंक अकाउंट नंबर, क्रेडिट कार्ड नंबर की जानकारी ना दें। जल्दबाज़ी में निर्णय न लें।

बैंक का इंटरनेट इस्तेमाल का पासवर्ड तथा पिन नियमित रूप से बदलते रहें। सायबर कैफ़े से ऑनलाइन बैंक व्यवहार न करें। ऑनलाइन सुरक्षित व्यवहार की सावधानी संबंधी और जानकारी के लिए बैंक के पेपर या वेबसाइट पर जानकारी पढ़ें और अमल करें। अपने बैंक अकाउंट के स्टेटमेंट नियमित रूप से चैक करें।

किसी प्रोग्राम में वाइरस हो सकता है जो आपके कंप्यूटर की जानकारी नष्ट कर सकता है इसलिए प्रोग्राम डाउनलोड करने से पहले सुनिश्चित करें।

मोबाइल फ़ोन, इंटरनेट इस्तेमाल के ख़तरे

इंटरनेट पर दिखाये गये नाम, जानकारी, फ़ोटो नक़ली हो सकते हैं या ग़लत जानकारी दी जा सकती है। आपकी फ़ोटो या जानकारी का ग़लत इस्तेमाल हो सकता है। आपके साथ धोखा हो सकता है।

भ्रमित करने वाले विज्ञापन एवं ऑफ़र पर भरोसा ना करें, वे झूठे हो सकते हैं। आप जिसे पहचानते नहीं या विश्वास नहीं है ऐसे व्यक्ति या कंपनी से व्यवहार नहीं करना चाहिए। अपराधी व्यक्ति आपका लाभ उठा सकते हैं।

शादी के बारे में लड़का या लड़की ग़लत नाम, फ़ोटो या झूठी जानकारी दे सकते हैं इस पर विश्वास ना करें। आपको मिलकर ब्लैकमेल कर सकते हैं। जो कोई उसे पहचानता है उससे असली जानकारी लें। अपरिचित ईमेल या मैसेज या मोबाइल नंबर डिलीट करें। अनजान व्यक्ति से रिश्ते बढ़ाकर धोखा मोल न लें।

अपराधी लोग इंटरनेट के माध्यम से, मोबाइल फ़ोन से आपके पासवर्ड या पिन नंबर पता करके नक़ली एटीएम या क्रेडिट कार्ड बनाकर उसका इस्तेमाल करके आपके बैंक खाते से रुपये निकाल सकते हैं।

अपराधी लोग धोखा देने के लिए आपके नेट अकाउंट पर या मोबाइल फ़ोन पर आपको करोड़ों रुपयों की लॉटरी लगी है या कुछ दूसरे झूठे ऑफ़र देते हैं। आप लालच में आकर सच मानते हैं और संपर्क बनाते हैं। बाद में

वे आपको कोई एक बैंक अकाउंट नंबर देकर उसमें हज़ारों या लाखों रुपये जमा करने को कहते हैं। आप रुपये जमा करते हैं लेकिन कुछ दिन बाद वह आदमी आपसे संपर्क नहीं करता और ग़ायब हो जाता है। वह अपने संपर्क के ज़रिये बंद कर देता है। उसके बैंक अकाउंट झूठे नाम व पते पर होते हैं। इस तरह आपको भारी नुक़सान होता है। पुलिस के पास शिकायत करने पर भी कुछ हासिल नहीं होता।

आपके बैंक जैसी नक़ली बैंक की वेबसाइट हो सकती है इसलिए ज़रूरत के सिवाय किसी दूसरे प्रोग्राम को क्लिक ना करें या छेड़ें नहीं। वरना तुरंत आपके बैंक खाते से लाखों रुपये निकाले जा सकते हैं।

आपकी वेबसाइट की जानकारी चुरा ली जा सकती है। वाइरस से कम्प्यूटर में सेव जानकारी डिलीट हो सकती है।

ज़्यादा देर तक मोबाइल फ़ोन सीने के पास रखने से शरीर पर बुरा असर पड़ सकता है। ट्रैफ़िक में वाहन चलाते वक़्त चालक को मोबाइल फ़ोन पर बातें नहीं करनी चाहिए।

धोखा होने पर

छल संबंधी या ग़लत ईमेल मिलें तो आप उन्हें सर्विस प्रोवाइडर को फ़ॉरवर्ड करें। बैंक अकाउंट से किसी ने रुपये निकाले, आपके द्वारा भेजी गयी फ़ोटो का दुरुपयोग हुआ, कोई ब्लैकमेल कर रहा है या आपके मोबाइल नंबर पर बार-बार फ़ोन करके परेशान करता है तो तुरंत नज़दीकी पुलिस स्टेशन में जाकर शिकायत दर्ज करें। बैंक को जानकारी दें। अगर आपने पुलिस से शिकायत नहीं की तो आगे भी आपके साथ ग़लत व्यवहार हो सकता है। अपने वकील का सुझाव लें।

19

जीवन में उदासी का सामना करना, आत्महत्या रोकना

कमांडर ने इस समस्या पर विचारमग्न ढंग से बताया कि हर किसी के जीवन में कटु अनुभव आते ही रहते हैं। जीवन तो काँटों और फूलों का ताज है। जीवन में सुख-दुख का आना-जाना लगा रहता है। लेकिन संघर्ष करते रहना चाहिए।

उदासी में मन असुरक्षित होता है। हम वक़्त रहते बहुत सारी बातों पर ध्यान नहीं देते जिसकी वजह से भविष्य में मनचाही बातें न होने पर मन असुरक्षित होता है। कई बार पता होने पर भी कड़ी मेहनत नहीं करने की वजह से मनचाहे परिणाम नहीं मिलते।

मन की असुरक्षा का परिणाम शरीर और व्यवहार पर भी होता है। अगर ख़तरों को ध्यान में रखकर पूरी कोशिश के साथ कार्य किये और मनचाहे परिणाम नहीं मिले तो इससे आयी उदासी का कारण हमारी नकारात्मक सोच हो सकती है। ऐसी असुरक्षा से दूसरों की भी सुरक्षा ख़तरे में आ जाती है।

बहुत बड़ी मुसीबत आने पर नकारात्मक सोच से जीवन में उदासी छा जाती है। नौकरी ना मिले या मनचाही बात या काम ना हो तो जीवन में उदासी आ जाती है। परीक्षा में अच्छे अंक न मिलना, परीक्षा में अनुत्तीर्ण होना, बदनामी होना, पसंदीदा व्यक्ति का रिश्ता तोड़ना, नौकरी से निकाला जाना, लंबी बीमारी से तंग आना, क़र्ज़ का बोझ, खेती मारी जाना, किसी के द्वारा तीखी आलोचना करना, धंधे में भारी नुक़सान होना आदि उदासी के कारण हो सकते हैं।

उदास व्यक्ति के लक्षण

निराश लोग अपने आपको उल्टे नसीब वाला समझते हैं। उदास व्यक्ति नकारात्मक सोचता है। जीतने की उम्मीद छोड़ देता है। दुखी रहता है, काम करने की इच्छा नहीं होती, वज़न बढ़ता है। ऐसे व्यक्ति को रात को नींद नहीं आती या अधिक नींद आती है। उसके काम करने की रफ़्तार कम होती है। अपराधबोध की भावना उसके मन में आती है। कार्य करने की ऊर्जा कम होती है। किसी काम में मन नहीं लगता। मन में दुनिया के प्रति नफ़रत आकर आत्महत्या के विचार मन में आते हैं। वह दूसरों से बातें नहीं करना चाहते या छोटी बातों पर गुस्सा करते हैं। वह किसी की बातें सुनने को तैयार नहीं रहते और चिल्लाते हैं। वे दूसरों से कुछ और ही सोचते हैं। शरीर में दर्द महसूस करते हैं। ऐसे व्यक्ति शराब या नशीली चीज़ें लेना शुरू करते हैं या आदत बढ़ती है।

उदासी का परिणाम

कुछ लोग उदासी को सहन नहीं करते हैं और ग़लत कार्य करते हैं जिसके परिणामस्वरूप उन्हें खुद को, रिश्तेदार तथा दूसरों को भी भुगतना पड़ता है। उदासी का परिणाम उस व्यक्ति के शरीर तथा मन पर होता है और व्यक्तिगत, सामाजिक एवं पेशेवर जीवन पर असर पड़ता है। कार्य नहीं करने से आमदनी में कमी आती है जिससे घर चलाना मुश्किल होता है। कुछ उदास व्यक्ति ग़ैरक़ानूनी या ग़लत कार्य करते हैं और बुरी तरह से फँस जाते हैं। ग़लत कार्यों से समाज में उनका स्थान गिर जाता है। कुछ सकारात्मक सोच के अभाव से आत्महत्या करते हैं।

उदासी दूर करने के उपाय

नकारात्मक सोच बदलनी चाहिए। याद रखें दुख या आपत्ति क्षणभंगुर होते हैं। खुद पर भरोसा करना चाहिए, सकारात्मक सोच से हर बात को देखना चाहिए। अपनी इच्छाशक्ति बढ़ाकर अच्छे काम में मन लगाना चाहिए। कठिन स्थिती को कुछ सीखने की नज़र से देखना चाहिए। छोटे-छोटे काम करते रहने चाहिए।

आपने जो अच्छे कार्य किये हैं उन्हें याद करें। हर सफल व्यक्ति के जीवन में दुख और कठिन स्थिती आयी है लेकिन उन्होंने हार नहीं मानी

और आख़िर वे जीतकर सफल हुये हैं। उन्हें याद करें।

मन की पीड़ा किसी दोस्त या रिश्तेदार को बतानी चाहिए। उदासी के कारण या विषय के अनुभवी व्यक्ति, परामर्शदाता, विशेषज्ञ या डॉक्टर की सलाह और इलाज लेना चाहिए। स्थिती बदलने के उपाय सोचें और अमल करें। परिवार वाले या सहकर्मी के साथ मिल-जुलकर काम करना चाहिए। हौसला बढ़ाने वाले दोस्त या सहकर्मी या रिश्तेदार से अधिक बातें करनी चाहिए तथा संबंध बढ़ाने चाहिए। सामांजिक कार्य में भाग लेना चाहिए। पसंदीदा व्यक्ति के साथ फ़िल्म देखना, खाना खाना, खेल खेलना या कहीं घूमने जाना चाहिए। पुराने दोस्तों के साथ बीती अच्छी घटना पर बातें करनी चाहिए।

पसंदीदा गाने सुनना, चित्र निकालना, पसंदीदा कला में कार्य करना, लिखना, अच्छे विचारों की पुस्तकें पढ़ना, पालतू कुत्ते या बिल्ली या जानवर के साथ खेलना इस तरह दिन गुज़ारना चाहिए। हर दिन वॉकिंग या रनिंग या योग, एरोबिक्स, कसरत करना मन ताज़ा रखने में मदद करता है। हर दिन कम से कम सात घंटे नींद लेना ज़रूरी है। स्वास्थ्यवर्धक और पसंदीदा खाना खायें। भ्रमित करने वाले विज्ञापन से सतर्क रहें।

जब उदास हों तब मन किसी कार्य में लगायें और स्थिती पूर्ववत होने का इंतज़ार करें। क्योंकि दुख के बाद सुख आना ही है। बस हिम्मत न हारें। समय के साथ होते परिवर्तनों को मानकर ज़माने की गति के साथ चलें। सामाजिक परिवर्तनों को अपनाना चाहिए। सकारात्मक सोच और धैर्य से कठिन परिस्थिती का मुक़ाबला करना सीखें।

ट्रैफ़िक सिग्नल

कठिन वक़्त के दौरान ट्रैफ़िक सिग्नल को याद करें। समझें कि सिग्नल का लाल रंग कहता है कि रुको। कठिन वक़्त है थोड़ा रुक जाओ। पीला रंग कहता है इंतज़ार करो। ख़तरे का अंदाज़ा लगाओ। स्थिती में सुधार होने का इंतज़ार करो। इस दौरान आप सोचें, योजना बनाकर कठिन समय का सामना करने की तैयारी करें। कभी वक़्त के साथ बुरा वक़्त अपने आप निकल जाता है। हरा रंग कहता है कि आगे बढ़ो। कठिन स्थिती गुज़र गई होगी या तो योजना के साथ सामना करें।

आत्महत्या के लक्षण, सोच

उदासी के कारण किसी समय लोग पूरी तरह नकारात्मक सोचते हैं। वे सोचते हैं कि दूसरों को उनकी ज़रूरत नहीं है। उदासी के कारण आत्महत्या करने के बारे में सोचने वाले व्यक्ति रात को सोते नहीं, इनाम में मिली चीज़ों तथा रक़म को किसी को दे देते हैं, लाइफ़ इंश्योरन्स पॉलिसी निकालते हैं, विल तैयार करते हैं, उदास रहते हैं, मृत्यु एवं मरने के बारे में बातें करते हैं। कभी-कभी वे अकेले में फूट-फूटकर रोते हैं।

ऐसी सोच वाले खुद को दूसरों पर बोझ समझते हैं। वे हँसते नहीं हैं, जीवन का आनंद नहीं लेते, शरीर को ढीला छोड़ देते हैं। हिम्मत पूरी तरह हार जाते हैं। निराशापूर्ण बातें करते हैं। ऐसे व्यक्ति अब मैं कुछ नहीं कर सकता, मुझे कोई नहीं चाहता, कोई मेरा नहीं है, मेरा क्या काम है, मेरे लिए कुछ बचा नहीं, मेरे काम पूरे हो चुके हैं, मैं थक गया हूँ, अब दर्द सहा नहीं जाता, मुझे कोई समझता नहीं है आदि इस तरह की निराशाजनक बातें करते हैं।

नींद की दवाई की गोलियाँ ख़रीदते हैं। आत्महत्या के बारे में पुस्तकें पढ़ते हैं। अकेले रहने लगते हैं। ऐसी सोच वाले व्यक्ति दूसरों से रिश्ते ख़त्म कर लेते हैं। आत्महत्या या खुदकुशी करने की कोशिश करना भारतीय दण्ड संहिता की धारा 309 के अनुसार अपराध है।

आत्महत्या करने के प्रकार

आमतौर पर गले में रस्सी लटकाकर फाँसी लगाकर, कीटनाशक या ज़हर पीकर, गहरे पानी या कुएँ में कूदकर, केरोसिन डालकर अपने शरीर को आग से जलाना, नींद की अधिक गोलियाँ लेना, चलती ट्रेन के सामने आना आदि प्रकार से लोग आत्महत्या करते हैं।

उदास व्यक्ति के लिए आत्महत्या रोकने के उपाय

कमांडर ने स्पष्ट किया कि जिस व्यक्ति के मन में आत्महत्या के विचार आते हैं उन्हें ऊपर लिखे उदासी दूर करने के उपायों पर अमल करना चाहिए। इससे लाभ हो सकता है।

नज़रिया अच्छा रखें। जैसे सुख का समय बीत गया वैसे दुख की

घड़ियाँ भी बीत जायेंगी। हँसकर जियें। चाहे तो कहीं और कुछ दिनों के लिए घूमने जायें। याद रखें आत्महत्या से मरने वाले और उसके परिवार के सभी सदस्य और दोस्तों पर बुरा प्रभाव पड़ता है। कल की कल पर छोड़ो। भविष्य में क्या होने वाला है इसकी चिन्ता नहीं करनी चाहिए।

सरकारी सेवा या सेवाभावी संस्था की जानकारी रखें। समय आने पर आप इसकी सहायता ले सकते हैं। अगर आपके रहने का कोई ठिकाना नहीं है तब आप पुलिस की मदद से या सरकारी या स्वयंसेवी संस्था के सुधारगृह या सुरक्षागृह में ठहर सकते हैं।

घर पर शस्त्र, ज़हर, रस्सी, नींद की गोलियाँ आदि चीज़ें न रखें। यदि हैं तो उन्हें किसी रिश्तेदार के पास रखें। अकेले न रहें, हमेशा किसी के साथ रहना चाहिए। ज़्यादा लोगों के साथ मिलकर कार्य करें।

रिश्तेदार या दूसरों के लिए उपाय

अगर आपको पता है कि कोई व्यक्ति उदास है और आत्महत्या कर सकता है तो उसे अकेला कभी न छोड़ें। उस पर नज़र रखें। उसकी बातें ध्यान से सुनें, उसके दर्द को समझें, उसे समझ लें, हमदर्दी दिखायें, खुलकर बातें करें। प्यार से सकारात्मक सोचने का तरीक़ा बतायें और उसकी सोच में सुधार करने का प्रयास करें। उसकी हिम्मत बढ़ायें।

समस्या हल करने के रास्ते ढूँढ़ने में मदद करें। उसे भरोसा दिलायें कि आप हर वक़्त उसके साथ हैं। अनुभवी व्यक्ति, विशेषज्ञ या डॉक्टर से सलाह लें या इलाज करायें।

अगर वह आत्महत्या करने का सोचता है तो उसे उस सोच से दूर करें, उसके अपने रिश्तेदार के बारे में बतायें। अगर उसके पास गोलियाँ हैं तो गोली किस प्रकार की हैं, कहाँ रखी हैं यह पूछें। घर में तनाव की वजह से आत्महत्या होने की आशंका है तो छत के पंखे के हुक काट डालें ताकि वहाँ रस्सी न लटक सके। घर पर नशीली चीज़ें या विष, नींद की गोलियाँ न रखें क्योंकि गुस्से में या उदासी में इनका सेवन करके आत्महत्या करना आसान होता है। वह फ़ोन पर बात कर रहा है तो बातें ख़त्म न होने दें, दूसरे फ़ोन से किसी को जानकारी दें और बुलायें। अगर कोई आत्महत्या कर रहा है तो तुरंत क़रीबी दोस्त और पुलिस, डॉक्टर, एम्बुलेंस को बुलायें।

20

धार्मिक स्थान और उत्सव या कार्यक्रम की सुरक्षा

कमांडर ने लोगों को इस आस्था के स्थान और श्रद्धालुओं की सुरक्षा संबंधी बातें बताईं। उन्होंने कहा कि ज़्यादातर व्यक्ति किसी न किसी भगवान पर विश्वास रखते हैं। जीवन में ईश्वर की पूजा और आराधना करने में समय बिताते हैं। इससे व्यक्ति अपनी आत्मा और मन की सुरक्षा महसूस करते हैं। कई बार ख़तरों से निबटने की शक्ति पाने के लिए, मनचाहे परिणाम की अपेक्षा के लिए, दुखी या उदास होने पर असुरक्षित मनःस्थिती में हम भगवान के पूजा स्थान पर जाकर मन की शांति महसूस करते हैं। विश्वास और श्रद्धा के कारण मन की शक्ति बढ़ने से शरीर की बीमारी के कारणों से लड़ने की अंदरूनी शक्ति बढ़ती है।

मन की असुरक्षा साधनों से दूर नहीं की जा सकती। उसे विश्वास और श्रद्धा की ज़रूरत होती है। श्रद्धा की वजह से ऐसे पूजा स्थान से एक नयी ऊर्जा मिलती है जिससे कठिन स्थिती का सामना करने की हिम्मत बढ़ती है। चिंता या तनाव कम होता है। जीवन में कामयाब होना आसान हो जाता है। इससे जीवन ज़्यादा सुरक्षित होता है।

लेकिन आज के ज़माने के अपराधियों ने भगवान के इस पूज्य और पवित्र स्थान को भी नहीं छोड़ा है। अपराधियों ने ऐसी जगह मूर्ती, गहने, रुपयों की चोरी तथा जान का नुक़सान किया है। इसलिए सतर्क रहकर सुरक्षा संबंधी उपाय योजना तैयार करना अत्यंत आवश्यक हो गया है।

अपराध के प्रकार

अपराधी लोग कई प्रकार के अपराध करते हैं। कभी भगवान की मूर्ती या मूर्ती के गहने चुराते हैं। कभी रुपयों या क़ीमती चीज़ों की चोरी करते हैं। कभी मूर्ती का नुक़सान करते हैं। श्रद्धालुओं के रुपये, गहने या क़ीमती चीज़ें चोरी करते हैं। बॉम्ब विस्फोट करके मासूम लोगों को चोट पहुँचाते हैं या हत्या करते हैं। धार्मिक स्थान को आग लगाकर नुक़सान करते हैं। कभी खाने में ज़हरीली चीज़ें मिलाते हैं। भीड़ में महिलाओं के साथ छेड़छाड़ या बच्चों का अपहरण करते हैं। अफ़वाह फैलाकर मासूम लोगों के मन में डर पैदा करते हैं जिससे भगदड़ मचकर जानें जाती हैं या लोग ज़ख़्मी होते हैं। ऐसी भगदड़ में महिलाओं और बच्चों को ज़्यादा नुक़सान होता है।

ख़तरों का अंदेशा

धार्मिक स्थान छोटा हो या बड़ा लेकिन संभावित अपराध तथा ख़तरों को पहचानकर उन्हें रोकने के लिए सावधानी बरतकर सुरक्षा की योजना बनाकर पुख़्ता इंतज़ाम करना अत्यंत आवश्यक है।

अपराधों को प्रतिबंधित करने के लिए धार्मिक स्थल के परिसर एवं मुख्य स्थान का निरीक्षण करना चाहिए। अपराध किस प्रकार के हो सकते हैं यह ध्यान में रखकर अपराधी व्यक्ति कौन सी जगह से और किस तरह प्रवेश कर सकता है, क्या चीज़ें चोरी कर सकता है, चोट पहुँचाने के शस्त्र कैसे ला सकता है, कहाँ से भाग सकता है, कौन से नौकर चोरी कर सकते हैं, किस तरह का नुक़सान हो सकता है इन बातों की सूची बनायें। इन बातों को प्रतिबंधित करने के लिए सुरक्षा उपायों की योजना बनायें। इससे अपराधों पर काफ़ी असर पड़ता है।

धार्मिक स्थान पर सुरक्षा साधनों का इस्तेमाल

कंपाउंड वॉल, गेट – धार्मिक स्थान के भवन के आस-पास की खुली जगह है तो कम से कम आठ फुट ऊँची पक्की कंपाउंड वॉल हो और ऊपर काँटेदार तारों का घेरा डालें। वॉल कंपाउंड में मज़बूत प्रवेश व निकास द्वार अलग-अलग हों। द्वार के गैप में से कोई बच्चा भी अंदर ना आ सके ऐसी व्यवस्था हो। उसमें मज़बूत ताला लगायें।

धार्मिक इमारत क्षेत्र में साफ़-सफ़ाई पर ध्यान देना चाहिए। कचरे में संदेह वाली चीज़ें छुपायी हो सकती हैं।

बिजली - प्रवेश द्वार, कंपाउंड क्षेत्र, मुख्य स्थान पर विद्युत लाइट लगानी चाहिए। रात को बाहर की सभी विद्युत लाइटें चालू रखें। बिजली जाने पर जनरेटर या आपातकालीन विद्युत व्यवस्था होनी चाहिए। इलेक्ट्रिक वायरिंग, बोर्ड सुरक्षित हों। बिजली जाने पर प्रकाश के लिए जनरेटर, इनवर्टर, सर्च लाइट या टॉर्च की व्यवस्था होनी चाहिए।

दरवाज़े, खिड़कियाँ - ज़्यादातर चोरी मुख्य स्थल खुला रखने से या कमज़ोर दरवाज़े और खिड़कियाँ होने से होती है। वहीं से चोर अंदर आते हैं। इसलिए क़ीमती मूर्ति, मूर्ति के सोने या चाँदी के मुकुट या सोने के गहनों की चोरी रोकने के लिए पहले सभी दरवाज़े, खिड़कियाँ मज़बूत बना लें।

एक्स-रे मशीन - प्रवेश द्वार पर ही एक्स-रे मशीन द्वारा बैग चैक करके बैग में चाकू या संदिग्ध चीज़ें ढूँढ़ने में मदद होती है।

डोर मेटल डिटेक्टर - यह दरवाज़े के फ़्रेम जैसा होता है। इस फ़्रेम से मेटल की चीज़ें जब अंदर आती हैं तब मशीन आवाज़ करती है या लाइट दर्शाती है। चाकू, बंदूक आदि चीज़ें ढूँढ़ना आसान हो जाता है।

हैंड मेटल डिटेक्टर - यह हाथ में पकड़कर शरीर के कपड़ों पर घुमाया जाता है। जेब या कपड़े के अंदर मेटल की चीज़ें, शस्त्र है तो आवाज़ से पता चल सकता है।

सीसीटीवी - चोरी जैसे अपराध रोकने और संदेहास्पद व्यक्ति की पहचान करने के उद्देश्य से प्रवेश द्वार पर, धार्मिक स्थान, मूर्ति स्थान, क़ीमती चीज़ें रखने की जगह पर सीसीटीवी उपकरण लगाना चाहिए। इन जगहों का चित्रण होता रहता है। सीसीटीवी सर्वेलेंस नियंत्रण कक्ष स्थापित करें। वहाँ से हलचल पर नज़र रखें।

सीसीटीवी के कैमरे इस प्रकार लगाये गये हों कि उसमें प्रवेश करने वाले वाहन का नंबर, चालक, बैठे लोगों का चित्रण आना चाहिए। सीसीटीवी के कैमरे नाइट विज़न हों।

इलेक्ट्रॉनिक बर्गलर अलार्म - प्रवेश द्वार, मुख्य व्यवस्थापक कार्यालय, अन्य विभाग कार्यालय, सहायता केंद्र, कंट्रोल रूम में इलेक्ट्रॉनिक बर्गलर या अलार्म या सायरन की व्यवस्था होनी चाहिए ताकि ख़तरे के वक़्त बजाया जा

सके। उसके स्पीकर बाहर सुरक्षित जगह पर लगायें।

कॉलर आईडी – टेलीफ़ोन पर कॉलर आईडी सुविधा होनी चाहिए जिससे इनकमिंग कॉल का नंबर दिख सके। या तो मोबाइल फ़ोन का इस्तेमाल करें।

फ़ायर एक्सटिंगुशर सिलिंडर, रेत – अचानक लगी आग पर क़ाबू पाने के लिए फ़ायर एक्सटिंगुशर सिलिंडर एवं रेत रखना चाहिए।

फ़ोटो या वीडियो कैमरे – सुरक्षाकर्मी और कुछ पदाधिकारियों के पास डिजिटल फ़ोटो तथा वीडियो कैमरे होने चाहिए। संदिग्ध व्यक्ति की, भीड़ के वक़्त लोगों की, गड़बड़ करने वालों की फ़ोटो खींची जा सके या वीडियो शूटिंग की जा सके।

सुरक्षा कर्मचारी – प्रवेश द्वार, पूजा स्थान पर, इमारत के पीछे चौकन्ने, प्रशिक्षित और ईमानदार सुरक्षा कर्मचारी की नियुक्ति करें। रात के वक़्त सुरक्षाकर्मी ज़्यादा सतर्क रहें। लायसेंस के शस्त्र, लाठी, सीटी, रात के वक़्त टॉर्च का इस्तेमाल करें। सुरक्षाकर्मी को छोड़ने वाले दूसरे कर्मचारी या रिलीफ़ के आने से पहले उसे अपने कार्य की जगह नहीं छोड़नी चाहिए यह सूचना दें।

संपर्क साधन – सुरक्षाकर्मी तथा पदाधिकारी इन्हें आपस में संपर्क करने के लिए वॉकीटॉकी या मोबाइल फ़ोन होना ज़रूरी है।

अनाउन्समेंट सिस्टम – अनाउन्समेंट सिस्टम, लाउड स्पीकर उपकरण अच्छे होने चाहिए। धार्मिक क्षेत्र की हर जगह पर आवाज़ पहुँचनी चाहिए। इससे श्रद्धालु को सुरक्षा, वाहन पार्किंग, सुविधा और नियमों संबंधी आवश्यक सूचना दे सकें। बच्चों की जेब में माता-पिता के नाम तथा फ़ोन नंबर का कार्ड हो यह सूचना देनी चाहिए। शिकायत कहाँ करनी है इसकी जानकारी देनी चाहिए।

पहचान पत्र या पास – धार्मिक स्थान के पदाधिकारी, कार्य करने वाले लोगों को पहचान पत्र या पास देने चाहिए। इससे गार्ड कर्मचारी पहचान सकें और बार-बार उनकी तलाशी न लें। मेहमान या वीआईपी व्यक्ति को ख़ास क़िस्म के पास देने चाहिए। पहचान पत्र पर उस व्यक्ति का फ़ोटो हो। मंडल की निशानी हो। कुछ साल बाद पहचान पत्र का रंग या डिज़ाइन बदलना चाहिए, नहीं तो अपराधी नक़ली पहचान पत्र बना सकते हैं। वाहन

पर पहचान हेतु स्टीकर चिपकाने चाहिए।

विज़िटर बुक – प्रवेश करने वाले व्यक्ति का नाम, पता, समय लिखने के लिए प्रवेश द्वार पर एक विज़िटर बुक रखनी चाहिए। इससे संदिग्ध व्यक्ति को अवरोध होता है। बैंक लॉकर सुविधा का उपयोग करें।

सेफ़, अलमारी – क़ीमती चीज़ें, गहने या रुपये सुरक्षित रखने के लिए मज़बूत सेफ़ या अलमारी होनी चाहिए। लॉक मज़बूत हो। चाबी सुरक्षित रखें।

एम्बुलेंस, फ़ायरब्रिगेड – अचानक तबीयत बिगड़ने पर या हादसा होने से चोट पहुँचने पर तुरंत मेडिकल उपचार हेतु अस्तपाल ले जाने के लिए एक एम्बुलेंस तैयार होनी चाहिए। अचानक आग लग गयी हो तो फ़ायरब्रिगेड की सुविधा मिल सके इसकी तैयारी करके रखें।

फ़र्स्ट एड, डॉक्टर, दवा, अस्पताल – अचानक हुयी बीमारी पर तुरंत इलाज के लिए फ़र्स्ट एड हो ऐसी ज़रूरी दवाइयाँ, बैंडेज तथा डॉक्टर की सुविधा तैयार रखनी चाहिए।

पुलिस की गश्त – नज़दीकी पुलिस स्टेशन के पुलिस कर्मियों का गश्त हेतु धार्मिक स्थान पर दिन-रात आना-जाना जारी रहना चाहिए। इससे अपराधी व्यक्ति अपराध करने की हिम्मत नहीं करेंगे या उन्हें पकड़ा जा सकता है। अपराध होने पर या आपातकाल में तुरंत पुलिस की मदद ली जानी चाहिए।

प्रवेश द्वार पर सुरक्षा – द्वार पर सुरक्षाकर्मी को काम करने का तरीक़ा अच्छे से समझाना चाहिए। एक साथ कम से कम दो सुरक्षाकर्मी हों। हर चार घंटे बाद उनकी बदली हो। इससे वे पूरे समय सतर्कता के साथ कार्य कर सकते हैं।

धार्मिक क्षेत्र में प्रवेश के पहले हर व्यक्ति से कतार में खड़े रहने का अनुरोध करें। उनके पहचान पत्र, सामान और वाहन को प्रवेश द्वार पर चैक किये बिना अंदर प्रवेश नहीं देना चाहिए। प्रवेश द्वार पर एक पुस्तिका रखें जिसमें प्रवेश करने वाले सभी वाहनों के नंबर और चालक का नाम और पता, आने-जाने के समय की जानकारी हो। यदि किसी के पास संदेहास्पद चीज़ें, हथियार या बंदूक मिलती है तो वह चीज़ें अलग करके उस व्यक्ति

को पकड़कर रखें। चाकू, छुरी, शस्त्र यह व्यवस्थापक की सहमति के बगैर प्रवेश द्वार से अंदर नहीं आने चाहिए। व्यवस्थापक से पूछकर तुरंत पुलिस को जानकारी देकर बुलायें या उसे पुलिस के क़ब्ज़े में दें। आगे की कार्यवाही पुलिस करेगी।

रात के वक़्त प्रवेश द्वार पर विद्युत लाइट की व्यवस्था होनी चाहिए जिससे प्रवेश करने वालों की पहचान हो। निकासी द्वार से वाहन या व्यक्ति अंदर नहीं आने चाहिए।

मुख्य इमारत के प्रवेश द्वार के सामने की सुरक्षा

सर्चिंग - मुख्य धार्मिक स्थल, पूजा की जगह, माथा टेकने की जगह या मूर्ति की जगह के प्रवेश द्वार के बाहर सर्चिंग कार्य के लिए ख़ास प्रशिक्षित लोग नियुक्त करें। वे अंदर आने वाले व्यक्तियों की कतार लगाकर उनकी आदरपूर्वक तलाशी लें। इसके लिए हैंड मेटल डिटेक्टर का इस्तेमाल कर सकते हैं। महिलाओं की सर्चिंग के लिए महिला और पुरुषों की सर्चिंग के लिए पुरुष व्यक्ति हो। महिलाओं की सर्चिंग अलग रूम में हो। मोबाइल फ़ोन, कैमरे की अच्छी तरह जाँच हो। किसी का अपमान नहीं होना चाहिए।

जो चीज़ें अंदर लाने की मनाही है उन्हें बाहर ही रखें। रजिस्टर पर ऐंट्री करें और दर्शन के बाद उसी व्यक्ति को वापस लौटायें।

मूर्ति या पूजा स्थल की सुरक्षा

अगर मूर्ति या पूजा का स्थल खुला रखना है तो रात के वक़्त वह लोहे की जाली से बंद करें। जाली के दरवाज़े पर मज़बूत ताला लगायें। जिन्हें दर्शन करना है वे जाली के बाहर से दर्शन कर सकते हैं। चाबी विश्वासपात्र व्यक्ति के पास रखें। ऐसे व्यक्ति को हर साल बदलते रहें वरना कोई दूसरी चाबी तैयार कर सकता है। स्थल की छत मज़बूत होनी चाहिए।

रात में नाइट विज़न सीसीटीवी और लाइट चालू रखें। मूर्ति पर ध्यान रखने के लिए ख़ास सुरक्षाकर्मी नियुक्त करें।

दानपेटी की सुरक्षा

छोटे धार्मिक स्थान जैसे मंदिर में जहाँ रात को सुरक्षा व्यवस्था नहीं होती वहाँ

चोर व्यक्ति दानपेटी उठाकर ले जाते हैं या तो ताला तोड़कर उसमें से रुपये चोरी करते हैं। इसलिए दानपेटी लोहे की मज़बूत हो और मज़बूत ताला लगा हो। दानपेटी को कोई उठा न सके इस तरह उसे स्थापित करना चाहिए।

सोने या रुपयों की सुरक्षा

रुपयों का हिसाब साफ़ होना चाहिए। रुपये वाउचर के बगैर ख़र्च नहीं करने चाहिए। मज़बूत सेफ़ रखें और ज़रूरत के हिसाब से सोना, रुपये उसमें रखें।

जिनकी गिनती हुयी है वे रुपये या सोना बैंक लॉकर में रखें। बैंक में जमा करने ले जाने के लिए पदाधिकारी के साथ सुरक्षा ऐजंसी के कम से कम दो व्यक्तियों को जाना चाहिए। सुरक्षित रास्ते से जाना चाहिए। रुपये जमा करने जाने वाले के पीछे एक वाहन रखें जिसमें दो व्यक्ति बैठे हों। वाहनों में सायरन सुविधा होनी चाहिए। जो ख़तरे के वक़्त बजाये जा सकें। बैंक में जाने-आने के रास्ते और समय बदलते रहें। नज़दीकी पुलिस से संपर्क में रहें और उस रास्ते पर गश्त करने का अनुरोध करें।

सहायता केंद्र

अगर किसी को किसी बात की जानकारी चाहिए या कोई शिकायत करनी है। किसी की कोई चीज़ गुम गई है या किसी को गुमी हुयी चीज़ें या बच्चे मिले हैं। ऐसी मदद के लिए सहायता केंद्र होने चाहिए। यह केंद्र हर व्यक्ति को दिखे ऐसी जगह होने चाहिए। जैसे मुख्य स्थल के प्रवेश द्वार के रास्ते के कुछ अंतर पर हों।

श्रद्धालुओं से अच्छा व्यवहार

श्रद्धालुओं से अच्छा व्यवहार हो। उनका स्वागत हो। उन्हें परेशान न किया जाये, मित्रतापूर्ण और आनन्ददायक वातावरण बनाये रखना चाहिए।

धर्म बिगाड़ने वाला कार्य नहीं होना चाहिए। ईश्वर पर श्रद्धा वाले व्यक्ति ही महत्त्वपूर्ण कामकाज सँभालें। अपराधी क़िस्म के लोग कामकाज न देखें। इससे अपराध पर प्रतिबंध रखने में मदद मिलती है।

सुविधायें

श्रद्धालुओं को अलग-अलग सुविधायें मुहैया कराने से एक जगह भीड़ नहीं

होती। इससे जान और माल की हिफ़ाज़त करना आसान होता है। श्रद्धालुओं को पीने का पानी, खाना खाने, सामान सुरक्षित रखने, जूते-चप्पल रखने, ठहरने, नहाने तथा टॉयलेट और अन्य आवश्यक सुविधायें प्रदान की जायें। पुरुष और महिलाओं के लिए अलग-अलग सुविधा होनी चाहिए।

खाने-पीने की चीज़ें, सामान बेचने की दुकानें मुख्य इमारत से दूर तथा अलग हों। श्रद्धालुओं की अचानक तबीयत बिगड़ने पर कम क़ीमत पर डॉक्टरी इलाज, दवा की सुविधा होनी चाहिए।

वाहन पार्किंग

वाहन पार्किंग मुख्य इमारत से लंबी दूरी पर रखें। सुरक्षाकर्मी चालकों को सूचना दें कि वे वाहन पर ध्यान दें या वाहन लॉक करके रखें। वाहनों के आने और जाने के रास्ते अलग-अलग होने चाहिए। चौकीदार ध्यान दें कि वाहन चोरी न हों। चोर या संदेहास्पद व्यक्ति पर नज़र रखनी चाहिए। वाहन चालकों में झगड़े नहीं होने चाहिए।

भीड़ पर नियंत्रण करना

भगदड़ ना मचे इसका ध्यान रखना चाहिए। क्योंकि भगदड़ में लोगों की ख़ासकर बच्चों, महिलाओं की जान चली जाती है। रुपये या गहने चोरी होते हैं।

ज़्यादा भीड़ वाले धार्मिक स्थल में ऐसी स्थिती सँभालने के लिए इसके लिए ख़ास तरह के अलग लोग नियुक्त हों। उन्हें समझदारी से और ख़ास तरह से कार्य करने, भीड़ से व्यवहार करने, दर्शन की व्यवस्था करने, भीड़ को नियंत्रण में लेने आदि का प्रशिक्षण देना अनिवार्य है। महिला और पुरुषों की कतार अलग-अलग होनी चाहिए। एक साथ अधिक लोगों को दर्शन के लिए नहीं छोड़ना चाहिए। आने और जाने के रास्ते अलग होने चाहिए। प्रबंधक मंडल को यह व्यवस्था करनी चाहिए। किसी के साथ दुर्व्यवहार नहीं होना चाहिए इस बात पर ज़्यादा ध्यान दें। अनाउन्समेंट सिस्टम से आवश्यक सूचना देते रहनी चाहिए।

सुरक्षाकर्मी

सभी नौकरों तथा सुरक्षाकर्मियों के पूरे नाम, पते, रिश्तेदार, पहचान वाले लोग, फ़ोटो आदि जानकारी एक फ़ाइल में रखें। दूसरे जिले या राज्य के हैं

तो उनके आपराधिक रिकॉर्ड के बारे में जहाँ वे रहते थे उस जिला पुलिस कार्यालय से चरित्र प्रमाणपत्र प्राप्त करें। स्थानीय पुलिस स्टेशन में लिखित तौर पर जानकारी दें। अपराधी चरित्र के लोगों को काम पर नहीं रखना चाहिए।

सुरक्षा कर्मचारी के पास लायसेंस वाला शस्त्र है तो नज़दीकी पुलिस स्टेशन में लिखित जानकारी दें और लायसेंस जाँच लें कि क्या वह सही है। उस शस्त्र का उपयोग सुरक्षा के लिए कर सकते हैं यह सुनिश्चित करें।

विश्वासपात्र, भगवान पर विश्वास रखने वाले व्यक्ति को प्रशिक्षण देकर सुरक्षा का ज़िम्मा सौंप सकते हैं। रिप्युटेड सुरक्षा ऐजंसी के अनुभवी सुरक्षाकर्मी पहरे के लिए तैनात करें। सुरक्षाकर्मी द्वारा की गई चोरी या नुक़सान का मुआवज़ा भरना सुरक्षा ऐजंसी की ज़िम्मेदारी होनी चाहिए। इस प्रकार का क़रारनामा करें।

रात के वक़्त सुरक्षा

ज़्यादातर चोरियाँ रात के वक़्त होती हैं। इसलिए रात के वक़्त सुरक्षा पूरी तरह चौकन्नी होनी चाहिए। रात के पूरे समय ख़ासकर रात दो बजे से पाँच बजे के वक़्त चौकीदार सतर्क रहने चाहिए। उस क्षेत्र में विद्युत प्रकाश अच्छा हो। रात के वक़्त पहरा इतना चौकन्ना हो कि परिंदा पर न मार सके। चौकीदार चुस्त और जवान होना चाहिए। उसके पास सीटी और टॉर्च रहे। व्यवस्थापक या देख-रेख फ़र्म को रात के वक़्त चौकीदार को देखना चाहिए कि वह सोता है या सतर्क रहता है। चौकीदार के पास संपर्क करने के लिए एक फ़ोन हो और पुलिस तथा अन्य महत्त्वपूर्ण फ़ोन नंबर उसे पता होने चाहिए।

धार्मिक स्थान सुरक्षा समिति

व्यवस्थापक मंडल को एक अध्यक्ष और दस से बीस सदस्यों की एक समिति तैयार करनी चाहिए। पुलिस के संपर्क में रहकर धार्मिक स्थान के कार्यक्रम की जानकारी पुलिस को दें और सुरक्षा संबंधी कार्य करें। पुलिस के साथ चर्चा करें और उनके सुझाव लें व उपायों पर अमल करें। ख़ासकर रात के वक़्त सुरक्षा के इन्तज़ाम करें।

धार्मिक स्थान के आस-पास संदेह वाले व्यक्ति, लावारिस वाहन,

अवैध शराब बिक्री, जुआ, हफ़्ता वसूली, महिला से छेड़छाड़ आदि ग़ैरक़ानूनी अपराध की जानकारी तुरंत पुलिस को देनी चाहिए।

पुलिस से संपर्क और जानकारी देना

जब कोई कार्यक्रम या लोगों की भीड़ वाला कार्यक्रम आयोजित होने वाला है तब व्यवस्थापक या धार्मिक स्थान सुरक्षा समिति को उस तारीख़ से दस दिन पहले पुलिस स्टेशन अधिकारी से मिलकर आवेदन देकर जानकारी देनी चाहिए। इससे कार्यक्रम के पहले ही आवश्यक पुलिस बल और साधन इकट्ठा करना, अपराध रोकने की कार्यवाही, बंदोबस्त के स्थान, होटल, भीड़ की जगह चैक करना आदि अन्य इन्तज़ाम करना पुलिस विभाग के लिए आसान हो जाता है।

इमरजेंसी एक्शन प्लान

जहाँ सैकड़ों लोग दर्शन करने आते हैं। ऐसे बड़े धार्मिक स्थान को गंभीर प्रकार के ख़तरे का अंदेशा रहता है। अपराधी व्यक्ति बॉम्ब ब्लास्ट करना, भगदड़ मचाना, लूटना, आग लगाना, चोरी करना इस तरह के अपराध करने की ताक में रहते हैं। ऐसी वारदातों को अगर वे अंजाम देते हैं तो भारी मात्रा में जान तथा माल की हानि होती है। जिससे जनता में सरकार के प्रति प्रचंड असंतोष पैदा होता है। लोग आंदोलन करते हैं। ऐसी वारदातों से लोग असुरक्षित महसूस करते हैं। डर की वजह से उस धार्मिक स्थान पर आने वाले श्रद्धालुओं की संख्या में कमी आ सकती है। इससे उस स्थान की गरिमा को ठेस पहुँचेगी और कीर्ति कम हो सकती है।

इस तरह की अचानक होने वाली वारदातों से निबटने के लिए पहले से ही इमरजेंसी एक्शन प्लान तैयार होना चाहिए। ख़तरों को ध्यान में रखकर पूरी तैयारी करें, जिससे सुरक्षा क़ायम रहे और शांति भंग न हो।

यह इमरजेंसी एक्शन प्लान बनाने के लिए एक कार्य समिति होगी। इसमें सभी विभाग के प्रमुख पदाधिकारी शामिल होंगे। धार्मिक स्थान का मुख्य पदाधिकारी या प्रबंधक इस इमरजेंसी एक्शन प्लान कार्य समिति का प्रमुख होगा।

इस प्लान के तहत ख़ास कार्य करने वाले लोगों को प्रशिक्षण देना चाहिए। आवश्यक साधन उपलब्ध कराने चाहिए। आवश्यक संख्या में कार्यदल

बनाने चाहिए। अनचाही हर प्रकार की स्थिती के वक़्त किसको कब क्या करना है यह स्पष्ट करके ज़िम्मेदारी सौंपनी चाहिए।

किस तरह की सुरक्षा व्यवस्था होगी, श्रद्धालुओं को इकट्ठा होने के लिए सुरक्षित जगह कौन सी है, किस तरह लोगों को हटाया जा सकता है, कौन से रास्ते बंद करने होंगे, अपराधियों का सामना किस प्रकार से किया जायेगा, कौन से वाहन इस्तेमाल करने हैं, किन विभागों या संगठनों की मदद लेनी है, वह कितने समय में पहुँचेंगे, आपातकालीन साधन कहाँ से मिलेंगे, पुलिस विभाग के किस अधिकारी से पहले संपर्क करना है, धार्मिक स्थान का कंट्रोल रूम यानी नियंत्रण कक्ष कहाँ होगा। कंट्रोल रूम में कौन मुख्य अधिकारी होगा। उसके क्या कार्य होंगे। वह किससे संपर्क करेगा। इस बारे में योजना में जानकारी होनी चाहिए। इस कार्य के लिए सामूहिक प्रयास होने चाहिए।

हर छह महीने बाद या कार्यक्रम के पहले इस योजना का पूर्व अभ्यास करके समीक्षा करें और सुधार करें।

धार्मिक स्थान के पदाधिकारियों को उस क्षेत्र के कार्यकारी दंडाधिकारी यानी तहसीलदार या एस.डी.एम., पुलिस थाना अधिकारी से मिलकर इस योजना पर चर्चा करके अमल करना ज़रूरी है। इससे आपसी तालमेल बना रहता है।

प्लान में विश्वासपात्र वकील, सामाजिक कार्यकर्ता, पुलिस कंट्रोल रूम, निकटस्थ पुलिस स्टेशन के फ़ोन नंबर, पुलिस थाना मुख्य अधिकारी, ज़िला पुलिस प्रमुख अधिकारी, एटीएस/एनआईए के अधिकारी, तहसीलदार, नगर के मुख्य सरकारी अधिकारी, डॉक्टर और आपातकालीन सेवा जैसे एम्बुलेंस, फ़ायर ब्रिगेड, अस्पताल आदि के फ़ोन नंबर, अधिकारी के नाम और मोबाइल नंबर लिखकर रखें और मोबाइल में सेव करें। संकटकाल में मदद पाने के लिए कॉल करें। इससे तुरंत स्थिती को सँभाला जा सकता है।

ख़ुफ़िया विभाग

धार्मिक स्थान को होने वाले ख़तरों की, आपराधिक गतिविधियों की गुप्त जानकारी निकालना अपराध या दुर्घटना प्रतिबंध करने के लिए अत्यंत आवश्यक है। इस प्रकार की गोपनीय जानकारी निकालने के लिए ख़ुफ़िया विभाग तैयार करना चाहिए। इसमें आवश्यकतानुसार ख़ास लोग चुनने

चाहिए। यह ख़ुफ़िया लोग आम लोगों की तरह कपड़े पहनेंगे। वे लोगों में, श्रद्धालुओं के बीच रहकर, क्षेत्र में घूमकर लोगों की बातें सुनकर, हरकतों पर ध्यान रखकर संदिग्ध व्यक्ति और ख़तरों के बारे में जानकारी इकट्ठी करेंगे। प्राप्त जानकारी सुरक्षा समिति को देंगे। ख़तरे को टालने के लिए सुरक्षा समिति पुलिस को जानकारी देकर मदद लेगी। सुरक्षा के पुख़्ता इन्तज़ाम करेंगे या सुरक्षा व्यवस्था को सतर्क करेंगे।

देखरेख स्टाफ़

यह स्टाफ़ या पदाधिकारी व्यवस्थापक के विश्वासपात्र होने चाहिए। यह पूरे क्षेत्र की देखरेख करके जिनका कार्य जहाँ है वही काम करने की सूचना दें। पहचान पत्र देखें। सुरक्षाकर्मी या चौकीदार पर निगरानी रखें और उन्हें सतर्क करें। सुरक्षा व्यवस्था में ख़ामियाँ, लावारिस चीज़ें, संदेहास्पद व्यक्ति या अपराधी व्यक्ति पर ध्यान रखें। ख़तरा लगे तो जानकारी मुख्य प्रबंधक या सुरक्षा समिति को दें।

धार्मिक उत्सव, कार्यक्रम की सुरक्षा

भारतीय संस्कृति में छोटे-बड़े अनंत उत्सवों की परंपरा है। लोग आनंद और धूमधाम से त्यौहार, उत्सव मनाते हैं। इस उपलक्ष्य में आयोजित कार्यक्रमों में लोगों की कला गुणों का विकास होता है। मानव जीवन के उत्कर्ष और लाभ के लिए भी उपयुक्त होते हैं। उत्सवों से दर्शकों का मनोरंजन भी होता है। उत्सव सामाजिक एकता और सद्भावना बढ़ाते हैं। लेकिन समय के साथ उत्सवों के स्वरूप और उद्देश्य भी बदले हैं। आयोजक मंडल ने सर्वधर्म समभाव व देशभक्ति का संदेश देकर राष्ट्रीय एकता को बढ़ावा देने का प्रयत्न करना चाहिए।

उत्सव या कार्यक्रम शांति से संपन्न हों इसलिए ख़तरों को पहचानकर सुरक्षा के इंतज़ाम करना ज़रूरी होता है। कार्यक्रम के पहले, कार्यक्रम के दौरान और कार्यक्रम के बाद के कार्य की योजना तैयार करें और उस पर विश्लेषण करके अमल करना चाहिए।

उत्सव या कार्यक्रम के पूर्व की सुरक्षा तैयारी

उत्सव मंडल का सरकारी पंजीकरण कार्यालय में पंजीकरण करना चाहिए।

आयोजक या संगठनकर्ता को सभी उत्सव या कार्यक्रमों की पुलिस तथा तहसील कार्यालय से और नगर परिषद, महानगरपालिका, बिजली विभाग, फ़ायर ब्रिगेड या अन्य सरकारी कार्यालय से लिखित पत्र के साथ अनुमति लेनी चाहिए। चंदा जमा करने के लिए अनुमती लेनी चाहिए। चंदे के लिए ज़ोर-ज़बरदस्ती न हो।

पुलिस को क्या जानकारी दें

उत्सव के दस से पंद्रह दिन पहले ही पुलिस से मिलकर अनुमति प्राप्त करने के लिए आवेदन के साथ आवश्यक दस्तावेज़ और जानकारी देनी चाहिए। पुलिस को आयोजित कार्यक्रम, विवरण, स्थान, समय, आने वाले अतिथि, वीआईपी के आने-जाने के रास्ते, ठहरने के स्थान, इस्तेमाल करने वाले वाहन, आमंत्रित व्यक्ति, लोगों की भीड़ की संख्या, सुविधायें, पार्किंग स्थल, रैली या जुलूस के मार्ग इन सब बातों की जानकारी देनी चाहिए। पुलिस अधिकारी के साथ सोच-विचार करके ज़रूरी परिवर्तन करना चाहिए। इससे आयोजक और पुलिस में तालमेल अच्छा रहता है। पुलिस बंदोबस्त की तैयारी करना आसान होता है।

उत्सव के दौरान किसी क़ानून का उल्लंघन ना हो यह बात आयोजक को सभी कार्यकर्ताओं को समझा देनी चाहिए। पुलिस की सूचना तथा शर्तों का पालन करें।

कार्यक्रम के पहले पुलिस संदिग्ध व्यक्ति या चीज़ों की तलाश करती है। वह बाहर से आने वाले वाहन, होटल, लॉज आदि पर देख-रेख करेगी।

मंडप या स्टेज

सभा में अतिथि के बैठने का स्टेज इतना मज़बूत हो कि लोगों के वज़न से स्टेज को नुक़सान न हो, बारिश का पानी स्टेज पर न गिरे इसलिए मंडप छत को टीन या प्लास्टिक से कवर करें। मंडप आँधी या हवा से गिरना नहीं चाहिए। इलेक्ट्रिक वायरिंग सुरक्षित हो ताकि किसी को करंट ना लगे या स्पार्किंग ना हो। पीने के पानी की व्यवस्था करें। अनुचित हादसे के वक़्त मेहमान या नेता के लिए सुरक्षित स्थान तय करें। सभी को आवाज़ अच्छी तरह से सुनाई दे इस तरह स्पीकर सिस्टम लगे होने चाहिए।

बिजली की वैकल्पिक व्यवस्था

अचानक बिजली चली जाने से कार्यक्रम ख़राब हो सकता है। बिजली विभाग के अधिकारी से मिलकर उन्हें आवेदन पत्र दें। उनसे अनुरोध करें कि कार्यक्रम समय के दौरान बिजली न चली जाये इस पर ध्यान दें। बिजली की वैकल्पिक व्यवस्था जैसे इनवर्टर, जनरेटर आदि तैयार रखनी चाहिए। जनरेटर के लिए पर्याप्त मात्रा में डीज़ल जमा करके रखें। बिजली सुधार कार्य के लिए इलेक्ट्रीशियन को तैयार रखें।

स्वयंसेवक दल बनाना और उनके कार्य

कार्यक्रम के अनुसार पाँच से पद्रह स्वयंसेवक दल तैयार करें। एक दल में पाँच से छह युवा पुरुष और एक या दो महिलायें शामिल हों। दल के सदस्य का ख़ास प्रकार का गणवेश हो। उन्हें पहचान पत्र दें। वह सीने पर लगायें ताकि पहचाने जा सकें। आवश्यक है तो कुछ सदस्यों को सीटी दें। उन्हें कार्य संबंधी जानकारी देनी चाहिए। इन चुने हुए स्वयंसेवक युवाओं की पुलिस अधिकारी के साथ मीटिंग रखें और ज़रूरी सुझाव लें। हर दल के साथ एक या दो पुलिसकर्मी हों तो अच्छा है। इससे पुलिस पर काम का तनाव कम हो सकता है।

इस दल को अतिथि की सुरक्षा, स्टेज पर प्रवेश नियंत्रित रखने, प्रवेश द्वार पर सूचना देने तथा मदद करने, चोर तथा संदिग्ध लोगों पर नज़र रखने, सर्चिंग करने, दर्शक या श्रोता लोगों के बैठने की व्यवस्था करने, महिलाओं के लिए अलग बैठक व्यवस्था करने, महिलाओं की सुरक्षा करने, पीने का पानी देने, भीड़ को सूचना देने तथा नियंत्रण करने, वाहन पार्किंग की व्यवस्था करने, और उनकी जानकारी पुलिस को देने, झगड़ा करने वाले लोगों को समझाने आदि इस प्रकार के कार्य बाँट देने चाहिए।

महत्त्वपूर्ण नेता आने वाले हैं तो कार्यक्रम के एक दिन पहले से ही सभा स्थल पर चौकीदार तैनात करें। क्योंकि दुश्मन व्यक्ति संदिग्ध चीज़ें पहले से छिपाकर रख सकते हैं। स्वयंसेवक का एक दल आस-पास के क्षेत्र में देख-रेख करे और संदिग्ध व्यक्ति, लावारिस चीज़ों या सुरक्षा के लिए ख़तरे की जानकारी ले।

कार्यक्रम के दौरान व्यवस्था

सभी को सूचना दें कि शांति से कार्यक्रम पूरा होने में सहयोग करें। स्वयंसेवकों का आचरण दूसरों के प्रति सम्मानपूर्ण होना चाहिए। श्रोता या दर्शकों के साथ सभ्य व्यवहार करें और उन्हें बैठने के स्थान दिखायें और मदद करें। भीड़ हो ऐसी जगह लोगों की कतार या लाइन लगायें और दर्शन के लिए एक साथ पच्चीस से पचास लोगों को ही छोड़ें। उनके दर्शन पूरे होने के बाद दूसरे समूह को जाने दें। यह कार्य मंडल के स्वयंसेवक करेंगे।

शराब के नशे में कोई व्यक्ति झगड़ा या ग़लत व्यवहार न करे इस पर ध्यान देना चाहिए। कार्यक्रम के दौरान कोई झगड़ा या असभ्य आचरण करके शांति भंग करता है तो उसे समझायें या शिकायत करके पुलिस के हवाले करें।

रात दस बजे तक लाउडस्पीकर की अनुमति रहती है यह ध्यान में रखकर कार्यक्रम जल्दी शुरू करें और दस बजे के पहले लाउडस्पीकर बंद हो इस बात का ध्यान रखें। उत्सव के दौरान ज़्यादा आवाज़ या अन्य प्रकार से पर्यावरण प्रदूषण न हो इस पर ध्यान दें। कार्यक्रम के दौरान कोई भी शराब पीकर ना रहे इसकी सभी को सूचना दें।

कार्यक्रम के प्रवेश द्वार पर आने वाले के पास की संदेहास्पद चीज़ें खोजनी चाहिए। मेटल डिटेक्टर से लोहे की चीज़ें खोजी जा सकती हैं। कोई अपने पास चाकू, शस्त्र, विस्फोटक पदार्थ, लकड़ी जैसी ख़तरनाक चीज़ें ना रखे। अगर ऐसी बात नज़र में आती है तो तुरंत पुलिस को जानकारी दें।

लोगों के आने और जाने के रास्ते अलग हों, साथ ही महिलाओं और पुरुषों की बैठने की व्यवस्था अलग-अलग होनी चाहिए। भगदड़ ना मचे और लोगों को सूचना देने के लिए लाउडस्पीकर चालू रखने चाहिए। आकस्मिक हादसे से निबटने के लिए पानी, डॉक्टर, एम्बुलेंस, फ़ायरब्रिगेड, क्रेन, बचाव साहित्य तैयार रखें।

दिन और ख़ासकर रात के वक़्त सुरक्षा के लिए दो या तीन स्वयंसेवक व्यक्तियों को ज़िम्मेदारी सौंपें जो रात में चौक्कने जागते रहें और देवमूर्ति, पूजा स्थल या सभा स्थल की सुरक्षा करें। धार्मिक कार्यक्रम के दौरान रात के वक़्त भजन-पूजन करना चाहिए ना कि जुआ खेलना।

रैली के दौरान वाहन चालक शराब पीकर ना रहें, यातायात प्रभावित

ना हो इस पर ध्यान देना ज़रूरी है। रैली के दौरान बिजली की वैकल्पिक सुविधा जैसे इनवर्टर, जनरेटर तैयार रखने चाहिए। रैली के मुख्य वाहन मैकेनिक से चैक करायें। कोई यांत्रिक गड़बड़ी या ईंधन की कमी ना हो और वाहन मार्ग पर बंद ना पड़े इस बात की सावधानी रखें। वाहन रैली के समय साथ में फुट एयर पंप, मैकेनिक, स्टेपनी साथ में रहने चाहिए ताकि वाहन गड़बड़ होने पर तुरंत दुरुस्त कर सकें।

उत्सव, त्यौहार या कार्यक्रम में दूसरी ज़ात या धर्म या समाज के लोगों को दुख पहुँचे ऐसी बातें या भाषण ना हों या कोई चित्र, पोस्टर प्रदर्शित ना करें यह व्यवस्थापक तथा आयोजक सुनिश्चित करें।

उत्सव या कार्यक्रम पूरा होने के बाद लोग शांति से अपने घर जायें यह सूचना दें। उत्सव के दो दिन बाद लगाये गये सभी पोस्टर, बैनर निकालें और सुरक्षित रखें।

दर्शन के प्रवेश का और दर्शन के बाद बाहर निकलने का मार्ग अलग-अलग हो और निकासी मार्ग प्रवेश मार्ग से थोड़ा दूर हो ताकि आने वाले तथा जाने वाले लोग आपस में ना मिलें और कोई भगदड़ ना मचे।

चोर व्यक्ति, अपराधी, संदिग्ध व्यक्ति, संदेहास्पद वाहन या व्यक्ति कार्यक्रम में ना आयें इस बात की सावधानी रखें और ऐसा कुछ भी नज़र आये तो पुलिस को जानकारी देनी चाहिए। भीड़ में जेब काटना या चोरी ना हो इसकी सूचना लाउडस्पीकर से लोगों को दें। पार्किंग या किसी जगह पर रखी हुई लावारिस चीज़ बॉम्ब हो सकती है इसलिए कोई ना छुए और पुलिस को तुरंत जानकारी दें। उस चीज़ को हिलायें नहीं और सभी उस जगह से दूर चले जायें।

श्रोताओं का सामान मुख्य स्थान से कुछ दूरी पर रखें, पीने का पानी, टॉयलेट की सुविधा भी प्रदान करें। सभा या यात्रा की जगह या वस्तु बेचने की जगह मुख्य स्थान से दूर रखें। वाहन पार्किंग मुख्य स्थान से दूर रखें।

विसर्जन की जगह

विसर्जन यात्रा बैंड-बाजों के साथ निकलती है। इस यात्रा में बच्चे और सभी उम्र के लोग बड़े उत्साह से भाग लेते हैं। सभी झूमते हैं, गाते हैं और नाचते हैं। बहुत भीड़ में लोग यात्रा देखने आते हैं। उत्सव के समापन पर प्रतिमा

या देवमूर्ति का जल में विसर्जन होता है। तालाब, कुएँ या नदी या समंदर के तट पर विसर्जन के वक़्त चार-पाँच तैरने वाले लोग, छह-सात लंबी रस्सियाँ, तीन-चार हवा भरे ट्रक के ट्यूब, आठ-दस लाइफ़ जैकेट, दो-तीन सर्च लाइट या टॉर्च, डॉक्टर, एम्बुलेंस, डूबने वाले के बचाव का सामान तैयार रखें और साथ में रखें। यह वक़्त पर काम आ सकता है।

विसर्जन की जगह पर वाहन पार्किंग दूरी पर हो। वहाँ देखरेख के लिए स्वयंसेवक नियुक्त करने चाहिए।

www.ingramcontent.com/pod-product-compliance
Lightning Source LLC
LaVergne TN
LVHW100355181026
850499LV00037B/470
* 9 7 8 8 1 9 3 1 8 2 3 7 6 *